STEFANIE HASSE

MASTER CLASS

BLUT IST DICKER ALS TINTE

STEFANIE HASSE

MASTER CLASS

BLUT IST DICKER ALS TINTE

Band 1

Ravensburger

TRIGGERWARNUNG
Diese Reihe enthält Themen, die potenziell triggern können.
Auf Seite 352 befindet sich ein Hinweis zu den Themen.

ACHTUNG: Dieser enthält Spoiler für die gesamte Reihe.

1 3 5 4 2

Originalausgabe

Dieses Werk wurde vermittelt durch die
Michael Meller Literary Agency GmbH, München.

Die Autorin wurde unterstützt durch Fördermittel von

Lektorat: Franziska Jaekel
Umschlaggestaltung: verwendete Bilder von
© Ironika und © rangizzz, alle von Shutterstock

Printed in Germany

ISBN 978-3-473-40226-7

ravensburger.com

Für alle, die Geschichten in ihren Herzen tragen.
Lasst sie raus!

»Und wenn ich keine Prinzessin und
auch kein Ritter sein will, sondern beides?«
»Dann sei beides, mein Schatz.
Du kannst alles sein, was du sein willst.«
»Dann will ich eine Rittessin sein.«

Mitglieder LetterBattler

Riley Madows

WriterRM

Message | Call | Video | Add Friend

ABOUT ME

Träume sind manchmal ganz schön harte Arbeit.

LETTERBATTLER

- Autor

NOTE

April Thorne

KissOfThornes

Message | Call | Video | Add Friend

ABOUT ME

Für manche ist das Leben selbst der größte Kampf.

LETTERBATTLER

- Autor

NOTE

Absolute Kampfszenen-Queen!!!

Oscar Patel

Patel0501

Message | Call | Video | Add Friend

ABOUT ME

Man ist nie zu alt, etwas Neues zu beginnen.

LETTERBATTLER

• Autor

NOTE

„Ab einem gewissen Alter muss man nicht mehr darüber reden." :-)
Oscar hat eine Enkelin.

Jada Evans

OntheRoad

Message | Call | Video | Add Friend

ABOUT ME

Auf dem Weg zum eigenen Buch.

LETTERBATTLER

• Autor

NOTE

Jada ist besser als Google Maps. Sie war gefühlt schon überall innerhalb Englands.

Lydia Clarke

DesperateWriter

Message | Call | Video | Add Friend

ABOUT ME

Träume nicht dein Leben, sondern lebe deinen Traum.

LETTERBATTLER

• Autor

NOTE

Lydia ist stinkreich, aber nicht einmal Google spuckt etwas über sie aus.

Ezra Phillips

EzraWrites

Message | Call | Video | Add Friend

ABOUT ME

Die Welt ist vielfältiger, als die meisten Menschen wahrhaben wollen.

LETTERBATTLER

• Autor

NOTE

Jeder Instagram-Post von Ezra hilft dabei, die Welt etwas besser zu machen.

Jackson Morris

Storyteller_022900

Message Call Video Add Friend

ABOUT ME

Durch Kinderaugen sieht die Welt viel besser aus.

LETTERBATTLER

● Autor

NOTE

Jackson ist in Elternzeit, seine Tochter heißt Chelsea.

Finley Ward

DreamHunter

Message Call Video Add Friend

ABOUT ME

Befinde mich irgendwo zwischen Wissenschaft und Fiktion.

LETTERBATTLER

● Autor

NOTE

Finley studiert irgendetwas Technisches.

Andy Turner

HereIamAT

Message Call Video Add Friend

ABOUT ME

Mit ein wenig Romantik läuft alles besser.

LETTERBATTLER

● Autor

NOTE

Andys Liebesszenen führen jedes Mal zu Herzklopfen.

Peyton Hughes

Starfall

Message Call Video Add Friend

ABOUT ME

Immer auf der Jagd nach einer Story.

LETTERBATTLER

● Autor

NOTE

Journalistin, die mit knallharter Kritik um sich wirft, echtes Strukturvorbild!

Prolog

WriterRM (Riley Madows):
Wir. Haben. Es. Geschafft!!!!!! Eben kam die E-Mail mit der Zusage zum Vorentscheid. YTA, wir kommen!

Hier der Text:

Sehr geehrte Schreibende der Gruppe »LetterBattler«, vertreten durch Ms Riley Madows,

es ist uns eine Ehre, Sie zum Vorentscheid des 5. Young Talents Award der Kategorie *Schreiben* willkommen zu heißen.
Dazu wird sich Ihre Gruppe unter der Leitung von Prof. Dr. Meredith Seymour am 27. Mai auf Masters' Castle zu einem exklusiven Writer's Retreat einfinden. Details in Bezug auf die Anreise und die Übernahme der Reisekosten entnehmen Sie bitte dem Anhang.
Die Aufgabenstellung und Bewertung Ihrer Textproben für den Vorentscheid erfolgt gemäß der Satzung der

British Writers' Association. Nach jeder abgeschlossenen Aufgabe findet sich die von uns gewählte Jury zusammen, um Ihre Arbeiten zu begutachten. Nur die Besten von Ihnen werden in das Finale einziehen.

Bitte bringen Sie Ihre eigenen Schreibgeräte mit und lassen Sie uns wissen, ob Sie sich bereits persönlich begegnet sind.

Hochachtungsvoll

E. Dust
– Vorsitzende Young Talents Award –

DesperateWriter (Lydia Clarke):
Wirklich? Kein Witz? Als wir uns für die Teilnahme entschieden haben, hätte ich nicht gedacht, dass wir es schaffen. Unsere Bewerbung war ja nicht gerade die Krönung der Literatur.

Patel0501 (Oscar Patel):
Es geht beim Young Talents Award auch nicht um Hochliteratur, sondern um die Förderung junger Schreibtalente, @Lydia. Ich wünsche euch allen viel Glück.

WriterRM (Riley Madows):
Schade, dass du nicht dabei sein kannst, @Oscar. Ich würde dich auch gern mal im RL kennenlernen.

Patel0501 (Oscar Patel):
RL? Tut mir leid, diese neumodischen Abkürzungen wird mir meine Enkelin wohl nie beibringen können.

WriterRM (Riley Madows):
RL = Real Live – im echten Leben.

Patel0501 (Oscar Patel):
Ah! Danke! Wir werden uns sicher noch kennenlernen. Wenn ihr alle erfolgreich seid und Lesungen haltet, sitze ich an der Seite meiner Enkelin in der ersten Reihe. :-)

WriterRM (Riley Madows):
Das wäre toll!

DesperateWriter (Lydia Clarke):
Was du nicht sagst, @Oscar. *Augenverdreh*

OntheRoad (Jada Evans):
Bist du heute mit dem falschen Fuß zur Pediküre, @Lydia? Hör auf, hier schlechte Laune zu verbreiten. Die Zusage ist ein Grund zum Feiern. *holt die Bierflasche*

Storyteller_022900 (Jackson Morris):
Cheers!

DreamHunter (Finley Ward):
Kann es sein, dass @Jackson immer nur da ist, wenn das Stichwort Alkohol fällt?

Storyteller_022900 (Jackson Morris):
Erwischt. Drückt mir die Daumen, dass Chelsea nicht krank wird wie immer, wenn ich Pläne habe.

WriterRM (Riley Madows):
Sind fest gedrückt. Wie alt ist sie jetzt?

Storyteller_022900 (Jackson Morris):
Anderthalb. Und hier sieht es aus, als hätte sie noch jede Menge unsichtbare Geschwister.

WriterRM (Riley Madows):
Das kenne ich noch von meiner kleinen Schwester. Viel Erfolg beim Aufräumen.

Storyteller_022900 (Jackson Morris):
Müssten sich die griechischen Götter heute eine Strafe für Sisyphos ausdenken, wäre es das Aufräumen in einem Stall voller Kleinkinder.

WriterRM (Riley Madows):
:'D

DreamHunter (Finley Ward):
Ich habe eben den Text genau durchgelesen. Was denkt ihr, welche Aufgaben dort gestellt werden? Und warum wollen die wissen, ob wir uns bereits kennen?

HereIamAT (Andy Turner):
Egal, welche Aufgaben es sind. Wir schaffen das! Und wir werden uns das erste Mal alle treffen. Ist das nicht der Wahnsinn? @Riley: Teilst du dem Komitee mit, dass wir uns noch nicht persönlich kennengelernt haben?

Dreamhunter (Finley Ward):
Sollen wir ... keine Ahnung, Fotos austauschen oder Profilbilder einstellen? Außer @Ezra würde ich nieman-den erkennen und könnte nicht mal sagen, ob ich im richtigen Gebäude bin.

HereIamAT (Andy Turner):
Bilder? Nein. Ich hasse Bilder. Und ich denke, dass es zur Aufgabe gehören könnte. Das fände ich spannend.

Starfall (Peyton Hughes):
Das vermute ich auch, @Andy. Sonst hätten sie nicht explizit nachgefragt. Also sollten wir das mit den Fotos sein lassen.

EzraWrites (Ezra Phillips):
Auf Bildern sieht jeder Zweite doch sowieso anders aus als in der Realität. Oder würdet ihr jetzt spontan ein Selfie machen? Ohne perfektes Licht, zig Schichten Make-up oder irgendeinen Filter?

KissOfThornes (April Thorne):
Du hast echt wieder eine Laune, @Ezra! Dein Gesicht ist überall bekannt und du kennst dich mit perfekter Inszenierung doch offenbar gut aus. Vielleicht erkennen wir dich ja gar nicht, weil deine hübschen Bilder total bearbeitet sind.

EzraWrites (Ezra Phillips):
Werden wir dann ja sehen. Ich bin raus.

EzraWrites (Ezra Phillips):
Ich freue mich trotzdem auf die Chance – nicht, dass da was falsch rüberkommt.

OntheRoad (Jada Evans):
Du bist uns sowieso meilenweit voraus, @Ezra.

EzraWrites (Ezra Phillips):
Warum das denn?

Starfall (Peyton Hughes):
Ist die Frage ernst gemeint, @Ezra? Jeder weiß, dass Verlage erfolgreiche Influencer*innen bevorzugen. Du hast über 100k Follower*innen! Das sind 100k potenzielle Käufer*innen.

EzraWrites (Ezra Phillips):
»Potenziell«, genau. Es heißt nicht, dass meine Follower*innen auch alle ein Buch von mir kaufen würden.

OntheRoad (Jada Evans):
Die vielen Fangirls sicher. Ich habe eben die Liebeserklärungen unter deinem neuesten Insta-Post durchgelesen. Wetten, die rennen alle sofort los und machen deine Lesungen zu Massenveranstaltungen? Jeder Verlag würde dich mit Kusshand nehmen.

Patel0501 (Oscar Patel):
Kein Streit, Kinder. Sonst muss Opa Oscar einschreiten.

OntheRoad (Jada Evans):
Sorry, @Ezra. @Oscar hat recht. Immerhin habe ich diese tolle Gruppe durch dich gefunden. Tut mir leid.

EzraWrites (Ezra Phillips):
Schon okay. Ich führe diese Diskussion nicht zum ersten Mal. :-/

KissOfThornes (April Thorne):
Ich will kein Foto von mir hier auf Discord. Ich habe ja auch keins auf Instagram. Ihr etwa?

WriterRM (Riley Madows):
Ich denke, das Fotothema lassen wir sowieso, @April. Ich bin auf Instagram, aber unter einem anderen Namen. Ich freue mich trotzdem auf Ende Mai. Falls jemand aus der Gegend kommt, wo der Vorentscheid stattfindet, ich würde mich über Infos freuen. Meine Eltern drehen vermutlich durch, wenn ich ihnen erzähle, dass ich nach Cornwall fahre.

OnTheRoad (Jada Evans):
Ich war schon öfter dort, kenne die Adresse aber nicht. Das ist laut Google irgendein großes Privatanwesen.

Storyteller_022900 (Jackson Morris):
Deine Eltern, @Riley? Wie alt bist du denn?

WriterRM (Riley Madows):
Einundzwanzig. Das Foto meiner Mum findest du bei Wikipedia unter »Helikoptermutter«. :-) Seit ich in der Nachbarstadt studiere, ist es aber schon etwas besser geworden. Sie macht sich ständig Sorgen, dass mir etwas passieren könnte – man gewöhnt sich dran. *Augenverdreh*

WriterRM (Riley Madows):
Ich freue mich so wahnsinnig darauf, euch alle zu treffen. *Gruppenumarmung*

Starfall (Peyton Hughes):
Wer ist bei einem Wordbattle dabei? Ich habe noch rund 45 Minuten, dann muss ich zu einem Interview. Schickt mir einfach eine DM.

1

»Sie befinden sich auf einer nicht öffentlichen Straße, bitte folgen Sie weiterhin der Richtungsanzeige«, warnt mich die weibliche Stimme der Navi-App und irritierenderweise habe ich sofort das Gefühl, etwas Verbotenes zu tun. Beim Passieren des Schilds »Privatanwesen« hebt sich mein Fuß praktisch von selbst vom Gaspedal. Fehlt nur noch die rote »Keep out«-Warnung und die Stimme meiner Mum, was alles passieren kann, wenn man auf verbotenen Straßen unterwegs ist.

Mein Hirn feuert fleißig Ideen ab, die – Spoilerwarnung – alle nicht gut für mich ausgehen. Ich kneife den Hintern zusammen und folge der verbotenen Straße – meinem Traum und einem echten Abenteuer entgegen, wie ich es mir schon immer gewünscht habe.

Kurz werfe ich einen Blick auf mein Handy, das in einer seltsamen Konstruktion aus Selfiestick und meterweise Klebeband steckt, die Mum und Dad vor meiner Abfahrt angebracht haben. Beide hatten Angst, dass mein Leben in der Sekunde enden könnte, in der ich nach unten auf das Display in der Ablage schaue. Als würde ich zum ersten Mal Auto fahren. Aber Eltern bleiben wohl immer Eltern, egal, ob man den Führerschein gerade erst gemacht hat oder mit einundzwanzig nur kurz das Auto von Dad durchchecken lassen will, damit es auf der »langen Fahrt« keine unliebsamen Überraschungen gibt. Ich bin das gewohnt.

Seit Exeter bin ich Meile um Meile der A30 gefolgt und die einzige Gefahr bestand darin, einzuschlafen. Nur hin und wieder wurde die Einöde von kleinen Cottages und ein paar malerischen Städtchen durchbrochen, die mich mit freundlichen Begrüßungsschildern vom Highway locken wollten. Nun ist die Autobahn schon eine Weile zu Ende, ohne dass mir ein einziges Auto begegnet ist. Dabei schlängelte sich zu meiner Rechten der kleine Ort Marazion an der Küste entlang, hinter dem St. Michael's Mount liegt, eine berühmte Gezeiteninsel und der Touristenhotspot der Gegend, was mir Google bei der Suche nach meinem Zielort »Masters' Castle« als erstes Ergebnis angezeigt hat. Selbst Rosudgeon, in dem es vermutlich mehr Feriencottages als Einwohner gibt, wirkte wie ausgestorben, als ich dort auf die *verbotene* Privatstraße der Masters abgebogen bin. Entweder sind alle hier Fans des klischeemäßigen Nachmittagstees oder etwas anderes hält die Leute von der Straße fern.

»In fünfhundert Metern haben Sie Ihr Ziel erreicht.«

Nach einer Kurve führt mich die Straße schnurgerade auf das Gebäude zu, das ich mir seit der Einladung für den exklusiven Writer's Retreat im Rahmen des YTA-Vorentscheids so oft im Internet angesehen habe. Doch die zum größten Teil verschwommenen Bilder – weil nur wenige so dämlich sind, Beweisfotos für ihr unbefugtes Betreten im Internet zu posten – hatten mich nicht annähernd auf das beigefarbene Backsteingebäude vorbereitet, das nun vor mir in den Himmel wächst.

Den würfelförmigen Haupttrakt mit den Zinnen rund um das

flache Dach flankieren stattliche Seitenflügel, etliche polygonale Türmchen und Erker. Hunderte Fenster, teils mit dekorativen Lanzettbögen, beobachten, wie ich auf dem Kiesplatz neben einem roten VW Golf einparke, der wie mein Fiesta schon bessere Tage gesehen hat. Mums empörte Stimme erklingt in meinem Kopf: *»Bodentiefe Fenster ohne Absturzsicherung?«*

Ich reiße mein Handy aus der Konstruktion, die definitiv ein kurzes Leben hatte, und werfe es in meine Shopper, die ich mir vom Beifahrersitz schnappe. Beim Aussteigen muss ich an Dads Worte denken, welch Wunder es doch sei, dass beim Gewicht der Tasche nicht ständig das Anschnallsignal losheult.

Von Nahem ist Masters' Castle noch eindrucksvoller, denn ich entdecke weitere kleine Erker und Winkel, sodass ich meinen ersten Eindruck revidiere. Das ist definitiv nicht nur ein würfelartiger Kasten.

Bei jedem Schritt knirscht der Kies unter meinen Füßen und der intensive Duft zahlreicher Stauden und Blumen in den Rabatten ringsherum streift meine Nase. Ich bin keine Botanikerin, aber während meiner Recherche habe ich herausgefunden, dass hier in der Gegend aufgrund des Golfstroms subtropisches Klima herrscht und Pflanzen gedeihen, die bei uns zu Hause nicht einen Winter überleben würden. An der rechten Seite des Gebäudes rankt sich Efeu empor, umschwärmt die Fenster und ist so akribisch gestutzt, dass nur vereinzelte grüne Blätter über die Scheiben ragen.

Das Summen fleißiger Bienen begleitet meinen Weg über den geschwungenen Pfad zum säulengetragenen Eingang des Herrenhauses. Hoch über mir prangt ein Wappen, dessen stilisierte Tiere ich nicht richtig identifizieren kann. Nach einer kurzen Suche finde ich die äußerst geschickt getarnte Klingel und bin froh, dass ich nicht den altmodischen Türklopfer mit Löwenkopf benutzen muss – als mein Handy in der Tasche brummt. Ich wühle und taste mich durch den Inhalt meiner Shopper, denn natürlich hat sich das Telefon unter all den Büchern, Taschentüchern, Reservebeuteln und anderen Dingen versteckt, die man für das tägliche Leben so braucht.

Brees grinsendes Gesicht strahlt mir vom Display entgegen und ich drücke auf Anruf annehmen.

»Bree, ich kann grad n…«, beginne ich, doch sie unterbricht mich einfach.

»Und, wie ist es? So luxuriös, wie wir es uns vorgestellt haben? Mum und Dad sind schon total panisch, weil du dich noch nicht gemeldet hast. Ich habe ihnen gesagt, du hattest garantiert einen Unfall und es dauert, bis die Polizei deine Leiche identifizieren kann.«

»Bree!«, rufe ich und schaue gleichzeitig über die Schulter, als wäre es verboten, hier zu telefonieren. Der Name hallt von der Hauswand und den Arkaden wider, die das Eingangsportal bilden – und weitet die Augen der Frau, die soeben die Tür geöffnet hat. Ihr Lächeln entgleitet ihr fast, aber sie hat sich gut im Griff.

»Bree, du richtest ihnen sofort aus, dass ich mich später melde. Ich muss jetzt auflegen.«

Ich warte ihre Antwort nicht ab, bete aber inständig, dass sie meiner Aufforderung folgt, während ich das Handy in die Tasche stecke und der Frau ein Lächeln schenke. Ich hoffe, es wirkt nicht so gezwungen, wie es sich anfühlt, weil ich an meine Eltern denke, für die der Begriff »Helikoptereltern« erfunden wurde. Wäre die Forschung nur ein klein wenig weiter, hätte ich einen biometrischen

Chip unter der Haut, sodass sie mich jederzeit verfolgen und meinen aktuellen Gesundheitszustand überprüfen könnten. Ich liebe sie und man gewöhnt sich daran, aber meine kleine Schwester Bree, die es irgendwie geschafft hat, Mums Überwachung rechtzeitig zu entkommen, macht ständig Witze darüber – und sorgt damit irgendwann bestimmt dafür, dass Mum einen Herzinfarkt bekommt. Oder dass Dad seinen Verwaltungsjob an den Nagel hängen und ein Labor eröffnen muss, um selbst an einem Sci-Fi-Chip zu arbeiten. Hoffentlich mit weniger Klebeband als an der Last-Minute-Handy-Halterung.

»Entschuldigen Sie den Anruf«, beginne ich und lächle noch breiter, was die grauhaarige Frau ein wenig zurückweichen lässt. Die Falten um ihre Mundwinkel arbeiten hart daran, das Lächeln zu halten. »Ich bin Riley Madows und wurde eingeladen, am Writer's Retreat teilzunehmen.«

Die Frau stößt ein erleichtertes Seufzen aus. Wer weiß, was sonst für Leute hier an der Tür stehen. Sollte man für so ein Anwesen kein Sicherheitspersonal haben oder so?

»Willkommen auf Masters' Castle«, begrüßt sie mich nun mit warmer Stimme. »Die Dame des Hauses erwartet Sie bereits.« Sie tritt zur Seite, sodass ich einen ersten Blick ins Innere des Gebäudes werfen kann. Vielleicht schnappe ich angesichts des Interieurs nach Luft, denn die Butlerin – das Hausmädchen, die Hausgroßmutter? – schmunzelt, während ich mich in der gigantischen Vorhalle umschaue, die wie eine Mischung aus Westminster Abbey und Luxushotel aussieht. Ich war noch nie in London, aber durch meine vielen Recherchen habe ich das Gefühl, jeden Winkel des Kirchenbaus zu kennen, und ziehe automatisch Vergleiche. Die Ähnlichkeit liegt vor allem an den tragenden Säulen, die sich symmetrisch angeordnet hoch über mir auffächern und zu einem Gewölbedach verschmelzen, von dem ein Kristallkronleuchter baumelt, dessen Durchmesser nahezu meiner Körpergröße entspricht.

Die türlosen Durchgänge zu weiteren Räumen oder Fluren haben für mich jedoch eher Hotelcharme – auch wenn sie bogenförmig sind, was zu den Fenstern passt, die teils mit dekorativen Gittern verkleidet sind, sodass sie wie etliche lange dünne Einzelfenster im Tudorstil wirken. Das dunkle Holz mit den Schnitzereien, auf Hochglanz poliert wie das Geländer der Galerie hoch über mir, versprüht Luxus pur, unterstrichen von einem schweren Duft nach Möbelpolitur. Zahlreiche kleine Balkone in den oberen Etagen erinnern mich an die mysteriösen Logen in alten Kirchen, bei denen ich mich immer gefragt habe, wie man sie überhaupt erreicht. Der Eingangsbereich ist so verwinkelt, dass mein Hirn automatisch versucht, ihn in die Quaderform des Äußeren zu pressen – und dabei vollkommen versagt.

Obwohl es noch Tag ist, sind die zahlreichen Schirmlampen auf den Konsolen und Beistelltischen rund um die vielen Sofas angeschaltet und sorgen für kleine Lichtkleckse in dem ansonsten viel zu dunklen Raum.

Die Hausoma – ich sollte dringend herausfinden, wie genau ich sie nennen kann – räuspert sich leise und bittet mich, ihr zu folgen. Wir gehen an Bodenvasen mit Trockenblumen vorbei, die nach Rosen duften, und treten zwischen zwei Säulen hindurch in einen von Sonnenlicht durchfluteten Raum. Ich blinzle, weil es plötzlich so hell ist, und sehe daher die dunkelhaarige Frau, die sich gerade hinter dem schweren Mahagonischreibtisch vor dem Fenster erhebt und ihren Businessrock glatt streicht, erst auf den zweiten Blick.

»Miss …?«, fragt sie, während sie den Arbeitsplatz umrundet und mich freundlich anstrahlt, sodass ich ihr Lächeln ehrlich erwidere und nicht vor Ehrfurcht erstarre, weil ich einen der reichsten Menschen Großbritanniens vor mir habe: Josephine Masters, die, soweit ich informiert bin, sogar einen Adelstitel trägt und halb Cornwall sowie weitere Ländereien überall in England besitzt.

»Riley Madows«, stelle ich mich vor. »Vielen Dank für die großzügige Einladung, Ms Masters.« Ich schaffe es sogar, meine Stimme halbwegs fest klingen zu lassen, als ich die mir dargebotene Hand drücke – während ich mich insgeheim frage, ob ich angesichts des Adelstitels vielleicht einen Knicks machen sollte. Zu spät.

»Ich bin schon sehr gespannt darauf, was Ihre Gruppe leisten wird – und ganz besonders, wer von Ihnen den Vorentscheid gewinnt und nach St. Michael's Mount zum Finale fährt.«

Ich nicke nur, weil ich mir fest vorgenommen habe, keinen Druck aufzubauen, der auf meine Kreativität dieselbe Wirkung hätte wie eine Würgeschlange. Ich bin hier, um neue Erfahrungen zu sammeln und alles mitzunehmen, was ich über das Schreiben lernen kann. Ein echtes Abenteuer. Ich rede es mir ein wie ein Mantra, atme dabei tief durch, obwohl ich laut gekreischt habe, als die Zusage kam.

Es war schon immer ein Traum von mir, Autorin zu werden. Das Literaturstudium ist ein großer Schritt in diese Richtung, aber man braucht so viel mehr, um entdeckt zu werden. Der Young Talents Award ist eine unbezahlbare Möglichkeit und unsere Schreibgruppe hat die erste Hürde gemeistert. Wir haben es in den Vorentscheid geschafft. Wir sind hier. Ich stoße ein überwältigendes Seufzen aus und spüre, wie meine Wangen vom Dauerlächeln verkrampfen.

Apropos Schreibgruppe …

»Sind die anderen denn schon angekommen?«, frage ich geradeheraus.

Ms Masters nickt. »Sie sind alle auf ihren Zimmern. Das Kennenlernen findet im Rahmen der ersten Aufgabe heute Abend statt. Rose zeigt Ihnen Ihr Zimmer. Dort finden Sie alle weiteren Informationen.«

Ich bedanke mich bei Ms Masters für den freundlichen Empfang und folge Hausoma Rose zurück auf den Flur.

Mein Kopf spinnt sich alle möglichen Ideen zusammen, wie diese erste Aufgabe lauten könnte. Ich werde nervös und habe kein Auge mehr für die vielen Details, während ich Rose zu einer geschwungenen Treppe in einem zuvor verborgenen Winkel des Erdgeschosses folge. Masters' Castle gleicht dem Labyrinth des Minotaurus und ich hoffe, dass ich mich ohne Faden orientieren kann.

Schnell konzentriere ich mich wieder auf den Weg, auch wenn mir Ms Masters' Worte nicht aus dem Kopf gehen.

Die erste Aufgabe …

Wir haben auf unserem Discord-Server endlos gerätselt und spekuliert, Ezra hat sogar seine Verbindungen genutzt und herumgefragt, aber niemand wusste, wie der Vorentscheid abläuft. Es gibt kein öffentliches Regelwerk der *British Writers' Association*, die unter der Leitung von Evangeline Dust den Wettbewerb ausrichtet. Klar ist nur, dass es nicht alle von uns ins Finale schaffen können.

Im ersten Stock des Seitenflügels, wie ich annehme, werden meine Schritte von einem dicken Teppich verschluckt. Die Flure sind verwinkelt, zwischen weiteren Durchgängen und Türen wechselt die Farbe der Ornamentmustertapete ständig. So könnte ich wenigstens mein Zimmer wiederfinden – hätte ich mir die Farbfolge gemerkt.

Stattdessen feuert mein Hirn eine Idee nach der anderen ab. Ich überlege, ob es hier Geheimgänge gibt, und rezitiere mit Blick auf einen uralten, fast blinden Spiegel in Gedanken »Spieglein, Spieglein«, während ich gefasst darauf bin, ein Gesicht darin auftauchen zu sehen, das nicht meins ist. Schnell schaue ich weg.

Zwischen blassgrünen floralen Mustern bleibt Rose stehen und öffnet mit einem Lächeln die dunkle Holztür. »Der Schlüssel steckt von innen. Sie können ihn jederzeit mitnehmen. Ist das all Ihr Gepäck?« Sie blickt kurz zu meiner übergroßen ausgebeulten Tasche und zieht dann ihre Brauen nach oben, bis sie fast in den Stirnfalten versinken.

»Mein Koffer ist noch im Auto«, sage ich. »Ich hole ihn gleich.«

»Nicht nötig. Ich lasse ihn für Sie hochbringen.« Ihre Stimme duldet keine Widerworte und ich fühle mich wie in der dritten Klasse nach der Rüge von Mrs Cartwell, weil in meinem Aufsatz zum Thema »Mein Wochenende« zu viele Drachen vorkamen.

»Das kann ich auch selbst machen«, stammle ich trotzdem.

Rose schüttelt den Kopf. »Die Lady wünscht, dass alle Gäste bis zum Empfang auf ihren Zimmern bleiben.«

2

Eingesperrt? Ich reiße die Augen auf, mein Blick irrt umher, sucht instinktiv nach einem Fluchtweg. Mums projizierte Angst hämmert mir dumpf gegen den Brustkorb wie schon lange nicht mehr, ihre Worte schwirren durch meinen Kopf wie aufgescheuchte Vögel.

Rose hebt angesichts meines vermutlich blutleeren Gesichts beschwichtigend die Hände. »Ms Masters hat sich eine so tolle erste Aufgabe überlegt, es wäre schade, wenn Sie die Mühe zerstören würden.« Sie deutet in den wohl luxuriösesten Raum, den ich je bewohnt habe. Auf dem Tisch stehen Getränke bereit, eine Karte lehnt an einer Wasserflasche, deren geschwungene Form »teurer, als Wasser sein sollte« schreit.

Rose wartet, bis ich die Zeilen auf der Karte überflogen habe.

Liebe Miss Morgan,

herzlich willkommen auf Masters' Castle.

Noch bevor Sie die anderen Teilnehmerinnen und Teilnehmer persönlich kennenlernen, haben wir uns etwas Besonderes überlegt. Sie sind bereits seit über einem Jahr in engem Kontakt, haben sich aber noch nie getroffen, wie mir mitgeteilt wurde.

Heute steht Ihnen nun die erste Begegnung bevor. Doch Ihre Aufgabe ist es, nicht Sie selbst zu sein.

Erstellen Sie ein Charakterprofil für eine Figur – gern aus einem Ihrer Schreibprojekte – und treten Sie heute Abend als diese auf. In Ihrem Ankleidezimmer finden Sie eine Auswahl an Kleidern, Smokings und Accessoires, mit deren Hilfe Sie Ihrer gewählten Figur Leben einhauchen können, um auf dem heutigen Galaempfang deren Rolle zu spielen. Überzeugen Sie die zahlreichen anwesenden Unterstützerinnen und Unterstützer von sich – und finden Sie gleichzeitig heraus, welche der anwesenden Gäste zu Ihrem Schreibteam gehören.

Sie werden kurz vor acht Uhr abgeholt.

Hochachtungsvoll
J. Masters

PS: Diese Aufgabe ist Teil der von der British Writers' Association ausgeschriebenen Rahmenbedingungen für den Vorentscheid des Young Talents Award und wird daher bereits für die Punktevergabe gewertet.

Die Zeilen legen einen Schalter um. In meinem Kopf buhlen zahlreiche meiner Romanfiguren um meine Aufmerksamkeit. Könnte ich mich als eine von ihnen ausgeben?

Obenauf hüpft die Rittessin, meine allererste Figur, in ihrem pinkfarbenen Rüschenkleid mit Kettenhemd, und fuchtelt mit ihrem funkelnden Schwert. So würde ich garantiert nicht in der Menge untertauchen können. Bei der Vorstellung, wie die Gäste eines feinen Empfangs auf meine Verkleidung reagieren würden, unterdrücke ich ein Auflachen.

»Erweisen Sie Ms Masters die Ehre, an ihrer Überraschung teilzunehmen?«, unterbricht Rose meine Gedanken und ich vertreibe die Rittessin mit einem Blinzeln.

»Mein Koffer ist im Auto«, wiederhole ich noch halb benommen. »Ein schwarzer Ford Fiesta.«

»Wenn Sie mir den Fahrzeugschlüssel geben, wird Paul sich darum kümmern.«

Ich nicke und zerre an dem Schlüsselband, das neben den Trageriemen aus der Shopper ragt und seit Jahren erfolgreich verhindert, dass ich meine Schlüssel in den Tiefen meiner Handtaschen nicht wiederfinde. Klimpernd befördere ich den Schlüsselbund ans Tageslicht und reiche ihn Rose, die keine Miene verzieht, obwohl ich schon die seltsamsten Reaktionen darauf beobachten konnte. Rose nimmt das handtellergroße Nest aus Schlüsseln, Sammelfigürchen, Charms und einem Haargummi an sich und verspricht mir, dass Paul mein Gepäck gleich hochbringen wird.

Nachdem sie die Tür hinter sich geschlossen hat, lese ich noch einmal die Karte mit der Aufgabe für heute Abend, ehe ich mich in meiner Unterkunft für die nächsten Tage umsehe.

Das Zimmer ist ein Traum. Direkt gegenüber der Eingangstür fällt Sonnenlicht durch ein bodentiefes Fenster, zu meiner Rechten steht ein dunkel lasierter, mit schnörkeligen Schnitzereien verzierter Schreibtisch in einem Erker. Die Erkerfenster blicken auf einen gepflegten Garten – oder besser gesagt einen Park –, das bodentiefe Fenster führt auf einen großzügigen Balkon mit einem hüfthohen Geländer.

Um mich zu orientieren und herauszufinden, an welcher Ecke des Gebäudes das Zimmer liegt, öffne ich die Balkontür. Ein leises Knarren ertönt und ein leichter Windstoß, der nach Meer duftet, zerrt an meinen Haaren. Wie gern würde ich mich jetzt weit über das Geländer beugen, den Wind in meinen Kleidern spüren … Aber die Angst vor einem Sturz ist zu groß. Als ich noch klein war, ist Toby, ein Urlaubsfreund, vom Balkon unseres Ferienapartments gefallen. Seither schafft meine Mum es regelmäßig, mich an die Gefahr eines Sturzes zu erinnern. Außerdem bin ich mir unsicher, ob die Bleib-in-deinem-Zimmer-Regel auch einen Besuch auf dem Balkon ausschließt.

Ich sauge noch einmal den salzigen Geruch ein, nehme jetzt auch die Süße der Blüten aus dem Park wahr, der sich auf dieser Seite des Gebäudes fortsetzt, trete dann schnell zurück und schließe die Tür. Mein Herz pocht, meine Handflächen sind feucht und Mums Stimme in meinem Kopf zählt wieder einmal sämtliche Horrorszenarien auf, die auf Balkonen passieren könnten.

Auch hinter der sicheren Scheibe kann ich erkennen, dass sich etliche Wege durch eine golfplatzgroße Rasenfläche schlängeln, und als mein Blick einer aufgeschreckten Möwe folgt, entdecke ich hinter ein paar hohen Bäumen das Meer. Auf Google Maps hatte ich herausgefunden, dass Masters' Castle rund eine halbe Meile von der Küste im Süden entfernt liegt, aber durch die Steilklippen hätte ich eher vermutet, dass ich nur Himmel und nicht funkelndes Wasser sehen würde. Also muss sich der Parkplatz irgendwo an der Gebäudeseite zu meiner Rechten befinden. Ich husche zum Erkerfenster, kann aber wegen der Bäume und Büsche nur vermuten, dass mein Auto dort unten parkt. Ich kehre zurück zur Balkontür und lächle beim Anblick der glitzernden Wellen. Am liebsten würde ich für den Rest meines Aufenthalts diese Aussicht genießen.

In diesem Moment klopft es an der Tür.

»Ms Madows!«, ruft eine Männerstimme. »Ich bin Paul und habe hier Ihren Koffer und Ihren … Schlüssel.«

Die kurze Pause vor dem Wort Schlüssel hat er bestimmt gemacht, weil ihm die richtige Beschreibung fehlt. Ich haste zur Tür, reiße sie auf und stehe einem unerwartet jungen Mann mit zerzausten blonden Locken gegenüber, der mit verwirrtem Blick auf meinen Schlüsselbund starrt und eindeutig ein Grinsen unterdrückt, als er ihn mir reicht.

Paul trägt ein eng geschnittenes weißes Hemd zu einer dunklen Jeans, ist schätzungsweise in meinem Alter – aber im Schätzen bin ich grauenvoll –, hat ein offenes, freundliches Lächeln und dasselbe Leuchten in den blaugrünen Augen, das auch Bree besitzt und das Grandma immer »das Funkeln blöder Ideen« genannt hat. Er ist mir sofort sympathisch und nicht der Hauch meiner inzwischen größtenteils abgelegten Angst vor Fremden ist zu spüren. Ich danke meiner Kommilitonin Zoe in Gedanken für ihre Konfrontationstherapie – zumindest hat sie das so genannt.

Ich nehme den Schlüssel an mich und will meinen Koffer gerade an der Griffstange zu mir ziehen, da schnellt Pauls Hand vor. »Das ist mein Job, Ms Madows.«

Etwas überrumpelt trete ich einen Schritt zurück. »Ich bin es nicht gewohnt, dass man mir Sachen hinterherträgt. Und ich heiße Riley. Ms Madows ist meine Mutter, egal, wie alt ich einmal werde.«

Er lacht auf. »Wenn mein Grandpa mitbekommt, dass ich Ms Masters' Gäste mit Vornamen anspreche, während ich ihn vertrete, muss ich mir das den Rest meines Lebens vorhalten lassen. Also darf ich bitte …« Er gestikuliert in den Raum und ich gebe auf. Offenbar bin ich nicht die Einzige, die es den Eltern – oder in Pauls Fall den Großeltern – möglichst recht machen will.

»Ich verrate es niemandem«, sage ich.

Er wendet sich schnell ab, um sein Schmunzeln zu verbergen und den Koffer zu einer Tür zu ziehen, hinter der ich noch nicht neugierig nachgesehen habe.

Umso mehr staune ich jetzt. Jenseits der unscheinbaren Tür liegt der Traum eines jeden Kostümbildners. Das »Ankleidezimmer«, wie es Ms Masters auf der Karte genannt hat, war keine Übertreibung. Der fensterlose Raum ist fast so groß wie das Hauptzimmer und rundum mit Regalfächern und Stangen bestückt, die sich unter der Last von tonnenweise Stoff in wirklich allen erdenklichen Farben und Variationen biegen. Paul drückt die Haltestange am Koffer hinunter und will ihn am seitlichen Griff auf die hölzerne Ablage heben, da passiert es.

Ich rufe noch »Nicht, der Reißverschluss …«, doch meine Warnung kommt zu spät. Der komplette Inhalt meines tetrisartig gepackten Koffers ergießt sich auf den Boden. Paul sieht mich verlegen an. Mit einem »Sorry« auf den Lippen steht er mitten im Chaos aus

Jogginghosen, Shirts und Pullis, meinem uralten Pyjama mit Paisleymuster, Unterwäsche und so vielen Süßigkeiten, dass ich einen Snackautomaten damit füllen könnte. Vorsichtig hebt er ein Bein, um über mein großes Notizbuch zu steigen, das pinkfarben glitzert und mit meiner Rittessin illustriert ist. Zu meiner Entschuldigung: Ich habe es zum zehnten Geburtstag bekommen und fülle es noch immer mit Ideenfetzen und anderen Notizen.

Vielleicht sollte es mir peinlich sein, dass ein attraktiver, wildfremder junger Mann gerade meinen Spitzen-BH bemüht unauffällig mit dem Fuß zur Seite schiebt, damit er nicht den Rekord im Weitsprung aus dem Stand brechen muss, und mich dabei verkrampft anlächelt. Aber Bree behauptet immer, ich sei immun gegen Peinlichkeiten. Sonst müsste es mich stören, dass meine Mum mich stalkt, als wäre ich eine Grundschülerin. Daher zucke ich nur mit den Schultern, grinse Paul erst an, bücke mich dann und bahne ihm einen Weg durch mein zusammengerafftes Leben.

»Ich hätte dich früher warnen sollen. Tut mir leid, dass du mein Chaos miterleben musst. Ein Wunder, dass der Koffer nicht schon beim Entladen explodiert ist.«

»Du entschuldigst dich?« Er runzelt verwirrt die Stirn und fixiert dabei mein Gesicht, sein Blick huscht hin und her, als suche er nach etwas.

»Ja?«, antworte ich stutzig, weil ich mir nicht sicher bin, worauf er hinauswill. Und ich werde es vermutlich auch nie erfahren, denn nun erhellt ein strahlendes Lächeln Pauls Gesicht. Er macht einen eleganten Sprung über die Rittessin hinweg, die ihn dabei mit ihren gruseligen Knopfaugen (Ich war zehn!) anstarrt, und landet sanft an der Tür. Ich hopse ihm hinterher, aber etwas weniger anmutig, weil meine Beine vermutlich einen halben Meter kürzer sind als seine, lande direkt auf meinem Pyjama und rutsche aus. Paul streckt mir die Hand entgegen, aber ich finde das Gleichgewicht allein und brauche seine Hilfe zum Glück nicht.

»Normalerweise schlafe ich nackt«, platzt es aus mir heraus, weil ich eine Erklärung für meinen schrecklichen Geschmack gesucht und die Antwort wohl nicht zu Ende gedacht habe. Schnell schiebe ich die gemusterte Hose mit dem Fuß beiseite. Die leichte Hitze auf meinen Wangen beweist, dass mir manche Dinge eben doch peinlich sind. Aber vielleicht liegt es auch an Paul, der entsetzt zurückweicht und dessen helle Haut einen zarten Rotton angenommen hat. Die Frage steht ihm eindeutig ins Gesicht geschrieben, aber er ist zu höflich, um sie auszusprechen.

»Normalerweise schlafe ich nackt, aber wenn hier ein Alarm losgeht und alle nach draußen müssen, wäre es gefährlich, sich vorher anziehen zu müssen, oder?«, erkläre ich daher frustriert.

Den Pyjama trage ich tatsächlich selten. Ich habe ihn mit siebzehn für die erste Übernachtung bei einer Freundin gekauft und stand zu dieser Zeit total auf Retrolook. Archie, mein Ex, hat sich damals beinahe verschluckt, als ich das erste Mal bei ihm übernachtet habe und eingehüllt in augenschmerzendes Schwarz-Weiß (seine Worte, nicht meine) aus dem Badezimmer getreten bin.

Noch mehr Röte breitet sich auf Pauls Wangen aus, was aber offenbar gar nichts mit Scham zu tun hat. Denn plötzlich stößt er ein Lachen aus, das so unerwartet kommt und dabei so ehrlich ist, dass ich ebenso lospruste.

Ich verstehe ihn in seinem Lachanfall kaum. Erst als er sich auf den Oberschenkeln abgestützt und keuchend Luft geholt hat, bringt er verständliche Sätze hervor: »Stell dir vor, Grandpa hätte deinen Koffer hochgebracht.« Er schüttelt sich schon wieder vor Lachen.

»Wer ist denn dein Grandpa?«

»Mein Grandpa ist der Butler des Hauses und sorgt zusammen mit Rose für geregelte Abläufe.«

»Wie in *Downton Abbey*?«, frage ich.

Er wiegt den Kopf hin und her und beruhigt sich langsam wieder etwas. Mit einem Grinsen auf den Lippen nickt er. »So ungefähr.«

Mein Gehirn hat sofort Bilder von einem weißhaarigen Butler in Livree parat, der vor Peinlichkeit einen Herzinfarkt erleidet. Das ist absolut nicht witzig. Und doch kann ich nicht anders, als erneut mitzulachen, weil Paul schon wieder vor sich hin gluckst.

»Und warum springst du für ihn ein?« Ich finde es spannend, interessante Menschen kennenzulernen, mich von ihnen und ihrem Leben inspirieren zu lassen – und Paul hat offenbar ein außergewöhnliches Leben.

»Er ist im Krankenhaus.«

Verdammt.

»Das … tut mir leid«, sage ich schnell, verfluche mich für meine Neugier und gelobe Besserung.

»Ach, es ist nichts Schlimmes. Er wurde von seinem Arzt nur dazu verdonnert, ein paar Tage lang zur Überwachung seines Herzens dazubleiben, weil er das mobile EKG nicht regelmäßig getragen und die Termine immer wieder aufgeschoben hat. Und weil er auch diesmal nicht gegangen wäre, ohne Masters' Castle ›in Familienhänden‹ zu wissen, bin ich hier.«

»Was tust du sonst?« Mein Vorsatz, weniger neugierig zu sein, hat ja lange gehalten.

»Was denkst du denn?«

»Du entwickelst Chips, die Helikoptereltern das Leben erleichtern?«, fällt mir als erstbestes aus dem Mund.

»Wie bitte?« Paul blinzelt. Ich habe es offenbar echt drauf, Menschen zu verwirren. Pauls Wimpern sind so hell, dass man kaum erkennen kann, wie faszinierend lang sie sind.

Ich lache und erkläre ihm, wie Mum und Dad ticken.

»Vorerst müssen deine Eltern wohl noch auf eine Komplettüberwachung verzichten – zumindest von meiner Seite aus. Weitere Vorschläge?«

Mir entgeht weder sein Schmunzeln noch dass er mich geduzt hat. Ich schaue zu meinem verstreuten Kofferinhalt und schätze seine Sprungweite ab. »Du bist Weitspringer.«

Ein Grübchen zeigt sich, als er lächelnd den Kopf schüttelt. »Ich arbeite als Landschaftsgestalter drüben in Marazion.«

Meine Autorinnenseele brennt mittlerweile vor Spannung, doch ein Gedanke ist stärker und ich habe eine Idee.

»Wie sind denn die anderen Gäste so?«, frage ich unschuldig und sehe auf meine Finger hinab, die blöderweise am Saum meines Shirts nesteln. Schnell lasse ich sie sinken. Noch auffälliger geht es gar nicht mehr.

»Netter Versuch«, sagt Paul, der offensichtlich eingeweiht ist. »Aber die anderen habe ich nicht gesehen. Sie hatten alle ihr Gepäck dabei.« Er macht eine kurze Pause und grinst dann verschmitzt, sodass ein zweites Grübchen in seiner rechten Wange erscheint, was mich schon wieder an Bree erinnert. »Wir sehen uns heute Abend, Ms Madows.« Er tarnt sein Schmunzeln, indem er die Unterlippe zwischen die Zähne zieht und sich schnell umdreht. Tja, da habe ich wohl Pech gehabt. Aber immerhin kann mir niemand nachsagen, ich hätte es nicht wenigstens probiert.

Nachdem er die Tür hinter sich geschlossen hat, drehe ich den Schlüssel um, damit mich »niemand stehlen« kann, wobei das in diesem Gebäude vermutlich unwahrscheinlicher ist als zu Hause. Dann kehre ich zu meinem explodierten Leben im Ankleidezimmer zurück und greife zuerst nach dem glitzernden Notizbuch. Jede Schramme und jeder Kratzer des Umschlags erzählen von einem Abenteuer der Rittessin alias Riley, die sich nicht entscheiden kann, ob sie lieber eine Prinzessin oder eine Ritterin sein möchte. Also wurde sie beides.

Ich fahre über die teils abgefallenen Ornamente aus Glitzerkleber, mit denen ich *mein Buch* verziert habe, und schlage es auf. Die erste Seite bringt mich immer zum Lächeln:

Für Riley zu ihrem 10. Geburtstag

Mein Schatz, füll diese leeren Seiten mit all deiner Fantasie und lass deine Träume wahr werden.

Hab dich lieb!
Mama

PS: Ich freue mich auf alle neuen Abenteuer der Rittessin. :-)

Das Buch ist kein einfaches Notizbuch, sondern ein dickes Hardcover mit über fünfhundert einst strahlend weißen Seiten, das Mum extra hat anfertigen lassen. Ihr Glaube an mich ist das komplette Gegenteil zu den allgegenwärtigen Sorgen, die sie sich um mich macht, und gibt mir noch heute die Stärke, für meinen Traum zu kämpfen und durchzuhalten. Und das werde ich.

Doch bevor ich die Aufgabe für heute Abend angehe, sollte ich mein Ankleidezimmer wohl begehbar machen. Zuerst sammle ich alles Essbare ein und staple es auf dem Schreibtisch im Erker, auf den ich auch meinen Laptop stelle und gleich nach einer Steckdose für das Ladekabel suche. Ich muss leider der Schirmlampe den Strom rauben, aber ich schreibe sowieso gern im Dunkeln, versunken im Leuchten des Bildschirms, meinen Geschichten und meiner Fantasie.

Den Pyjama werfe ich aufs Bett, die restlichen Klamotten falte ich ordentlich zusammen und lege sie in die einzigen freien Regalfächer. Ich bin Mum dankbar, dass sie mich überredet hat, das beigefarbene knielange Etuikleid einzupacken, das ich zur goldenen Hochzeit meiner Großeltern getragen habe. Meine Fingerspitzen gleiten über die muschelfarbenen Pailletten, die den Ausschnitt säumen, und meine Persönlichkeit für den heutigen Empfang zeichnet sich immer genauer in meinem Kopf ab. Es ist die Eröffnungsgala des YTA-Vorentscheids, zahlreiche Menschen aus der Literaturbranche werden anwesend sein, sich in vermutlich für sie ebenso ungewohnte Kleidung werfen wie ich und alles genauestens beobachten. Ich nehme das Kleid vom Haken, halte es mir vor den Körper und betrachte mich im Spiegel.

»Guten Abend, mein Name ist Laura Stern, Unterstützerin des Young Talent Awards.« Ich klinge wenig überzeugend, denn noch während ich es sage, ploppen die verschiedensten Reaktionen in meinem Kopf auf.

»Stern? Etwa von den Sterns aus …?«

»Ich habe Sie noch nie bei einer der Veranstaltungen gesehen. Wieso waren Sie nicht auch in …«

»Geben Sie Ihr gesamtes Geld für Galas aus, sodass es nicht für ein Designerkleid gereicht hat?«

»Wie viel können Sie schon spenden, wenn Sie in solchen Schuhen herumlaufen?«

Die potenziellen Erwiderungen werden immer fieser und könnten ganze Seiten in meinem Buch füllen, weshalb ich die Idee verwerfe und tatsächlich auf eine meiner Romanfiguren zurückgreife.

»Hallo, ich bin Amanda White, Juniorlektorin bei …«, ich fische nach dem erstbesten britischen Verlag, weil meine Figur aus dem amerikanischen Raum kommt, »Bloomsbury.« Ich taste den Namen ab, probiere ihn aus. Amanda ist eine der Nebenfiguren in meinem aktuellen Projekt, die Lektorin meiner Protagonistin, einer Jungautorin mit einem delikaten Schaffensproblem. Mein Spiegelbild lächelt mich an, wirkt dabei aber kaum überzeugender als zuvor. Ich neige den Kopf etwas zur Seite und versuche es noch einmal.

»Hi, mein Name ist Amanda White, derzeit Volontärin bei Bloomsbury.« Mein Gegenüber mustert mich skeptisch, nickt dann aber. Ja, das könnte passen. Ich hänge das Kleid zurück. Schon auf dem Weg zum Schreibtisch fächert sich der Lebenslauf von Amanda White vor meinem inneren Auge auf. Schnell öffne ich meinen Laptop, suche nach der gespeicherten Charaktervorlage meiner Projekte und fülle die Biografie.

Amanda White, 22 Jahre, Master in Modern and Contemporary Fictions an der University of Westminster, ein Jahr Auszeit im Anschluss an das Studium, um durch die Welt zu reisen …

Nein, ich schüttle den Kopf und drücke die Löschtaste. Was, wenn mich jemand zu Amandas Reisezielen befragt? Bisher war ich nur via Google Maps außerhalb Großbritanniens. Wenn meine Figur einer spontanen Prüfung standhalten soll, muss ich sie nah an meinem eigenen Erfahrungsschatz halten, weil ich schließlich nicht wie beim Schreiben ständig nebenbei recherchieren kann. Schnell ändere ich Amandas Alter auf einundzwanzig und raube ihr die Globetrotter-Erfahrung. Arme Amanda.

Trotz allem hatte sie wahnsinniges Glück, bei einem Gastvortrag das Interesse der Bloomsbury-Programmleiterin Alexandra Pringle zu wecken, weshalb sie eines der begehrten Volontariate bekommen hat. Sie ist zielstrebig, stets freundlich und weiß mit guten Argumenten zu punkten.

Ja, ich denke, ich kann mich mit Amanda arrangieren.

Das Klingeln meines Handys zerrt mich von Amandas Charakterprofil in die Gegenwart zurück und mein schlechtes Gewissen quillt über, als ich Mums Namen auf dem Display lese. Mist, ich hatte Bree versprochen, mich gleich bei meinen Eltern zu melden.

»Hi, Mum«, begrüße ich sie und setze ein breites Lächeln auf. Natürlich ruft sie über FaceTime an, damit sie mich auch sehen kann. Ich verkneife mir ein Augenverdrehen.

»Ist alles okay bei dir? Bree hat gesagt, dass …« Mums Scannerblick huscht über den Bildschirm.

»Mir geht es gut, Mum. Ich wollte dich auch gleich anrufen, aber wir haben bereits unsere erste Aufgabe bekommen. Da musste ich mich gleich an die Arbeit machen.«

Meine Mum atmet so laut aus, als hätte sie die Luft angehalten, seit sie mir in der Einfahrt zum Abschied zugewunken hat.

»Du hast mich sicher getrackt und nachgeschaut, ob ich hier angekommen bin, oder?« Vermutlich bin ich die einzige Einundzwanzigjährige in ganz Großbritannien, die noch im Familienaccount angemeldet ist, um ihre überbesorgten Eltern davon abzuhalten, sich ständig telefonisch nach ihr zu erkundigen.

Ich schaue sie an und sehe, dass sie verneinen will. Schließlich gibt sie es doch zu, nickt und schiebt verlegen eine Haarsträhne zur Seite. Die Geste hat sie mir vererbt, zusammen mit den tiefblauen Augen und den dunkelblonden Haaren, die ich nur etwas länger trage als sie.

»Ist es dort schön?«, fragt sie mich zur Ablenkung. Ihre Augen funkeln vor Neugier, daher drehe ich die Kamera und führe sie im Schnelldurchlauf durch mein Zimmer. Den Balkon lasse ich aus, um Belehrungen wie im Kindergartenalter zu vermeiden. Es genügt, dass ich ständig ihre warnende Stimme im Ohr habe.

»Jetzt muss ich mich aber dringend weiter vorbereiten, Mum«, sage ich, drehe die Kamera und blicke sie möglichst entschuldigend an. »Es ist meine erste Chance auf Punkte … oder was auch immer man für eine überzeugende Darstellung bekommt.«

»Darstellung?«, fragt sie und ich stöhne innerlich.

»Ich werde heute die anderen Teilnehmer kennenlernen, aber wir sollen alle so tun, als wären wir eine fiktive Figur, während wir gleichzeitig versuchen, die anderen Teilnehmer zu enttarnen«, rattere ich die Aufgabe im Schnelldurchlauf herunter.

»Du wirst sie alle überzeugen und alle enttarnen. Da bin ich mir sicher.« Sie zögert keine Sekunde. Sie glaubt an mich und ihr Vertrauen hüllt mich in einen kuscheligen warmen Mantel.

»Danke, Mum. Richte Dad und Bree liebe Grüße aus. Ich melde mich, sobald ich kann.«

»Bye, Schatz«, erwidert Mum beinahe wehmütig. »Pass auf dich auf!«

Ich schüttle lachend den Kopf. »Immer. Das weißt du doch.«

Sie presst die Lippen zusammen und nickt wenig überzeugt. Um einem weiteren Vortrag über meine persönliche Sicherheit zu entgehen, beende ich den Videoanruf. Jetzt muss ich mich in Amanda White verwandeln, die garantiert auch etwas nervös ist, ihren Verlag auf einer Gala im Süden Cornwalls zu vertreten.

Backstory

Die Handlung einer Geschichte beginnt bereits vor dem Einstieg in das Buch. Die Backstory, der Hintergrund der Figuren, prägt nicht nur die Charaktere, sondern liefert auch ihre Motive.

Meine Geschichte beginnt – wie die einer jeden Person, ob fiktiv oder nicht – in meiner Kindheit.

Aber der Teil, den ich erzählen möchte, der Punkt, an dem ich in die Handlung einsteige, beginnt mit dem Aufeinandertreffen tragender Figuren.

3

Amanda wäre vermutlich nicht annähernd so nervös, korrigiere ich mich, als ich fünf Minuten nach der vereinbarten Abholzeit fertig gestylt auf meinem Bett sitze. Amanda würde nicht ständig an dem Seidentuch zupfen, das ich in dem Sammelsurium an Accessoires entdeckt und für äußerst seriös befunden habe. Meine Finger krallen sich in die dazu passende schlichte beigefarbene Clutch, in die gerade mal mein Handy passt. Sie ist das Gegenteil meiner herkömmlichen Handtaschen und ich fühle mich irgendwie … unvollständig und unvorbereitet. Aber kein Mensch würde mit einer gigantischen Umhängetasche zu einem Galaempfang gehen, oder?

Vielleicht sollte ich doch die etwas größere Tasche aus dem Ankleidezimmer holen, auch wenn sie nicht zum Kleid passt? Dann könnte ich noch ein paar Dinge einstecken, zum Beispiel meinen kleinen Block und einen Bleistift, um mir Notizen zu machen, wenn ich schon nicht die Rittessin aka mein Notizbuch mitnehmen kann.

Ein Klopfen an der Tür zerstört meinen Plan und ich schubse die Zweifel von mir, atme Riley aus und Amanda ein. Sie geht etwas aufrechter als ich durchs Zimmer und öffnet mit einem Lächeln die Tür.

Irgendwie habe ich Paul erwartet und bin etwas enttäuscht, als mir eine junge Frau mit streng zurückgebundenen Haaren, geröteten Wangen, gehetztem Ausdruck in den Augen und im Kellnerinnenoutfit gegenübersteht. Sie lächelt, aber es wirkt sehr gezwungen.

»Ich soll Sie im Namen von Ms Masters zum Ballsaal begleiten.«

Abrupt dreht sie sich weg und geht mit großen Schritten davon, sodass ich ihr völlig überrumpelt hinterherstürzen muss und gerade noch die Tür hinter mir zuziehen kann.

Erst auf der Treppe nach unten fällt mir auf, dass ich nicht abgeschlossen habe und der Zimmerschlüssel noch von innen steckt.

»Einen Moment, bitte!«, rufe ich. »Ich habe meinen Schlüssel vergessen.«

Genervt wendet sie sich um und winkt ab. »Da brauchen Sie sich keine Sorgen zu machen.« Sie tippelt nervös hin und her. »Im Gegensatz zu mir, wenn ich nicht gleich unten bin. Dann wird Mitch mir die Hölle heißmachen, weil ich schon wieder zu spät bin. Ich wusste nicht, dass jeder von uns heute einen Gast abholen soll.«

Sie sieht mich so flehend an, dass ich nicke und weitergehe. Erleichtert hastet sie weiter, sprintet beinahe die Treppe hinunter und die verwinkelten Flure entlang, sodass ich nicht den Hauch einer Chance habe, mich umzusehen, geschweige denn, mir den Weg zu merken.

Erst als uns leise Musik entgegenschwebt, wird sie langsamer und bleibt vor einer unscheinbaren Tür stehen. Sie deutet den schier endlosen schmalen Gang entlang auf einen der zahlreichen Rundbögen, hinter dem es wesentlich heller ist als im Flur.

»Dort am Ende ist der Ballsaal, ich muss hier rein und kann nur hoffen, dass Mitch noch nicht da ist.«

»Viel Glück«, murmle ich überrumpelt, und schon ist meine Begleiterin verschwunden.

Zeit für Amandas Auftritt.

Mit möglichst selbstsicheren Schritten strebe ich auf das Ende des Flurs zu, vorbei an unzähligen vergoldeten Wandleuchtern. Die Musik ist nun deutlicher zu hören, irgendein Popsong, der auch bei meiner Fahrt hierher ständig im Radio lief, durchwebt von der typischen Geräuschkulisse einer Party. Vereinzelte Gesprächsfetzen dringen zu mir, als ich vor dem Durchgang einen ersten Blick in den Saal erhasche und verwundert innehalte. Zwei versetzt stehende Pflanzenkübel versperren mir den Weg. Nach kurzem Zögern schlängle ich mich hindurch, während ich mir ziemlich sicher bin, den Zugang für das Servicepersonal erwischt zu haben. Meine Begleiterin hätte mich vermutlich auf der gegenüberliegenden Seite absetzen sollen, denn dort erkenne ich eine geöffnete doppelflügelige Tür, wo Paul im Smoking diensteifrig und mit strahlendem Lächeln die Gäste begrüßt und ihnen gefüllte Gläser von einem Tablett reicht, das ein Kellner neben ihm bereithält.

Nun stehe ich hier, inmitten von durchgangshohem Grün, das diesen Nebeneingang verbergen soll, mir damit aber die unglaubliche Chance bietet, mich nahezu unentdeckt umzusehen, während alle anderen beim offiziellen Eintreffen im Ballsaal direkt die Aufmerksamkeit auf sich ziehen. Und die Bezeichnung »Ballsaal« hat der Raum vor mir wirklich verdient! Wandpfeiler tragen die gewölbte Decke, die, umrahmt von aufwendigen Stuckelementen, bestimmt zehn Meter über den Köpfen der Gäste aufragt. Auf einer Seite befinden sich zwischen jedem Pilasterpaar bodentiefe Fenster, vor denen ein ausladendes Büfett angerichtet ist. Unterbrochen wird es von geöffneten Terrassentüren, die auf eine weitläufige beleuchtete Veranda hinausführen, deren Brüstung sich für eine Treppe in den Garten öffnet. Von der Decke hängen Hunderte Leuchtkugeln auf verschiedenen Höhen anstelle der Kristallkronleuchter, die ich erwartet hätte. Die strahlenden kleinen Kugeln brechen zwar den Stil des Saals, lassen ihn aber gleichzeitig noch magischer wirken.

Erst mein zweiter Rundumblick gilt den Personen, die in kleinen Grüppchen beisammenstehen, plaudern oder mit ihren Champagnerkelchen anstoßen. Die Männer sind ausschließlich in Anzüge oder Smokings gekleidet, während einige der Damen aussehen, als wären sie von der Auswahl im Ankleidezimmer leicht überfordert gewesen und hätten blind zum auffälligsten Teil gegriffen. Ich werfe einen Blick auf mein im Vergleich dazu unscheinbares Etuikleid und überlege, ob es zu Amanda passt oder sie sich für ein Event wie dieses nicht auch mehr aufgebrezelt hätte. Nein. Amanda muss nicht auffallen. Sie ist gekleidet, wie sie arbeitet oder künftig arbeiten möchte. Eine Lektorin sollte sich schließlich nicht in den Mittelpunkt stellen oder mit ihren Änderungen so massiv in den Text eingreifen, bis es auffällt. Ich befinde meine Kleiderwahl für passend und suche nach dem einzigen bekannten Mitglied meiner Schreibgruppe. Es dauert ein paar Minuten, bis ich Ezra entdecke, weil er entgegen meiner Erwartung nicht von einem Pulk Menschen umringt ist. Genau wie ich – nur an einer anderen Seite des Saals – verschmilzt er förmlich mit zwei gigantischen Pflanzenkübeln und mustert die Gäste. Er trägt ein braunes Jackett über einem beigefarbenen, nicht komplett zugeknöpften Hemd. Beides harmoniert perfekt mit seinen rötlich schimmernden Haaren, die er zurückgekämmt hat, und den vielen Sommersprossen auf den hohen Wangenknochen. Ich folge seinem

Blick zu ein paar Anzugträgern, die sich scheinbar am liebsten die Krawatten vom Hals reißen würden. Könnte einer von ihnen zu unserer Schreibgruppe gehören oder sind es irgendwelche Gäste, die sich nur gezwungen sahen, einen Schlips umzubinden?

Ich will auf Ezra zugehen, um ihn zu begrüßen, da tritt eine silberhaarige Frau zu ihm, die ihn zwischen all dem Grün offenbar auch entdeckt hat, und spricht ihn an. Mitten im Gehen ändere ich die Richtung und beschließe, bei der Männergruppe zu beginnen und Amandas Plausibilität auszutesten. Auf dem Weg dorthin schlängle ich mich zwischen Grüppchen hindurch und höre genau hin. Ein Lachen hinter mir weckt meine Aufmerksamkeit.

Mit einem »Wir sehen uns« verabschiedet sich gerade eine junge Frau mit hellbraunen Haaren und einem knöchellangen Kleid im Rollstuhl von zwei Männern im Smoking, die ihr noch hinterherlächeln, als sie bereits auf halbem Weg zum Büfett ist. Eine Kellnerin – *meine* Kellnerin aka die Frau, die mich am Serviceeingang abgestellt hat – bahnt sich einen Weg zu mir und balanciert dabei ein Tablett mit gefüllten Sektflöten. Sie bleibt vor mir stehen und grinst mich an.

»Du hast den Weg also gefunden.«

Ihre Worte hätten spöttisch klingen können, vor allem, weil sie mich plötzlich duzt, aber sie schafft es, mich mit einem anerkennenden Nicken vergessen zu lassen, dass sie mir den Einstieg hier beinahe versaut hat, um ihren Arsch zu retten.

»Trink was, damit du lockerer wirst«, rät sie mir. Ihre Augen funkeln mit dem polierten Glas um die Wette, das sie mir entgegenhält, während sie das große Tablett gekonnt auf der anderen Handfläche balanciert. »Ich bin übrigens Cassy. Das ist mein dritter Cateringeinsatz für Mitch und meine letzte Chance, ihn davon zu überzeugen, auch außerhalb des Anwesens regelmäßig für ihn zu jobben. Du hast meinen Arsch gerettet.«

Was du nicht sagst, denke ich, obwohl mich der knapp skizzierte Lebenslauf etwas irritiert. Dann schießt mir der Gedanke durch den Kopf, dass ich am Nachmittag selbst geprobt hatte, wie ich mich am besten vorstelle.

Ich lächle. »Es freut mich, Sie kennenzulernen, Cassy. Ich bin Amanda White und arbeite bei Bloomsbury.«

Ich überlege, ob es sich bei der angeblichen Kellnerin vor mir um Jada, Peyton, Andy oder April handeln könnte. Auf jeden Fall bin ich schwer beeindruckt von der Idee, in diese Rolle zu schlüpfen. Das Servicepersonal kann unauffällig Gespräche belauschen und so alle anderen auf ihre Glaubwürdigkeit testen.

Cassy bricht jedoch mit meiner Erwartung, indem sie die Augenbrauen zusammenzieht und mit dem Kopf schräg nach links zu den Männern deutet, die ich gerade genauer unter die Lupe nehmen wollte. »Deine Kollegen sind dort drüben. Sie warten sicher schon auf dich. Und danke, dass du dich nicht bei Ms Masters beschwerst.« Sie klimpert mit den Wimpern und verschwindet zwischen zwei Frauen in bodenlangen Abendkleidern. Jetzt bin ich mir nicht mehr so sicher, ob sie wirklich eine meiner Schreibkolleginnen ist.

Ich gehe gezielt an Amandas vermeintlichen Kollegen vorbei und steuere das Büfett an, wo sich gerade ein Mann mit grau melierten Schläfen und gut sitzendem Smoking mit Josephine Masters unterhält. Sie fängt meinen Blick auf und mein Lächeln verkrampft, als sie mich zu sich winkt.

»Matthew, darf ich dir jemanden vorstellen?«, kündigt sie mich an und der Mann sieht sich sofort zu mir um. Ms Masters blickt mich auffordernd an.

»Hi«, sage ich und tackere mein Lächeln fest. »Ich bin Amanda White.« Ich reiche ihm die Hand.

»Matthew Rochester«, erwidert er mit einem sanften Händedruck, während Ms Masters eifrig erklärt: »Matthew ist vom ersten Jahr an einer der großzügigsten Unterstützer des Young Talents Awards.«

Mr Rochester winkt ab, als wäre es keine große Sache. »Was führt Sie auf den Empfang, Ms White?«

Mein Atem gerät durcheinander. Sind alle Gäste eingeweiht? Mein Hirn spuckt diverse Varianten aus, wie die Szene weitergehen könnte. *Amandas* Szene. Ich kann nur hoffen, dass Mr Rochester nicht ebenfalls zu Bloomsbury gehört und ich mich bloßstelle.

»Eine Einladung, die ich unmöglich ablehnen konnte. Es ist so aufregend, hier zu sein«, lege ich mir Amandas Worte in den Mund. »Zuletzt habe ich so viele literaturbegeisterte Menschen auf der London Bookfair getroffen. Es ist so großartig, dass Sie uns allen hier diesen Abend ermöglichen, Ms Masters.« Ich klopfe mir auf die Schultern, weil ich Mr Rochesters Aufmerksamkeit zurück auf Josephine Masters lenken konnte, die ein Schmunzeln unterdrückt, mir aber gediegen zunickt.

Ich gebe meine Rolle noch einige weitere Male zum Besten, erzähle zwei Frauen, dass ich aufgrund einer Allergie leider nie ein Haustier haben konnte, und bin sehr still, als ich mitbekomme, wie sich ein paar Gäste über ihre größten Ängste unterhalten. Jeder hier im Saal könnte aus unserer Schreibgruppe stammen und doch stellen sie ihre Figuren so gut dar, dass ich außer Ezra niemanden identifizieren kann. Es ist zum Verzweifeln. Kurz nach einundzwanzig Uhr gebe ich auf, esse ein paar Snacks vom Büfett und gehe anschließend auf Ezra zu, der noch immer ohne Gesellschaft herumsteht und nur hin und wieder den Platz gewechselt hat. Für einen Einzelgänger hätte ich ihn nicht gehalten.

»Sind Sie nicht Ezra Phillips?«, begrüße ich ihn mit etwas zu viel Begeisterung, denn er verzieht das Gesicht und schaut sich rasch um, als wäre das ein Geheimnis. Erst nachdem er sicher ist, dass uns niemand beachtet, fixiert er mich wieder und nickt.

»Ich wusste nicht, dass Sie auch hier sein würden. Meine Freundin liebt Ihren Account!« War das zu dick aufgetragen?

»Danke.« Ezra verlagert das Gewicht und wirkt, als würde er jeden Moment die Flucht ergreifen. Seine Finger erwürgen nahezu das leere Glas in seiner Hand.

»Auch ich nehme viel aus Ihren Posts mit. Über einige Themen, die Sie aufgreifen, habe ich mir vorher nie Gedanken gemacht. Es ist toll, was Sie da machen.« Der Teil entspricht der Wahrheit, meiner Wahrheit, nicht Amandas. Ezras Instagram-Posts sind tiefgründig, öffnen die Augen für die nackte Realität. Er schreibt über Alltagsrassismus, Ableismus, Ausgrenzung oder toxische Männlichkeit.

»Das … freut mich«, sagt er, ohne dass sich diese Freude in seinem Gesicht widerspiegelt. Er presst die Lippen zusammen und ich sehe, dass er gehen will.

»Mein Name ist übrigens Amanda White und ich arbeite bei Bloomsbury.« Ich warte auf eine Reaktion, vielleicht kurz geweitete Augen, doch Ezra zeigt keinerlei Interesse. Sollte er nicht überfreundlich sein, wenn ihm ein potenzieller Verlagskontakt begegnet? Er kann schließlich nicht wissen, ob er daraus vielleicht einen Vorteil für eine Karriere als Autor ziehen könnte. Der Ezra vor mir ist das

Gegenteil von @*EzraWrites*, seinem Alias in der Schreibgruppe, und er ähnelt auch keinesfalls dem Bild, das ich mir durch Instagram von ihm gebildet habe. Er ist so distanziert und einsilbig. Fast schon arrogant blickt er immer wieder zur Seite, als wäre ich seine Zeit nicht wert. Hat er schlechte Erfahrungen mit Fans gemacht? Bin ich gerade zu aufdringlich?

Doch Amanda kann ihn nicht darauf ansprechen, ohne dass sie *mich* outet, daher grinse ich ihn schrecklich falsch an und verabschiede mich.

Dieser Abend ist ein Desaster! Oder ich bin furchtbar schlecht im Einschätzen von Menschen. Oder beides. Vielleicht bedarf es einer gewissen Erfahrung, um diese Aufgabe zu meistern? Dank Mums Übervorsicht war ich nicht sehr oft auf Partys. Ein halbwegs »normales« Sozialleben hatte ich erst mit Start der Uni – mehr oder weniger. Frustriert schnappe ich mir einen Champagnerkelch vom Tablett eines vorbeilaufenden Kellners und gehe zur Terrasse. Vom Büfett aus habe ich gesehen, dass lediglich drei Stufen von der Veranda in den Garten führen und das Geländer damit eher eine dekorative Funktion erfüllt. Draußen angekommen hole ich mehrmals tief Luft und ziehe damit die Blicke der beiden Frauen auf mich, denen ich vorhin von meiner Tierhaarallergie erzählt habe – und die sich immer noch lautstark über ihre Katzen unterhalten. Ich brauche eine kurze Auszeit, daher denke ich nicht großartig nach, sondern steige die Treppe hinab.

Der Schatten des Geländers fällt über die Büsche und Sträucher, zwischen denen sich ein Weg hindurchschlängelt, der mit Mulch ausgelegt ist. Irgendwo zirpen Grillen und ein süßlicher Geruch liegt in der Luft. Ich sehe über meine Schulter hoch zu meinem Zimmer, das sich von hier aus auf der linken Gebäudeseite befinden muss, aber der Winkel ist so schlecht, dass ich nicht über die Brüstung meines Balkons hinwegsehen kann. Daher folge ich dem Pfad und drehe mich immer wieder zu meinem Zimmer um, doch inzwischen versperren mir ausladende Baumkronen die Sicht. Am Ende des Pfads treffe ich auf eine hölzerne Bank, die sich um den Stamm eines riesigen Baumes windet. Meine Schritte federn auf den weichen Rindenstückchen und ich bin froh über die flachen Sandalen, für die ich mich entschieden habe. Mit hohen Absätzen müsste ich mich auf jeden Schritt konzentrieren, um nicht umzuknicken. Dennoch freuen sich meine Füße über die Erholung vom Stehen, als ich mich auf die Bank fallen lasse, während die beleuchtete Veranda von Masters' Castle wie eine entfernte Kulisse vor mir liegt.

Ich streife die Schuhe von den Füßen und grabe meine Zehen in den Mulch. Der Geruch von Baumrinde erinnert mich an meine Kindheit, an all meine Ausflüge in das Wäldchen, das gleich hinter dem Garten meines Elternhauses beginnt und bis zum Steinbruch führt. Dort hat die Rittessin so viele Abenteuer erlebt, auch wenn meine Grundschullehrerin nichts davon geglaubt hat.

Ich seufze bei den Erinnerungen und will gerade einen Schluck aus dem Glas nehmen, als sich praktisch direkt neben meinem Ohr jemand räuspert. Das Glas gleitet mir aus der Hand, landet weich im Mulch und der Inhalt sickert neben meinen Sandalen in den Untergrund.

4

Tod durch Herzstillstand! Das habe ich irgendwann einmal recherchiert, wie so vieles, das nie in einem meiner Manuskripte gelandet ist oder je landen wird. Berufskrankheit. Eins führt zum anderen und schon ist man beim Thema »plötzliche Todesarten«. Aber ich fand es spannend. Eine reale Gefahr, vor der mich Mums Worte nicht warnen können.

»Verfluchte Mistbiene!«, entfährt mir der typische Fluch meiner Rittessin, von dem ich dachte, ich hätte ihn längst im Buch zurückgelassen. Weil unsere Eltern keine klassischen Schimpfwörter erlauben, mussten Bree und ich uns Alternativen suchen. »Warum schleichst du dich …«

Der Rest der Worte bleibt mir im Hals stecken, als ich einen Blick auf den Verursacher des Räusperns erhasche, der gerade aus dem Schatten auf der anderen Seite des Baumstamms auftaucht.

»Eine sehr interessante Art zu schimpfen.« Er grinst mich an.

Unglaublich! Der Typ wäre die perfekte Besetzung für die männliche Hauptfigur eines Liebesromans. Die zerzausten schwarzen Haare schimmern bei der kleinsten Bewegung, selbst in der schummrigen Beleuchtung der knöchelhohen Lämpchen entlang des Weges.

Das Spiel aus Licht und Schatten, das sich auf seinen hohen Wangenknochen und dem markanten Kinn abzeichnet, würde jeden Fotografen vor Glück schaudern lassen. Dazu die schon fast übertrieben langen dichten Wimpern, die seine Augen umrahmen. Beinahe hätte ich ihn gefragt, ob er Kajal benutzt, kann mich aber zurückhalten.

»Habe ich irgendwas im Gesicht?«, fragt er, während ich ihn noch immer anstarre, um die Farbe seiner Augen zu erkennen. Doch sie sind so dunkel, dass ich keinen Übergang von der Pupille zur Iris ausmachen kann. Was vermutlich am Zwielicht hier draußen liegen könnte. Er sieht mich noch immer erwartungsvoll an, fährt sich aber in einer fast schon nervösen Geste über das Gesicht, was mich total verunsichert, weil es nicht zu seinem ansonsten ziemlich selbstbewussten Auftreten passt.

»Nein, da … ist nichts«, stammle ich irritiert.

»Zum Glück«, seufzt er. »Wäre peinlich gewesen, mit all den Leuten da drin.« Er lächelt mich an und sein leicht rauchiger Tonfall vibriert durch meinen Körper. Er erinnert mich an den Sprecher, der die Hörbücher einer meiner Lieblingsautorinnen einliest, Bücher mit sehr hohem Erotikanteil. Nur dadurch kann ich mir erklären, warum es hier auf der Bank kurzfristig mindestens zehn Grad wärmer wird und meine Stimme klingt, als hätte ich drei Nächte durchgemacht.

»Sitzt du öfter allein im Dunkeln und erschreckst andere Leute?«, krächze ich und das amüsierte Zucken um die vollen Lippen meines Gegenübers wandert hoch in seine Augen.

»Nein, nicht immer.« Er beugt sich etwas näher, Neugier ersetzt die Belustigung in seinem Gesicht. »Aber bei einer so sympathischen Gesellschaft, jederzeit.«

Flirtet er etwa mit mir?

Nein, nicht mit mir, korrigiere ich mich. Mit Amanda. Nur … wie würde Amanda reagieren? Ich habe mir über alle möglichen Gesprächsthemen Gedanken gemacht, aber nicht über ihr sehr privates Privatleben – schließlich sind wir hier auf einem beruflichen Empfang.

Während ich mir ausmale, was Amanda tun würde, beugt er sich noch näher, hält meinen Blick gefangen und flüstert viel zu nah: »Du hast da …«

Ich erstarre, als mich ein Luftzug streift, wage es nicht, zu atmen oder irgendetwas zu sagen, bis seine prickelnde Nähe verschwunden ist. Er hat sich nur vorgebeugt, um mein hinuntergefallenes Glas aufzuheben.

»… wohl etwas verloren.« Er richtet sich wieder auf und reicht mir in einer präsentierenden Geste das Glas, ehe er sich wieder zurücklehnt. Seine rauen Worte hallen in mir nach, bringen mich aus dem Konzept, sodass ich unfähig bin, zusammenhängende Worte zu formen. Daher hauche ich nur ein »Danke …«, dem deutlich ein Fragezeichen nachhallt, während ich mich am Glas festkralle wie an einem Rettungsseil.

»Sorry«, rudert mein Gegenüber zurück und streicht sich anschließend durch die Haare. »Ich wollte dich nicht erschrecken.« Er rutscht noch ein wenig weiter von mir weg. »Was machst du hier allein im Dunkeln?«

»Vor den Small Talks flüchten«, erwidere ich wahrheitsgemäß. Ich deute vage zu Masters' Castle zurück. »Und du?«

»Dasselbe«, erwidert er knapp, lässt sich wieder gegen die Rückenlehne der Bank fallen und atmet hörbar aus. Er sitzt nun weitaus näher als zuvor, sonst hätte ich ihn schließlich gleich gesehen. Der Geruch eines sportlichen Duschgels oder Rasierwassers schwebt zu mir, als er den Kopf in den Nacken legt und zur Baumkrone hinaufstarrt. Mein Autorinnenhirn scheitert kläglich bei dem Versuch, ihn in eine Schublade zu stecken, um seine Handlungen irgendwie vorhersehbar zu machen, was mich frustriert. Dieser Typ irritiert und fasziniert mich gleichermaßen. Dann wird mir bewusst, dass ich nicht einmal weiß, wie er heißt.

Ihm ging offenbar dasselbe durch den Kopf. »Meine Manieren sind offenbar auch aufgebraucht.« Er richtet sich so schnell auf, dass ich zurückzucke. »Ich bin Killian. Verrätst du mir deinen Namen?« Er wendet sich mir wieder zu und reicht mir die Hand.

Ist das ein Test? Wie auch immer, ich muss meine Rolle aufrechterhalten.

»Ich bin Amanda White und arbeite bei Bloomsbury. Und du?«

Er runzelt die Stirn. »Ich wusste nicht, dass inzwischen Kurzbiografien am Namen hängen. Ich studiere noch«, gibt er dann resigniert zu. Ich schätze ihn etwa auf mein Alter und nicke dann. »Was studierst du?«

»Heute sind alle wahnsinnig neugierig«, sagt er frustriert. »Meine … Freunde behaupten, es sei nur ein Alibistudium.«

Mir entgeht weder, dass er bei »Freunde« kurz ins Stocken gerät, noch dass er meiner Frage ausweicht. Mein Blick streift ihn noch einmal flüchtig. Ich weiß nicht, ob es das Wort *Alibistudium* tatsächlich gibt, aber ich bin mir ziemlich sicher, dass der Begriff schon mal auf unserem Schreibserver in Bezug auf Lydia Clarke verwendet wurde, die manchen Mitgliedern nach nur studiert, um sich zu beschäftigen.

»Und warum denken deine Freunde das?« Vielleicht bekomme ich sein Studienfach auf Umwegen heraus.

Er mustert mich, das Lächeln wirkt aufgesetzt. »Ich bin Erbe einer der zehn reichsten Familien Großbritanniens und laut Presse der *Traum aller Frauen*. Ich hätte es nicht nötig zu studieren.« Das bittere Lachen, das nun aus seiner Kehle dringt, lässt die Worte nicht wie erwartet lächerlich übertrieben und arrogant klingen, sondern irgendwie … überzeugend. Ich bin schockiert über mich selbst, kann ihn nur anstarren, auf der Suche nach irgendeiner Regung, die mir hilft, ihn einzuschätzen. Meine Finger verkrampfen sich um den Stiel des Sektglases in meiner Hand.

»Du hast gefragt«, sagt er schulterzuckend. »Ich bin hier als Gastjuror beim YTA«, fügt er kaum hörbar hinzu, ehe er sich wieder zurücklehnt und dem Blätterdach widmet.

Ein Gedankentornado rast durch mein Hirn und legt endlich die Erklärung für alles frei: *Killian* spielt ebenfalls eine Rolle! Deshalb wirkt er sowohl faszinierend als auch irritierend. Er handelt nicht plausibel genug, um zu überzeugen. Seine gewählte Figur ist ein wandelndes Klischee – fehlt nur noch die tragische Vergangenheit, aber die bindet man schließlich niemandem direkt beim Kennenlernen auf die Nase.

In den Unterlagen wurde neben Ms Masters und einer Literaturprofessorin als drittes Jurymitglied ein berühmter Bestsellerautor erwähnt. Mir ist aber trotz meines Studiums und dem Verschlingen von Büchern kein Bestseller-Killian bekannt. Mein Gegenüber hat sich verraten. Ich verberge mein Schmunzeln, indem ich mich abwende, bis ich die Fassung zurückerlangt habe.

Dann scanne ich Killians Äußeres. Die Körperhaltung passt zu seiner Rolle. Die selbstsichere Art, mit der er spricht, tut ihr Übriges. Unterstrichen von dem perfekt sitzenden, eng anliegenden Hemd mit der schmalen Krawatte würde ich ihm seine Geschichte glatt abnehmen – wenn er nicht so schamlos übertrieben und sich als Juror vorgestellt hätte.

Nur um wen aus meiner Schreibgruppe handelt es sich? Abgesehen von Ezra gibt es nur noch Jackson, Finley und Oscar. Oscar ist einundsechzig Jahre alt und daher beim Young Talents Award nicht teilnahmeberechtigt.

Bist du Jackson oder Finley?, rotiert es durch meinen Kopf. Mein Gehirn scannt fleißig sämtliche Details, die ich über meine beiden Schreibkollegen abgespeichert habe. Jetzt muss ich nur noch einen Weg finden, mein Wissen clever einzusetzen, um unauffällig die wahre Identität von Killian herauszufinden, dem noch immer ein halbes Lächeln auf den Lippen liegt.

»Wirst du die Nacht auf Masters' Castle verbringen?«, unterbricht er meine Gedanken. Es klingt so zweideutig, dass ich erneut überfordert bin. Ich habe noch nie mit Unbekannten geflirtet, war bislang eher der Typ Friends-to-Lovers und habe nicht die geringste Ahnung, wie ich reagieren soll, ohne aus meiner Rolle zu fallen. Während ich ihn nur anblinzle, rutscht er ein Stück zurück, das Schmunzeln noch immer auf den Lippen.

»Das sollte kein … Angebot sein«, legt er nach. »Ich weiß nur, dass einige Gäste hierbleiben.«

Diese Stimme! Fieberhaft überlege ich, ob einer meiner Schreibbuddys mal erwähnt hat, nebenbei Hörbücher einzusprechen. Doch mein Hirn ist plötzlich komplett leer. Mir fällt nur die kleine Chelsea ein, von der Jackson immer erzählt.

»Hast du Kinder?«, frage ich daher geradeheraus und mustere ihn unverwandt. Jackson ist alleinerziehend und vergöttert seine kleine Tochter, das wird aus jedem Kommentar deutlich. Wenn er vor mir säße, würden seine Augen aufleuchten, Tarnung hin oder her. Diese tiefe Liebe kann man nicht überspielen. Aber Killian runzelt nur die Stirn, offenbar irritiert ihn die Frage.

»Nicht, dass ich wüsste.« Die perfekte Antwort für seine Rolle. Ich bin beeindruckt. »Du?«

Ich schüttle schnell den Kopf. »Nein, habe ich nicht.«

»Das Training dafür hat aber auch seinen Reiz«, sagt er mit einer Stimme wie flüssige Schokolade. Wenn ich nicht gesehen hätte, wie die Worte seinen Mund verlassen, wie sich seine Lippen synchron dazu bewegen, hätte ich auf einen Flashback in mein letztes Hörbuch getippt. Ich schlucke rasch, weil mein Mund vollkommen ausgetrocknet ist.

Beinahe ehrfürchtig beobachte ich, wie sich sein Mundwinkel leicht hebt, er den Kopf ein wenig nach vorn neigt, während sein Blick mit einem Mal verhangen wirkt. Vor mir muss Finley sitzen. Ich kenne ihn seit rund einem Jahr, wir haben fast täglich voneinander gelesen. Er ist Lehramtsstudent. Physik und Mathematik. Wie kann es dann sein, dass er so gut in die Rolle des reichen Erben passt, der allein mit seinen Worten meinen Puls in die Höhe treibt?

»Oder stimmst du mir etwa nicht zu?« Killian beugt sich näher und fährt mit den Zähnen über seine Unterlippe.

Zwischen uns ist noch mindestens ein halber Meter Abstand, dennoch streift mich sein Atem. Oder ich bilde es mir nur ein, weil ich Derartiges zu oft gelesen oder gehört habe. Verdammt, Riley!

Reiß dich zusammen! Du kennst ihn, er ist einer deiner Schreibbuddys. Abgesehen davon hat dich der letzte Typ mit seinem Charme so blind gemacht, dass du erst wirklich geglaubt hast, dass er dich betrügt, als er es vor laufender Handykamera getan hat. Spiel deine Rolle! Wie würde Amanda auf so einen offensiven Flirt reagieren?

Ich lächle Killian an, während ich mir Amandas potenzielles Privatleben ausmale. Was spricht dagegen, dass sie im Privaten sehr selbstbewusst flirtet?

»Wieso sollte ich da nicht zustimmen?«, sage ich knapp. Meine Stimme klingt so anders, dass ich selbst überrascht bin. Offenbar habe ich mehr aus den prickelnden Szenen meiner geliebten Autorinnen mitgenommen, als ich erwartet habe. Doch erst die Reaktion meines Gegenübers sorgt endgültig dafür, dass mir heiß wird.

Es ist nur ein knapper, scharfer Atemzug, ein Schlucken, das trotz der Musik im Hintergrund deutlich zu hören ist, dann ein Blinzeln, als hätte sich Killian das »Training« gerade anschaulich ausgemalt. Schnell schiebe ich den Gedanken daran beiseite. Wir spielen beide unsere Rollen – und sind offenbar verdammt gut darin, sie mit Leib und Seele zum Leben zu erwecken. Schluss damit! Ich muss Finley enttarnen, um wenigstens irgendjemanden außer Ezra erkannt zu haben, schließlich gehört das zur Aufgabe.

»Ich bin übrigens händeringend auf der Suche nach einem Near-Future-Projekt, gern mit vielen technischen Details«, lenke ich nicht gerade gekonnt zu Finleys aktuellem Manuskript über, von dem wir schon ein paar Kapitel lesen durften. Finley liebt technischen Schnickschnack – das muss an seinen Studienfächern liegen –

und postet genauso viele Konzeptzeichnungen von irgendwelchen Maschinen wie Texte.

Killian ist überrumpelt und sieht mich an, als hätte ich ihn eben zum Strippen aufgefordert. Finley hätte Schauspieler werden sollen, anstatt zu schreiben. Seine Augen sind nun abschätzend zusammengekniffen, doch an der hektischen Bewegung erkenne ich, dass er kurz davor ist, die Flucht vor mir zu ergreifen. Er muss mich für verrückt halten.

»Sucht Bloomsbury derzeit nicht ausschließlich realistische Stoffe?« Sein Blick gleitet zur Seite, er durchstöbert seine Erinnerung nach einem Beweis. »Ich meine, so etwas gehört zu haben wie *die nächste Emily Prescott …*«, spuckt er aus, als wäre der Name der Newcomerin ein widerliches Insekt, das er versehentlich eingeatmet hat. Emily Prescott hat mit ihrem Debüt den Spitzentitelplatz bei Bloomsbury ergattert und es damit vor wenigen Monaten auf die Bestsellerlisten geschafft. Sie lebt meinen Traum. Was mich offenbar so beschäftigt, dass mir nur ein geistreiches »Hm?« entfährt, weil ich nicht gehört habe, was Killian danach gesagt hat.

»Mit wem arbeitest du denn im Team?«, wiederholt er seine Frage.

»Ähm … Susan und Miles«, nenne ich die erstbesten Namen, die mir einfallen.

Zwischen Killians Augenbrauen entsteht eine kleine Falte. »Die sagen mir gar nichts. Sind sie neu bei Bloomsbury?«

Ist das eine Fangfrage, um mich zu enttarnen? Spontan entrollt sich eine ganze Story rund um ein imaginäres Team in meinem Kopf, das ein spezielles Newcomer-Projekt für ein neues Imprint auf die Beine stellt …

Doch ich komme nicht mehr dazu, Killian das Ergebnis zu präsentieren. Die Musik, die leise bis zu uns geschwebt ist, verstummt. Killian verzieht das Gesicht und stößt ein Seufzen aus.

»Wir sollten wohl reingehen. Das offizielle Programm beginnt.«

Das offizielle Programm? Woher weiß er davon? Hätte ich mich ebenfalls erkundigen sollen? Ich war eindeutig auf zu wenigen Veranstaltungen. Danke, Mum!

Er steht auf und streckt mir höflich eine Hand entgegen, aber ich schaffe es allein von der Bank hoch. Ich schlüpfe in meine Sandalen, Killian wartet auf mich – noch immer komplett in seiner Rolle – und bietet mir seinen linken Arm an.

»Auf in den Kampf«, spricht er mir – oder sich selbst? – Mut zu.

Finley ist offenbar ein Naturtalent im Rollenspiel und ich frage mich, warum er sich immer auf seinen besonderen Weltenbau beschränkt, wenn er dieses Talent doch für genial tiefgründige Figuren nutzen könnte, die ganz ohne Technik und Fantasy auskommen.

Ein Applaus rollt uns entgegen, als wir die Veranda betreten, wo Killian mir das leere Glas aus der Hand nimmt und auf einem Servierwagen abstellt.

»Ich heiße Sie alle herzlich willkommen«, dringt die Stimme von Josephine Masters aus versteckten Lautsprechern auf mich ein, während wir den Saal betreten. Meine Augen müssen sich noch an das grelle Licht gewöhnen, aber dann sehe ich die Hausherrin auf der kleinen Bühne vor dem DJ Pult stehen.

»Nachdem Sie sich alle gut unterhalten haben, möchte ich Ihnen nun einen ganz besonderen Gast vorstellen.«

Ich bemerke erst, dass ich noch immer bei Killian untergehakt bin, als er sich merklich anspannt, den Blick starr auf die Bühne gerichtet. Schnell entziehe ich ihm meine Hand, ohne zu wissen, was ich jetzt mit ihr anfangen soll. Killian reagiert nicht darauf, sein Arm ist noch in derselben Haltung. Er steht reglos da, abwartend.

»Einen Applaus für unseren Gastjuror, der spontan meinen Juryplatz eingenommen hat: meinen Sohn, Killian Masters!«

5

Während alle um mich herum erfreut applaudieren und Killian – Killian Masters! – in Richtung Bühne geht, sehne ich mir ein schwarzes Loch herbei, das sich unter mir auftut und mich einsaugt. Oder ein Portal in eine andere Welt. Egal was. Hauptsache, ich bin weg.

Doch leider hatte meine Grundschullehrerin wohl recht. Ich kann der Realität nicht immer mit meiner Fantasie entfliehen. Also sehe ich dabei zu, wie Killian gespielt locker auf die Bühne springt und mit einem aufgesetzten Lächeln ins Publikum blickt, das sich erst in den zarten Fältchen an seinen Augenwinkeln zeigt, als er mich entdeckt. Das Lächeln wird zum süffisanten Grinsen. Er hat kein Wort gelogen, keine Rolle gespielt, sondern mich nur … getestet?

Von wegen, mir ist nichts peinlich! Danke für die Fehleinschätzung, Bree. Ich habe mich gerade vor einem der Juroren absolut lächerlich gemacht und hatte sogar noch Spaß dabei. Verdammt!

»Ich bitte nun auch unsere diesjährigen Teilnehmerinnen und Teilnehmer auf die Bühne«, fährt Ms Masters fort und ein kollektives Rascheln erklingt, als sich alle nach den Personen umdrehen, die sich nun – genau wie ich – in Bewegung setzen. Ich starre stur nach vorn, auf Killian, der erst in diesem Moment zu begreifen scheint, dass er nicht mit Amanda geflirtet hat, sondern mit …

»Riley Madows.« Josephine Masters streckt mir die Hand entgegen und ein höfliches Klatschen folgt mir die zwei Stufen hinauf. Ms Masters schiebt mich auf ihren Sohn zu, dessen Kiefermuskulatur nun so angespannt ist, dass er den Mund vermutlich nie wieder öffnen kann. Seine Augen sind zu Schlitzen geworden, dennoch erkenne ich im grellen Scheinwerferlicht das dunkle Blau darin. Ich habe mich wohl getäuscht. Er hat doch eine Rolle gespielt. Die eines freundlichen Menschen – denn jetzt hat ihn die Realität in ihren Fängen.

»Ezra Phillips und Jackson Morris«, begrüßt Ms Masters die nächsten Teilnehmer und ich mustere Jackson, der seine schulterlangen blonden Haare ordentlich im Nacken zusammengebunden hat und ein Kellneroutfit trägt. Von seinem Tablett hatte ich mir das Glas geschnappt, das mir Killian kurz zuvor abgenommen und auf den Servierwagen zurückgestellt hat. Ich war so fixiert auf Kellnerin Cassys wahre Identität, dass ich ihn nicht beachtet habe. Er lächelt mich breit an, als er sich neben mich stellt.

»Wie geht es Chelsea?«, frage ich und prompt erscheint das liebevolle Leuchten in Jacksons Augen, das ich auf der Bank bei Killian erwartet hatte.

»Zum Glück ist sie ausnahmsweise gesund geblieben. Toi, toi, toi.«

Ich hebe meinen Daumen, konzentriere mich dann aber wieder auf unsere Gastgeberin.

»Peyton Hughes und Lydia Clarke«, stellt sie meine Schreibkolleginnen vor. Ich verfolge, wie sie Ms Masters die Hand reichen. Aber egal, wie lange ich die beiden mustere, ich bin mir sicher, dass ich sie den ganzen Abend nicht gesehen habe. Sie tragen beide knielange Kleider, nicht zu auffällig, aber auch nicht zu unscheinbar. Lydia, deren Familie sehr viel Geld besitzt, habe ich mir ganz anders vorgestellt. Sie hat leicht gewelltes dunkles Haar, das ihr in einem kurzen Bob bis knapp zum Kinn reicht. Im Profil wirkt sie mit ihrem Schmollmund und den künstlichen Wimpern wie einer Fotografie aus den 1920ern entsprungen.

Peyton hebt die Hand zu einem Winken. Mit ihren dunklen hochgesteckten Haaren stellt sie in meinen Augen das komplette Gegenteil einer knallharten freiberuflichen Journalistin dar. Woher auch immer die Idee kam, dass sie einen blonden Kurzhaarschnitt trägt – ich lag komplett daneben. Nur ihre sportliche Figur und die sichtbaren Muskeln an den schlanken Armen entsprechen meinem Bild von ihr.

»Finley Ward«, begrüßt unsere Gastgeberin den nächsten Teilnehmer. Hätte ich gewusst, dass Finley nicht der Nerd mit Brille aus meiner Vorstellung ist, sondern ein sportlicher Schwarzer mit gewinnendem Lächeln, wäre mir die Blamage mit Killian erspart geblieben. Aber ich kann verstehen, dass er seine Hautfarbe in der Gruppe nicht zum Thema gemacht hat. Schließlich weiß man nie, auf was für empathische Nullen man sich im Netz einlässt. Mit federnden Schritten überquert er die Bühne und grüßt uns alle persönlich mit Namen.

Ein leises Rumpeln seitlich der Bühne lenkt meine Aufmerksamkeit von Peyton und Lydia ab, die sich gerade flüsternd unterhalten. Die junge Frau mit den hellbraunen Haaren im Rollstuhl, die mir vorhin schon aufgefallen ist, gleitet scheinbar mühelos eine flache Rampe hinauf. Ich bin wahnsinnig gespannt, wen ich vor mir habe.

Vielleicht Andy Turner, die wohl größte Romantikerin der Welt? Oder Jada Evans, die beruflich ständig im ganzen Land unterwegs ist?

»April Thorne«, überrascht mich Ms Masters Stimme aus den Lautsprechern. April aka *@KissofThornes* schreibt die blutrünstigsten Kampfszenen, die ich je gelesen habe, was mein in Schubladen denkendes Hirn dazu gebracht hat, sie irgendwo zwischen volltätowierter Rockerbraut und Gothic-Model abzuspeichern. Ich habe mich ebenso oft mit April im Privatchat ausgetauscht wie mit Peyton oder Oscar. Es ist einfach nur überwältigend, sie nun vor mir zu sehen – so ganz anders als erwartet. Einzig Aprils strahlendes Lächeln entspricht meiner Vorstellung. Ihr Gesicht sprüht förmlich vor Begeisterung und ihre Augen funkeln mit den eingefassten Steinchen der mehrreihigen Kette über dem Wasserfallausschnitt ihres Kleides um die Wette.

Ein Lächeln, das ich aus tiefstem Herzen erwidern kann. Ich spüre, dass wir auch im realen Leben harmonieren werden, uns gegenseitig helfen und unterstützen können. Dieses Gefühl nimmt augenblicklich den Druck von mir, der seit meiner Ankunft auf Masters' Castle immer weiter angestiegen ist. Im warmen Schein von Aprils Lächeln fühle ich mich um so vieles leichter.

Zu Jada Evans hatte ich keine genaue Vorstellung, bis auf die Tatsache, dass ich sie immer in ein Businesskostüm gesteckt habe. Jada ist mir am Abend mehrmals aufgefallen. In ihrem türkisfarbenen Pastellkleid hat sie sich perfekt in die Menge eingefügt und ständig mit irgendwelchen Leuten gesprochen, sodass ich davon ausgegangen bin, dass sie alle kennt – und sie als Teilnehmerin ausgeschlossen habe.

Die Überraschung steht uns dann aber allen ins Gesicht geschrieben, als Andy Turner auf der Bühne begrüßt wird. Andys romantische Szenen berühren mich immer wieder tief in der Seele, jede Kussszene weckt die Sehnsucht auf körperliche Nähe und jede Liebeserklärung gehört in eine Zitatensammlung. Doch anstelle der erwarteten verträumten Frau betritt ein muskulöser Mann mit ultrakurzen Haaren und Fünftagebart die Bühne. Sein Hemd sitzt schlecht und spannt vermutlich unangenehm am Bizeps, die Krawatte kann kaum kaschieren, dass die Knöpfe kurz davor sind, ihren Job einzustellen.

»Andy?« Ich blinzle ihn an, als ich seine Hand ergreife und bei einem sanften Händedruck seine raue Haut spüre.

»Kommt unerwartet, hm?« Er grinst, was ihn jünger als vierundzwanzig wirken lässt, wie er es im Anmeldebogen angegeben hat.

»Ziemlich«, antwortet April neben mir und reicht Andy ebenfalls die Hand.

»Last, but not least, möchte ich Ihnen Professorin Meredith Seymour vorstellen. Sie ist mit ihrem Kurs in Kreativem Schreiben eine der begehrtesten Gastdozentinnen des Landes und eine gern gesehene Besucherin auf Masters' Castle.«

Begleitet von Applaus betritt Professorin Seymour die Bühne und tauscht Wangenküsschen mit Ms Masters aus.

Ich schätze die Professorin auf Mitte bis Ende vierzig. Der akkurat geschnittene schwarze Pony mit ersten grauen Strähnen lässt sie etwas streng wirken, aber sie hat freundlich strahlende Augen, die von Lachfältchen umrahmt werden. Ihre weiblichen Formen bringt sie mit einem klassischen Businesskostüm zur Geltung.

Nun übernimmt sie das Mikrofon. »Auch ich heiße Sie alle herzlich willkommen. Natürlich insbesondere unsere diesjährigen Kreativen. Gleich vorab möchte ich Sie darauf hinweisen, dass die Aufgaben bei diesem Vorentscheid nicht mit denen eines klassischen Schreibkurses verglichen werden können, wie ich ihn meinen Studierenden anbiete. Denn wir haben uns einiges überlegt, wie wir Sie alle herausfordern können.« Sie zwinkert Ms Masters zu, die eifrig nickt. »Was den Teilnehmenden bereits bekannt ist, werde ich nun noch einmal allen erklären.« Sie fixiert Matthew Rochester, den Ms Masters mir vorgestellt hat und der direkt am Rand der Bühne steht. »Die diesjährigen Kreativen haben sich zuvor noch nie gesehen, was wir zum Anlass genommen haben, mit der von der Kommission geforderten Charakterdarstellung zu beginnen. All die Schreibenden auf dieser Bühne haben sich für diesen Abend ein Alter Ego zugelegt. Ich bitte nun Sie, verehrte Anwesende«, ihr Blick gleitet durch den Saal, sie bleibt an ein paar Gesichtern hängen und nickt ihnen zu, »diese alternativen Identitäten auf Herz und Nieren zu prüfen, als wären Sie die aufmerksamsten Lektorierenden der Welt.« Sie grinst vergnügt und nickt einer Rothaarigen mit Pixiecut zu, die lachend den Kopf schüttelt. Dann fährt die Professorin fort: »Beim Verlassen des Saals händigt Ihnen das Personal einen Fragebogen aus, auf dem Sie unsere Schreibenden bewerten und kleine Erinnerungsfetzen notieren können, die wir dann mit dem zweiten Teil der Aufgabe abgleichen werden. Ich danke Ihnen schon jetzt für Ihre kreativen Fragen und die Abgabe Ihrer Meinung.« Professorin Seymour wendet sich wieder an uns und ich überlege fieberhaft, ob ich die Anweisung für den zweiten Teil der Aufgabe überlesen habe. »Sie alle erhalten von mir einen nicht ganz klassischen Charakterbogen per E-Mail. Bis morgen Abend erwarte ich ihn schlüssig ausgefüllt zurück. Bitte geben Sie ihre Arbeiten bei meiner Assistentin Natalia ab.« Sie deutet zum Bühnenrand, wo eine junge Frau, vermutlich eine von Professorin Seymours Studentinnen, einsam an der Wand steht und schüchtern die Hand hebt. »Die anderen Jurymitglieder und ich werden Ihre Antworten mit den Ergebnissen des heutigen Gesprächsabends abgleichen. Und nun runter von der Bühne«, fordert sie uns mit einer ausladenden Geste auf. Unten im Saal wird eifrig geklatscht, während sie uns zuflüstert: »Haut sie aus den Socken!«

Diese unerwartete Redewendung überrascht mich so sehr, dass ich auflache, genau wie die anderen. Motiviert von ihren Worten gehe ich unter den Blicken Dutzender Augenpaare auf die Stufen der Bühne zu.

»Nein, danke!«, ertönt es in diesem Moment hinter mir und ich drehe mich um.

Lydia steht direkt neben April und hält in einer entschuldigenden Geste die Hände in die Höhe. Dann wendet sie sich schnell ab und murmelt, dass sie doch nur freundlich sein wollte. Während sie eingeschnappt die Bühne verlässt und der DJ seinen Job wieder aufnimmt, verfolge ich, wie April ihren Rollstuhl kontrolliert die Rampe hinabrollen lässt, die Hände dabei fest um die schwarzen Greifreifen geschlungen. Ob sie schon ihr Leben lang im Rollstuhl sitzt?

»Entschuldigen Sie, Ms White …« Ich drehe mich zu der Stimme um und stehe Mr Rochester gegenüber, dem großzügigen Unterstützer des YTAs. »Gestatten Sie mir zu erwähnen, dass mich Ihr Auftritt bei unserer ersten Begegnung vollkommen überzeugt hat?« Seine kleinen Augen verschwinden beim Lächeln beinahe zwischen den Oberlidern und den ausgeprägten Tränensäcken.

Mir liegt ein »Danke« auf der Zunge, doch ich halte es im letzten

Moment zurück. Amanda müsste sich nicht für einen überzeugenden Auftritt bei einer stinknormalen Begrüßung bedanken. Daher runzle ich irritiert die Stirn.

»Es tut mir leid, ich verstehe nicht ganz«, setze ich an und fühle mich bescheuert. »Und entschuldigen Sie, dass ich Sie nicht gleich erkannt habe, aber ich bin noch neu in der Branche und hatte bisher wenig Kontakte außerhalb des Verlags«, lenke ich ab und wage mich sogar in die Offensive, die zu Amandas Zielstrebigkeit passt. »Aber das ließe sich ändern. Würden Sie mir dabei helfen?«

Mr Rochester schmunzelt und nickt, ehe er mir seinen Arm anbietet.

Innerhalb der nächsten Stunde lerne ich mehr Menschen kennen als vermutlich in meinem bisherigen Leben. Zu meiner Schande muss ich gestehen, dass ich sämtliche Namen bereits nach wenigen Sekunden wieder vergessen habe. Amanda White wird zu ihren Hobbys, ihrem Werdegang, ihrem Lieblingsbuch und zu vielem Weiteren befragt und ich glaube, sie konnte die meisten in den Gesprächen überzeugen. Nur Killian Masters begegnet mir in der ganzen Zeit nicht wieder, auch wenn ich mich mehrmals dabei ertappe, im Saal nach ihm Ausschau zu halten.

Bevor Mr Rochester sich schließlich verabschiedet, führt er mich zu der Rothaarigen mit dem Pixiecut, die Professorin Seymour vorhin angesprochen hat, und stellt sie mir als Elena Carter, Juniorlektorin bei Bloomsbury vor.

Sie reicht mir die Hand und meine Synapsen feuern unentwegt, weil mir Amandas Kollegin gegenübersteht, die mir anbietet, uns mit Vornamen anzusprechen. Nach dem ersten Small Talk tische ich ihr mit Begeisterung meine für Killian entworfene Story über das neue

Imprint auf. Ein vergnügter Glanz liegt in Elenas Augen, schließlich weiß sie, dass die Geschichte ausgedacht ist.

»Die Arbeit in diesem Team klingt sehr spannend«, erwidert sie. »Ich bin derzeit mal wieder auf der Suche nach diesem einen Manuskript, das mich von der ersten Seite an in den Bann zieht, du kennst das sicher. Wir haben an sämtliche Kontakte weitergegeben, dass wir eine gute Mischung zwischen Liebe und Spannung suchen, aber bisher konnte mich keiner der Texte überzeugen. In meinem Postfach stapeln sich die von den Agenturen eingereichten Vorschläge, doch kaum ein Exposé schafft es, mein Interesse so weit zu wecken, mir auch die Leseprobe anzuschauen.« Sie seufzt theatralisch. »Falls du etwas in der Richtung hast …« Sie lässt den Rest des Satzes offen und schaut mich dabei erwartungsvoll an.

Mein aktuelles Projekt setzt den Fokus eher auf die Romantik, aber weil sich bei mir irgendwie immer ein Spannungsplot einschleicht, könnte es ihren Anforderungen entsprechen. Nur leider ist es nicht die heutige Aufgabe, meinen Text zu pitchen, sondern meine entwickelte Figur zu verkörpern.

»Ich kenne das nur zu gut«, erwidere ich deshalb und wiederhole ihr Seufzen. »Falls mir zufällig ein Manuskript in die Hände fällt, das zu deinen Anforderungen passt, leite ich es dir gern weiter.«

Elena nickt anerkennend, ehe sie sich hastig verabschiedet, weil sie jemanden gesehen hat, den sie »unbedingt noch erwischen muss«, bevor sie geht.

Ich war so in das Gespräch mit ihr versunken, dass ich jetzt erst bemerke, wie leer der Saal inzwischen ist. Von den anderen aus meiner Schreibgruppe kann ich niemanden mehr entdecken. Auch Professorin Seymour und ihre Assistentin scheinen den Empfang bereits verlassen zu haben. Die wenigen Grüppchen, die sich in dem großen Saal beinahe verlieren, bestehen ausschließlich aus Gästen, die mir Mr Rochester vorgestellt hat. Das Servicepersonal räumt im Hintergrund das Büfett ab. Cassy verteilt kleine Cocktails.

Ich beschließe, den Abend ebenfalls zu beenden, und nehme den Seiteneingang, durch den mich Cassy hergeführt hat. Mit einem Hauch von Stolz drücke ich wenig später die Klinke an der Tür zu meinem Zimmer, das ich tatsächlich auf Anhieb gefunden habe.

Ein dicker Umschlag in Übergröße springt mir ins Auge, als ich eintrete. Ich hebe ihn vom Boden auf und öffne ihn, während ich mit dem Fuß die Tür zustoße und erst mit Mums Stimme im Ohr daran denke, von innen abzuschließen. Den Inhalt des Kuverts breite ich auf meinem Bett aus und lasse mich daneben auf die weiche Decke sinken. Abgesehen von dem Charakterbogen, den Professorin Seymour bereits erwähnt hat und der unseren entwickelten Charakter auf Herz und Nieren prüfen soll, befinden sich zehn große DIN-A4-Umschläge und ein Anschreiben darin, das ich sofort überfliege.

Liebe Kreative,

anbei erhalten Sie einmalig einen Ausdruck des Charakterbogens. Im Laufe des Abends werde ich Ihnen alle notwendigen Dokumente noch einmal per E-Mail zukommen lassen, möchte Ihnen aber nicht die Chance nehmen, sich direkt im Anschluss an den Empfang der Ausgestaltung Ihrer Figuren zu widmen.

Bitte füllen Sie den Charakterbogen, den Sie zur Bewertung einreichen, ausschließlich digital aus. Auch wenn Ihre Identität

bei dieser Aufgabe innerhalb der Gruppe und der Jury bereits bekannt sein könnte, möchten wir Sie schon jetzt darauf einstimmen, dass künftige Texte, den Richtlinien entsprechend, anonymisiert abgegeben werden müssen. Auf dem Dokument darf weder Ihr Name stehen noch ein anderweitiges Erkennungszeichen.
Für die kommenden Tage finden Sie in Ihrem digitalen Postfach neben dem Fragebogen zusätzlich einen Link zur Dokumentvorlage »Abgabe«, die für alle weiteren Aufgabenstellungen des Vorentscheids ausnahmslos zu benutzen ist. Bitte fügen Sie Ihre Texte immer in diese Dokumentvorlage ein.
Haben Sie das jeweilige Projekt zu Ihrer Zufriedenheit fertiggestellt, können Sie Ihr Dokument im WLAN-Drucker »MASTERS-6« im Eingangsbereich ausdrucken. Anschließend geben Sie es persönlich bei meiner Assistentin Natalia May ab. Sie finden Natalia zu den Abgabezeiten im Aufenthaltsraum neben dem Speisesaal im Haupttrakt. Sollten Sie dort niemanden antreffen, nutzen Sie einen der beiliegenden Umschläge, versiegeln ihn und bringen außen Ihren Namen an, bevor Sie ihn in die aufgestellte Sammelbox im Aufenthaltsraum werfen.
Entspricht Ihre Abgabe nicht exakt diesen Anweisungen, kann die Jury Ihren Beitrag für die entsprechende Runde nicht zur Bewertung zulassen.
Ich wünsche Ihnen viel Erfolg und freue mich schon auf Ihre Arbeiten.

Mit freundlichen Grüßen
Meredith Seymour

Ich schlucke, während ich das Anschreiben und die akribischen Anweisungen mehrmals durchlese und mich frage, warum wir die Dokumente ausdrucken und dann anonym abgeben sollen, wenn wir sie doch per E-Mail schicken könnten?

Weil ich mich nicht in das passwortgesicherte WLAN einloggen kann, reime ich mir die Antwort nach dem Abrufen meiner E-Mails am Handy zusammen. Dort wartet bereits die Nachricht der Professorin auf mich, die zum Großteil die Infos aus dem Umschlag erhält und darüber hinaus auch eine Erklärung, warum die Abgabe nicht per E-Mail erfolgen kann:

Durch das Ausdrucken der von Ihnen ausgefüllten Dokumentvorlage ist sichergestellt, dass die abgegebenen Aufgaben vollkommen anonym beurteilt werden können und keine digitale Signatur Ihres verwendeten Schreibprogramms Rückschlüsse auf Ihre Identität geben können. Meine Assistentin, die nicht Teil der Jury ist, weist jeder Abgabe eine zufällig generierte Nummer zu und besitzt als Einzige Kenntnis darüber, von wem die jeweilige Arbeit stammt, wie es die Bestimmungen des Young Talents Awards verlangen.

Ich war mit meiner Frage jedoch nicht allein. Unzählige Benachrichtigungen auf meinem Handy zeigen mir, dass lange bevor ich mich von der Gala verabschiedet habe, schon heftig auf unserem Server darüber diskutiert wurde.

DesperateWriter (Lydia Clarke):
Hattet ihr auch einen Umschlag im Zimmer?

OntheRoad (Jada Evans):
Den hast wohl nur du bekommen. *Augenverdreh* Nein, natürlich nicht. Ich habe meinen auch schon geöffnet.

Patel0501 (Oscar Patel):
Erzählt mir, wie euer erster Tag so war. Auch das Alter schützt nicht vor Neugier.

Storyteller_022900 (Jackson Morris):
@Oscar, es war irgendwie seltsam. Für mich wären solche Empfänge auf Dauer nichts. Ich hab mich recht früh verabschiedet und bis eben mit Chelsea geskypt.

DreamHunter (Finley Ward):
Mein Fall war es auch nicht. Dauernd alle anlügen zu müssen, war übel. Ich kam mir vor wie ein Verbrecher.

Patel0501 (Oscar Patel):
Warum anlügen, @Finley?

DreamHunter (Finley Ward):
Unsere erste Aufgabe war es, eine Figur zu entwickeln und den gesamten Abend in dieser Rolle aufzutreten – überzeugend und plausibel. Ich fürchte, ich habe total versagt.

Patel0501 (Oscar Patel):
Das glaube ich nicht. Es ist wie bei den Texten, man denkt immer, die eigenen wären schlecht. Nur so steckt man seine Ziele höher. ;-)

DreamHunter (Finley Ward):
Das kennen wir tatsächlich alle, danke für die Erinnerung. Wir haben ja einen ganzen Jammerthread zu dem Thema hier. :-)

Storyteller_022900 (Jackson Morris):
Ich komme noch mal auf Lydias Frage zurück. Hat jemand schon den Sinn darin gefunden, warum wir die Dokumente ausdrucken und dann umständlich abgeben müssen, anstatt sie per Mail zu schicken? Das Gebäude ist so riesig, dass ich mir für den Weg zum Drucker und zurück Reiseproviant einpacken muss. :-/

Patel0501 (Oscar Patel):
Zeig mal das Anschreiben her.

Storyteller_022900 (Jackson Morris):
Anhang gesendet

Patel0501 (Oscar Patel):
Das klingt, als würde euch jemand auf die Bewerbung bei Verlagen oder Agenturen vorbereiten, bei denen ebenfalls empfohlen wird, sich akribisch an alle Vor-

gaben zu halten. *Hier* haben wir das ja auch schon einmal diskutiert.

DreamHunter (Finley Ward):
Das könnte sein …

Storyteller_022900 (Jackson Morris):
Bevor ich mich jetzt in den vermutlich tiefsten Schlaf überhaupt verabschiede, weil weder kleine Hände in meinem Gesicht landen noch winzige Knie in meinem Bauch, wollte ich noch loswerden, dass ich es toll finde, euch endlich mal gesehen zu haben. Bis morgen und gute Nacht! <3

DreamHunter (Finley Ward):
Ich muss noch meinen heutigen Wordcount erreichen. Let's go!

OntheRoad (Jada Evans):
Ich weiß nicht, ob ich beeindruckt sein soll oder Angst habe, dass du um diese Zeit – und an diesem Ort – an deinem Manuskript arbeiten willst.

DreamHunter (Finley Ward):
Ich bin eine Eule. Ich schreibe immer um diese Zeit und will das Rohmanuskript beenden, bevor die Klausuren an der Uni losgehen. Wordbattle?

OntheRoad (Jada Evans):
Jetzt? Niemals! Gute Nacht! Und natürlich freue ich mich, euch morgen alle richtig kennenzulernen – und nicht eure erfundenen Figuren.

WriterRM (Riley Madows):
@Lydia. Die E-Mail von Professorin Seymour ist inzwischen da. Es liegt wohl daran, dass jede digitale Datei in den Metadaten Rückschlüsse auf die Urheber*innen zulässt. Denk nur mal daran, dass dein Handy bei jedem Foto den Ort der Aufnahme abspeichert, sofern du das nicht extra abgelehnt hast. Ich kann daher verstehen, dass wir die Aufgaben ausdrucken sollen, auch wenn der Drucker unten steht. Ich mache dir gern ein Lunchpaket für die weite Reise, @Jackson. :-)

Ich warte, ob noch jemand antwortet, aber der Server bleibt verwaist. Inzwischen bin ich so müde, dass die Aufregung, in einem fremden Zimmer zu schlafen, abebbt und ich mich bettfertig machen kann. Bei der Rückkehr aus dem Badezimmer tapse ich halb schlaftrunken zu meinem Bett und erschrecke vor der Bewegung in meinem Augenwinkel, bis ich begreife, dass dort ein Wandspiegel hängt. Dank des Adrenalins bin ich plötzlich wieder wach und stöbere noch ein wenig durch ältere Beiträge unserer Gruppe. Auch wenn die meisten meiner Schreibbuddys in der Realität zumindest äußerlich nicht meinen Erwartungen oder Vorstellungen entsprechen, kenne ich sie doch so gut, dass sie mir näher sind als die meisten anderen Menschen – abgesehen von meinen Eltern, Bree und Zoe. Meine

Schreibgruppe ist im Laufe des letzten Jahres zu einer Art digitalen Ersatzfamilie geworden, die ich nicht mehr missen möchte. Ich freue mich schon, sie noch besser kennenzulernen.

Mit diesem wundervollen Gedanken gleite ich in den Schlaf.

Ausgangssituation

Um ein Buch zu verfassen, gibt es verschiedene Herangehensweisen. Manche schreiben einfach drauflos, lassen sich von den Figuren und der Geschichte leiten, folgen deren Weg und notieren ihn, weil sie Überraschungen lieben.

Ich hasse Überraschungen.

Daher gehöre ich eindeutig zu den Planern, die den Plot ihrer Geschichte vorab detailliert ausgestalten, Handlungsstränge verflechten und alles im Voraus festlegen müssen. Doch auch sogenannte Plotter können den Verlauf einer Geschichte nicht zu einhundert Prozent vorhersagen. Trotz akribischer Planung muss man darauf vorbereitet sein, dass die Figuren nicht immer so handeln wie erwünscht. Dass kleine Anreize für ihre Entwicklung nötig sind, um sie wie beabsichtigt agieren zu lassen, bis sie unausweichlich das für sie vorgesehene Ende erreichen.

Insbesondere zu Beginn einer Geschichte ist es wichtig, das Verhalten der Figuren untereinander genauestens zu beobachten und notfalls einzugreifen. Dafür bin ich hier.

Aufmerksam beobachte ich ihre Blicke, ihre Reaktionen und die Dynamik der gesamten Gruppe, suche nach den stärksten Verbindungen. Verbindungen, die mir gefährlich werden könnten. Ihr unschuldiges Lächeln geht mir nicht aus dem Kopf. Sie hat sich einen Hauch naiver Kindlichkeit bewahrt. Gepaart mit ihrer authentischen Begeisterung, war sie durchaus überzeugend. Sie hat sich gut geschlagen, gestehe ich mir ein. Doch niemand weiß besser als ich, wie sehr der Schein trügen und was unter der glänzenden Fassade lauern kann.

6

Ein Geräusch weckt mich. Bis ich mich aus meinem Traum geschält habe, bin ich mir jedoch nicht mehr sicher, ob es real war oder nicht. Ich reibe mir über die Augen und gähne, fühle mich nicht annähernd erholt oder fit genug, um von selbst aufgewacht zu sein. Im Gegenteil. Meine Augen sind aufgequollen, meine Füße schmerzen und der Rest von mir fühlt sich an, als wäre ich gestern versehentlich im Fitnesscenter gelandet. Sind Empfänge immer so anstrengend? Ich rolle mich träge Richtung Handy, das neben mir auf dem gigantischen Bett liegt, und verstehe, weshalb ich kein bisschen erholt bin. Es ist erst halb sechs, definitiv nicht meine Zeit. Warum also bin ich aufgewacht?

Als ich tief in meinem Unterbewusstsein die letzten Fetzen des Traums hervorziehe, stelle ich fest, dass ich – natürlich! – das peinliche Treffen mit Killian Masters verarbeitet habe. Die Begegnung hat sich irgendwie mit dem Kennenlernen von Archie vermischt. Killian und mein Ex sind zu einer Person verschmolzen. Ein doppelter Albtraum also.

Begleitet von einem regelrechten Gähnanfall strecke ich mich und blinzle in den viel zu hellen Raum. Selbstverständlich habe ich vergessen, die Vorhänge zu schließen. Die Sonne strahlt nicht direkt ins Zimmer, beleuchtet die Marmorbrüstung des Balkons jedoch so grell, dass sich meine Augen erst daran gewöhnen müssen. Mein Magen knurrt und mir fällt auf, dass ich keine Ahnung habe, wo ich etwas zu essen finde. Oder Tee. Ich reibe mir die Schläfen und fördere dabei Professorin Seymours Anschreiben zutage.

... im Aufenthaltsraum neben dem Speisesaal im Haupttrakt.

Dann sollte das wohl mein erstes Ziel sein. Ich mache mich im Bad fertig und folge den langen Fluren nach unten. Zweimal stehe ich vor einer unerwarteten Sackgasse und muss umkehren. In all der Zeit begegnet mir niemand. Es fühlt sich beklemmend an und ein leichtes Kribbeln im Nacken sorgt dafür, dass ich ständig über die Schulter schaue und auf Schritte lausche. Das Kribbeln wird zu deutlich unangenehmen Nadelstichen und meine Fantasie dreht wie so oft durch. Ein etwas klischeehafter Plot nimmt erste Züge an: Eine junge Frau wacht in einem alten Schloss auf und stellt fest, dass alle anderen Menschen um sie herum verschwunden sind.

Vielleicht brauche ich nicht nur Tee, sondern ausnahmsweise sogar Kaffee.

Auf der Treppe dringen dann die ersten Beweise für anderes Leben zu mir durch und pure Erleichterung durchflutet mich. Geschirrgeklapper, leises Lachen, ein dumpfes Rumpeln. Ich folge den Geräuschen, bis mich der Geruch nach gebratenen Würstchen, Toast und Eiern weiter anlockt. Mein Magen meldet sich lautstark. Doch nicht laut genug, um den jungen Kellner vorzuwarnen, der wie aus dem Nichts mit einem Tablett vor mir auftaucht – und es vor Schreck herumreißt. Seine Reaktionsfähigkeit ist aber unschlagbar, stelle ich bewundernd fest, denn er bekommt es so schnell wieder ins Gleichgewicht, dass die zahlreichen Marmeladenschälchen nur umherrutschen und den Korb mit Toast anstupsen.

»Sorry«, sage ich, während er ein verschrecktes »Verzeihung« stammelt.

Schnell weiche ich einen Schritt zurück. »Ich bin wohl noch zu verschlafen«, schiebe ich hinterher. »Wo finde ich denn Tee oder vielleicht sogar Kaffee?«

Die erste Befangenheit meines Gegenübers weicht geschäftiger Routine. Er grinst mich an und deutet auf die weit geöffnete Flügeltür direkt neben mir, die er offensichtlich ansteuern wollte, ehe ich ihn angerempelt habe.

War ja klar. Er geht zur Seite, hält das Tablett nur noch einhändig und lässt mir mit einer höflichen Geste den Vortritt.

Natürlich macht auch der Speisesaal seinem Namen alle Ehre. Mit jedem Schritt öffnet sich der Raum zu einem vermutlich tennisplatzgroßen Erker, der an drei Seiten mit hohen Fenstern im Tudorstil ausgestattet ist. Zwei lange Tische – nein *Tafeln* – teilen den Raum. Dekorative Blumengestecke, an denen noch Tau funkelt, umrunden goldglänzende Kannen und feines Geschirr. Ein leises Klirren, das typische Geräusch eines Löffels, der in einer Tasse rührt, lenkt meinen Blick auf die einzige Person im Raum, die mit dem Rücken zu mir am Fenster steht und von Licht umrahmt in den Garten blickt.

Killian Masters, den man nur schnell fotografieren müsste und auf ein Buchcover bannen könnte.

Kurz erwäge ich, mich leise zurückzuziehen, da sagt der Kellner neben mir: »Sir, wo soll ich Ihnen auftragen?«

Killian wendet sich um, sodass die aufgehende Sonne seine ganze Gestalt gut ausleuchten kann. Im Gegensatz zum Vorabend trägt er keinen Smoking, sondern eine dunkle Jeans und ein weißes T-Shirt mit V-Ausschnitt, das kaum Raum für Fantasie lässt, so eng wie es sich über jeden einzelnen Muskel spannt. Ihm lag eindeutig eine Antwort auf den Lippen, doch als er mich entdeckt, fällt das freundliche Lächeln in sich zusammen.

»Ich esse auf meinem Zimmer, Xander«, sagt er knapp.

Xander nickt eifrig, während er ein »Selbstverständlich« murmelt und samt Tablett verschwindet.

Die Stimmung als angespannt zu beschreiben, wäre eine Untertreibung und mein »Guten Morgen« klingt nicht sehr überzeugend. Auch bei dem Versuch, ein freundliches Lächeln hinterherzuschicken, scheitere ich grandios. Mir hat der mysteriöse Typ im Garten wesentlich besser gefallen.

»Morgen«, erwidert Killian in einem Tonfall, der nichts mehr mit der sexy Hörbuchstimme vom Vorabend gemeinsam hat. Was vermutlich besser ist. Zumindest vielleicht. Oder auch nicht. Seine Superheldenkraft, mich zu verwirren, hat er über Nacht jedenfalls nicht abgelegt.

»Wohin möchten Sie sich setzen?« Xander steht plötzlich wieder neben mir und sieht mich erwartungsvoll an.

»Ich … ich weiß nicht. Wo es Ihnen recht ist.« Mein Blick huscht durch den Raum, bleibt jedoch ständig an Killian hängen, der mich seinerseits mustert.

Xander ist meine Rettung, als er vorauseilt und mir den Stuhl an der Stirnseite des Tisches vor der langen Fensterfront zurechtrückt, damit ich Platz nehmen kann.

Aus dem Augenwinkel verfolge ich, wie Killian den Speisesaal mit eiligen Schritten durchquert, die Tasse auf einem Servierwagen abstellt und auf die Tür zuhält. Offenbar ist er kein Morgenmensch – und wie ich um diese unmenschliche Uhrzeit aus dem Bett gefallen. Ich konzentriere mich bereits wieder auf Xander und wähle den angebotenen Tee, da sagt Killian: »Beeindruckende Leistung gestern.«

Es klingt eher nach einem Donnergrollen als nach aufmunternden Worten, weil er dabei die Zähne so fest aufeinanderpresst, dass sein Kiefer noch breiter aussieht.

»Falls das ein Lob gewesen ist, musst du das noch üben«, sage ich.

Xander neben mir hustet und verschüttet dabei den Tee, den er eben aus der Kanne in die vor mir stehende Tasse gießt. Schnell greift er zu einer Stoffserviette und tupft die Untertasse ab.

In Killians Augen blitzt etwas auf, das mich an den Vorabend erinnert. Seine Wangen zucken amüsiert, dann wendet er sich schnell ab und stürmt regelrecht davon.

Erst jetzt bekomme ich mit, dass mich Xander schon wieder erwartungsvoll ansieht. »Was darf ich Ihnen zum Frühstück servieren?«, wiederholt er seine Frage. »Wenn Sie nicht aus der Gegend kommen, empfehle ich Ihnen das ›Full Cornish‹. Alle Zutaten sind von lokalen Produzenten und unsere Köchin ist eine Meisterin in der Zubereitung.«

Ich bin gerade noch etwas überfordert damit, die beiden Versionen von Killian unter einen Hut zu bringen, und nicke nur. Xander lächelt und geht mit strammen Schritten davon.

Gedankenverloren rühre ich Zucker in meinen Tee, als ein freundliches, viel zu fittes »Guten Morgen« durch den Speisesaal hallt. »Ich hätte nicht gedacht, dass es hier noch mehr Frühaufsteher gibt.« Jackson hält auf mich zu und nimmt links von mir Platz. Er trägt seine Haare heute offen, die ihm bis auf die Schultern fallen.

»Guten Morgen«, sage ich etwas verzögert und verberge ein Gähnen hinter meiner Handfläche.

»Du bist es offenbar nicht gewohnt, so früh aufzustehen, oder? In welcher Kanne ist Tee?«

Ich deute etwas überrumpelt auf die Kanne, aus der Xander mir eingeschenkt hat. Jackson wählt zielstrebig die andere und gießt sich Kaffee ein.

»Ich habe schlecht geschlafen«, gestehe ich. »Und du? Haben dir die Tritte in den Bauch nicht gefehlt?« Ich denke an seinen Kommentar in der Schreibgruppe.

In Jacksons Augen steht sofort die Sehnsucht nach seiner Tochter. Er nickt, ehe er einen Schluck Kaffee trinkt. Schwarz. Brrrr!

Cassy, die Kellnerin vom Vorabend, rauscht in Dienstmädchenuniform in den Saal – die Downton-Abbey-Vibes werden immer stärker. Grinsend nimmt sie einen voll beladenen Teller vom Tablett und stellt ihn vor mir ab. Offenbar unterscheidet sich das lokale Frühstück nicht sehr von der Variante, die im Rest des Landes als traditionell gilt. Bis auf die u-förmige dicke Wurst, die zwischen gewöhnlichen gebratenen Würstchen, duftendem Speck, einem kleinen Berg Rührei, gegrillten Tomaten, Champignons und weißen Bohnen liegt. Statt Toast gibt es zwei kleine Potato Cakes dazu, die mit Kräutern dekoriert sind.

»Das ist unsere lokale Spezialität«, erklärt Cassy, während ich dem Drang nicht widerstehen kann und mit der Gabel auf die riesige Wurst drücke. »Hog's Pudding, hausgemacht mit Schweinefleisch und Innereien von glücklichen Tieren aus der Gegend.« Dem verkniffenen Lächeln nach zu urteilen muss sie die lokale Spezialität offenbar auf diese Weise anpreisen.

»Danke«, sage ich und bin mir jetzt schon sicher, dass ich nicht davon kosten möchte.

»Was darf ich Ihnen zum Frühstück bringen?« Sie wendet sich Jackson zu, der auf meinen Teller schaut, als wäre ihm übel.

»Toast mit Marmelade vielleicht?«

Cassy nickt eifrig. »Wünschen Sie noch Saft?«

Wir verneinen beide und sie verlässt den Saal. Nachdem sie verschwunden ist, höre ich Stimmen im Flur. April lenkt ihren Rollstuhl in den Raum, schaut sich kurz blinzelnd um und kommt dann zielstrebig zu uns. Sie sieht wesentlich munterer aus, als ich mich fühle.

Ich springe auf, um ihr meinen Platz an der Stirnseite anzubieten, während ich ihre Begrüßung erwidere, doch sie erkennt mein Vorhaben und winkt ab. »Ich nehme den Platz neben dir. Es wäre aber nett, wenn du den Stuhl …«

Sie braucht den Satz nicht zu beenden, denn ich räume bereits den Stuhl beiseite.

»Willst du Kaffee oder Tee?«, fragt Jackson, der April gegenübersitzt.

»Nichts davon, danke. Wie war eure Nacht?« Sie sieht von mir zu Jackson. »Ich habe erst heute Morgen in der Gruppe vorbeigeschaut, weil ich noch ewig an dem Charakterbogen gesessen habe.« Sie reibt sich über die dafür viel zu wachen Augen.

»Ich habe schlecht geschlafen und noch nicht ein Wort für unsere Aufgabe geschrieben«, sage ich ehrlich.

»Ich auch nicht.« Jackson trinkt den Rest seines Kaffees und füllt seine Tasse erneut. »Willst du nicht doch einen, April?«

»Okay, gern.« Sie lächelt und ich frage mich, ob sie zuvor nur abgelehnt hat, weil sie nicht extra von ihm bedient werden wollte, um ihm keine Umstände zu machen.

Xander bringt Jacksons Frühstück und stellt es vor ihn auf den Tisch. Der fruchtige Geruch der Erdbeermarmelade breitet sich über dem Tisch aus und Aprils Magen knurrt.

»Dasselbe bitte.« Sie deutet auf Jacksons Teller, der bereits eifrig die erste Toastscheibe bestreicht, während ich mich um den Hog's Pudding herumarbeite. Ich hoffe, dass ich die Köchin nicht irgendwie beleidige, indem ich die Spezialität liegen lasse.

»Was machst du eigentlich beruflich?«, fragt April Jackson, der bereits seinen zweiten Toast verschlingt.

»Derzeit bin ich Vollzeitpapa und kümmere mich um Chelsea«, sagt er. »Sobald ich sie in einer Kita unterbringen kann, kehre ich wieder in die Versicherungsagentur zurück. Und was machst du?«

Aprils Frühstück wird serviert, während sie antwortet. »Ich bin Buchhändlerin.«

»Ein Traum!«, sage ich. Wie oft habe ich mir vorgestellt, den ganzen Tag von Büchern umringt zu sein.

»Nicht immer«, erwidert April und ein Schatten huscht über ihr Gesicht, das sich aber schnell wieder aufhellt. »Aber meistens.«

Wir unterhalten uns über unsere Lieblingsbücher, meinen Alltag an der Uni, Jacksons Zeit mit Chelsea zu Hause und die oft mühsame Detektivarbeit einer Buchhändlerin, die so einfache Forderungen nach sich ziehen wie: »Meine Enkelin wünscht sich dieses Buch mit dem blauen Einband«.

April ist so selbstbewusst, wie ich sie mir vorgestellt habe, und beantwortet von sich aus meine aus Anstand nicht gestellte Frage, warum sie im Rollstuhl sitzt.

»Es war ein Autounfall, als ich zwölf war.« Offenbar spiegelt sich sofort Mitleid in meinem Gesicht, obwohl ich es genau wie Jackson nicht zeigen wollte, denn sie schiebt hinterher: »Bitte nicht. Ich komme damit klar.«

Ich muss mehrmals blinzeln, bevor ich nicke – ehrfürchtig und beeindruckt, weil ich mir nicht annähernd ausmalen kann, wie lebensverändernd der Unfall für sie gewesen sein muss.

April kehrt zu ihren Erfahrungen als Buchhändlerin zurück und die Stimmung am Tisch ist schnell so locker wie in unserer Onlinegruppe. Ich genieße die Unterhaltung, in die immer mehr Themen einfließen – und Schwärmereien über die kleine Chelsea. Als wir beschließen, uns zum Erledigen der Tagesaufgabe zurückzuziehen, ist es bereits nach neun Uhr und trotzdem ist von den anderen niemand aufgetaucht. Ich nehme mir vor, meinen Wecker früher zu stellen, als ich es sonst gewöhnt bin, damit ich immer so entspannt in den Tag starten kann.

Mit meinem Laptop in der Hand folge ich wenig später dem inzwischen schon vertrauten Weg ins Erdgeschoss von Masters' Castle. In der Eingangshalle suche ich zuerst nach dem erwähnten Drucker und finde ihn schließlich in einer versteckten Nische unter einem Rundbogen auf einem dunkel lasierten Tischchen. Glücklicherweise befindet sich auch ein kleiner Aufkleber darauf, der ihn als »MASTERS-6« ausweist – gemeinsam mit den Login-Daten für das Gäste-WLAN, über das er ausgewählt werden kann. Ich setze mich auf einen der bequemen Sessel am Fenster und verbinde den Laptop. Erst jetzt nehme ich das gesamte Ausmaß von Professorin Seymours Charakterbogen wahr, der eher einem Interview gleicht. Am Handy hatte ich nur kurz hineingeschaut und die Standardangaben überflogen, die ich auch auf dem Ausdruck gesehen habe.

Dabei sind erst die späteren Punkte wirklich knifflig. Fragen, die ich mir ehrlicherweise noch nie zu meinen Figuren gestellt habe und die mir zum Teil das Gefühl vermitteln, als wären sie direkt auf Amanda zugeschnitten. Wurden sie vielleicht von den Gästen auf dem Empfang vorgeschlagen, mit denen ich geredet habe? Ohne zu zögern tippe ich die einfachen Antworten zu Alter, Wohnort, Beruf und Hobbys ein.

`Was ist Ihre liebste Kindheitserinnerung?`

Wie von selbst tauchen in meinem Kopf Päckchen aus Deutschland auf – die immer sehnsüchtig erwarteten Pakete meiner Großmutter, gefüllt mit Süßigkeiten, die bei uns selbst heutzutage fast ausschließlich über Onlineshops bezogen werden können. Nichts Süßes wird mich je wieder so verzaubern wie Grandmas Ferrero Rocher, die *goldene Kugel*, wie in dem Märchen vom Froschkönig.

Weil ich die Erinnerung daran so liebe, gebe ich sie an Amanda weiter, denn meine Figuren tragen immer einen Teil von mir in sich. Nur den konkreten Namen der Süßigkeit erwähne ich nicht.

`Wie würden Sie sich wehren, wenn Sie aus dem Hinterhalt angegriffen werden?`

Diese Frage scheint sich eher auf Fantasy-Figuren zu beziehen und es fällt mir schwer, mir meine Volontärin Amanda bei einer Attacke vorzustellen. Daher greife ich wieder auf meine Intuition zurück, während sich sofort ein paar typische Warnungen von Mum durch meinen Kopf schlängeln: *Geh nicht allein in dunkle Gassen. Treib dich nirgendwo herum, wo es nicht sicher sein könnte.* Sie hält sogar die Uni für einen Brennpunkt britischen Verbrechens.

Weglaufen, tippe ich ein. Ich könnte mich trotz des von Mum aufgezwungenen Selbstverteidigungskurses nicht annähernd wehren und müsste Amanda regelmäßigen Sport und ein stärkeres Selbstbewusstsein andichten, wenn sie nicht fliehen würde. Doch das kommt mir unpassend vor.

Inzwischen brennt die Sonne in meinem Nacken und ich beschließe, mich auf die Terrasse in den Schatten zu setzen. Ich suche mir einen gepolsterten Korbsessel mit Blick auf die hohen Palmen und üppigen Rhododendren aus und fühle mich wie in einer fremden Welt. Kaum zu glauben, dass sonst niemand aus der Gruppe diesen wunderschönen Fleck als Arbeitsplatz nutzt. Vielleicht sollte ich mich auf die Suche nach den anderen machen, sobald ich alle Fragen in der Rohversion beantwortet habe. Zuletzt diejenigen, über die ich etwas nachdenken muss und die ich übersprungen habe, weil sie Themen behandeln, bei denen ich Amanda von mir distanzieren muss.

Würden Sie einer wildfremden Person dabei helfen, ihren Job zu retten?

Sofort kommt mir Cassy in den Sinn. Das war ein Test. Denn sie ist ganz offensichtlich keine Angestellte irgendeines Caterers namens Mitch, sondern gehört zum Personal von Masters' Castle.

Selbstverständlich, tippe ich, schränke es jedoch noch ein: sofern es nicht illegal ist.

Was ist Ihre größte Angst?

Versagen.

Ich lösche das Wort wieder. Amanda ist zielstrebig und ehrgeizig, doch nicht, weil sie Versagensängste plagen. Sie liebt ihren Job. Das mit der Distanzierung funktioniert noch nicht sehr gut. Ich lasse die Antwort noch offen.

Wie gehen Sie mit dem Verlust eines geliebten Haustiers um?

Auch über Haustiere habe ich mich am Vorabend unterhalten.

Leider bin ich allergisch gegen Tierhaare und hatte daher nie ein eigenes Haustier, obwohl ich mir immer eins gewünscht habe. Den Verlust stelle ich mir so vor, als würde ich einen guten Freund verlieren, was ich glücklicherweise noch nie erlebt habe.

Welches Wort hat für Sie die meiste Macht?

Liebe

Amanda ist offenbar romantischer veranlagt als ich. Ich würde mich immer für Fantasie entscheiden, aber die Suche nach der Liebe hat für alle, die nicht wie ich enttäuscht wurden, einen hohen Stellenwert.

Gibt es ein Geheimnis, das Sie noch nie jemandem erzählt haben?

Ich habe mir, als ich klein war, eine Ariellepuppe gewünscht. Mein einziger Wunsch auf der Weihnachtswunschliste. Als ich sie nicht bekommen habe, eine damalige Freundin aber schon, habe ich tagelang bei ihr gespielt und die Puppe dann heimlich mitgenommen. Meine Mutter weiß bis heute nicht, warum wir uns zerstritten haben.

Bis zum Mittagessen habe ich meine Antworten alle vervollständigt, mehrmals überprüft und in die letzte Zeile bei *identifizierte Kreative* als Einzigen Ezra eingetragen, weil ich sonst niemanden vorab enttarnen konnte. Zufrieden mit mir kehre ich in die Eingangshalle zurück, um das Dokument wie gefordert auszudrucken.

Es umfasst nun fünf Seiten und widerspricht hoffentlich keiner meiner Small-Talk-Aussagen vom Vorabend. Blitzschnell schießt ein Blatt nach dem anderen in die untere Ablage und der Drucker ist fertig mit seiner Arbeit, bevor ich bei ihm angekommen bin – und feststellen muss, dass es mehr als fünf Seiten sind. Ich sehe mich um, kann aber niemanden entdecken. Daher suche ich nach dem letzten Blatt meines Ausdrucks und will den Rest wieder zurücklegen, als mir mein Name ins Auge springt und die Wärme aus meinem Körper weicht.

7

Mein Herz pumpt auf Hochtouren Sauerstoff in mein Gehirn, das zu begreifen versucht, was ich da in der Hand halte.

Wie heißen Sie?

Riley Madows

Wie alt sind Sie?

21

Beruf?

Literaturstudentin

Soll das ein Scherz sein? Hat sich gestern Abend jemand beim Empfang als *mich* ausgegeben? Warum habe ich mich heute Morgen mit April und Jackson nicht darüber unterhalten, welche Tarnidentitäten wir am Vorabend hatten? Verdammt, ich kenne tatsächlich nur Jacksons Rolle, der sich als Kellner ausgegeben hat, aber ich weiß nicht einmal, welchen Namen er gewählt hat.

Mein Blick fliegt immer schneller über die erste Seite, bis zu den zentralen Charaktereigenschaften:

Freundlich, hilfsbereit, dabei kalkulierend und manipulativ …

Mein Puls schnellt in die Höhe. Der Stapel Papier entgleitet meinen Fingern. Ganz leise höre ich das Rascheln der Blätter unter mir. Ich habe mir nie Gedanken darüber gemacht, wie andere mich sehen. Bree und Zoe haben mir oft genug den Spiegel vorgehalten – dachte ich zumindest. Aber der bittere Geschmack auf meiner Zunge, der sich nun wie Säure durch meine Adern frisst, macht deutlich, dass ich mir das wohl nur eingeredet habe.

Die Eingangshalle verschwimmt vor meinen Augen und ausgerechnet Mums Stimme hallt durch meinen Kopf: *»Du weißt nie, welche Schatten sich in den Menschen verbergen. Manche sind nach außen hin freundlich und nett, dabei manipulieren sie dich die ganze Zeit.«* Es war ein gut gemeinter Ratschlag nach der Trennung von Archie, ein Versuch, seinen Betrug zu erklären.

Aber ich bin nicht wie er! Ich … Wie kann es sein, dass ich so vollkommen falsch eingeschätzt werde? Vermutlich sollte ich mir mehr Sorgen darüber machen, dass mich jemand als Alter Ego gewählt hat, aber ich kann es nicht. Da war immer dieses Gefühl, anders zu sein, den anderen hinterherzuhinken, nicht auf Partys oder zum Zelten am See fahren zu dürfen, eingeschränkt zu sein. Doch diese Grenzen habe ich mit dem Highschoolabschluss hinter mir gelassen. Seit ich studiere, bin ich wie die anderen. Im Kurs für Moderne Literatur sitze ich umgeben von Gleichgesinnten, die mehr von Buchfiguren schwärmen als von irgendwelchen Stars, geschweige denn von realen Personen. Bis auf Archie vielleicht, der bis zum letzten Jahr ebenfalls mit mir dort saß … Ein Ausrutscher.

Ich weiß nicht, ob Mums Bemerkung das Fachwissen aus meinem Autorinnengehirn nach oben zerrt oder ob es intuitiv geschieht. Aber mit dem nächsten Atemzug spuckt es Grundlagen zur Figurengestaltung aus.

Gib deinen Figuren Stärken und Schwächen, das macht sie authentisch und gibt ihnen Raum zur Entwicklung.

Die Riley auf dem Papier ist eine erfundene Figur, die lediglich von mir inspiriert ist. Wer auch immer den Charakterfragebogen über *mich* angelegt hat – die Person hat mich sowohl mit positiven als auch negativen Eigenschaften ausgestattet, wie es die Lehrbücher vorgeben, wie ich es auch mit Amanda gemacht habe.

Ich gehe in die Hocke, sammle die Ausdrucke ein und erhebe mich wieder. Auf dem Stapel liegt *Riley Madows*, eine erfundene Figur, nicht ich.

Doch meine Gehirnwindungen verknoten sich, als ich die letzte Frage lese:

`Was tragen Sie zum Schlafen?`

`Ich schlafe immer nackt. Wenn das unangebracht ist, trage ich ein absolutes Liebhaberstück, einen alten Pyjama mit Paisleymuster.`

Das ist zu viel.

Niemand kann von meinem schlechten Geschmack bezüglich meiner Schlafkleidung wissen, niemand außer …

»Paul«, entfährt es mir leise. Ich sehe wieder meinen explodierten Koffer vor mir und höre meine Worte: »Normalerweise schlafe ich nackt.«

Aber warum sollte Paul einen Charakterbogen anlegen? Über mich? Das wäre doch irgendwie verrückt.

Und ziemlich besorgniserregend, flüstert Mums Stimme.

Der kurze Plot, der sich nun vor mir auftut, ist garantiert nichts für Zartbesaitete und endet mit einer Szene, an der April ihren Spaß hätte.

Schnell schiebe ich die Bilder von mir. Es ist ein Zufall, rede ich mir ein. Vielleicht sammelt die Professorin sämtliche Eindrücke aller Gäste über uns? Was weitere Fragen aufwirft ... Doch meine Gedanken kreisen wieder und wieder um meinen Schlafanzug. Und was ist mit der Schreibgruppe? Ich versuche zu ergründen, wer mich als kalkulierend und manipulativ einschätzen würde, doch mir fällt niemand ein. Bis auf Ezra, Jackson und April habe ich die anderen seit der Begrüßung auf der Bühne nicht einmal gesprochen!

Weil ich mich nicht in die Arbeit der Professorin einmischen möchte, lege ich das Papier über *Riley* mit einem mehr als nur unguten Gefühl im Bauch zurück in den Drucker, presse meinen Charakterbogen fest an mich und nehme mir vor, Paul zu suchen und ihn darauf anzusprechen. Außer ihm kann niemand über meinen Pyjama Bescheid wissen. Er muss irgendjemandem davon erzählt haben.

Enthusiastisch verlasse ich die Druckernische, bis mir klar wird, dass ich Paul auf dem gigantischen Anwesen unmöglich zufällig begegnen kann. Also wandere ich durch die verwinkelten Flure des Erdgeschosses, vorbei an Kunstwerken und etlichen Bodenvasen, und suche nach jemandem vom Personal. Doch erst im Speisesaal werde ich fündig.

Rose beugt sich gerade über ein Gedeck und rückt das Besteck zurecht. Sie korrigiert den Löffel mehrmals mit zusammengekniffenen Augen, und als ich schon fast erwarte, dass sie jeden Moment ein Maßband aus der Tasche zieht, spürt sie offenbar meinen Blick. Sie richtet sich auf und dreht sich freundlich lächelnd zu mir um.

»Ms Madows, was kann ich für Sie tun?«

»Wissen Sie, wo ich Paul finde?«

»Paul hat heute seinen freien Tag. Er wollte seinen Großvater im

Krankenhaus besuchen. Ich weiß nicht, wann er zurück sein wird. Kann ich Ihnen irgendwie behilflich sein?«

Ich erwäge, sie auf Pauls Indiskretion anzusprechen, entscheide mich jedoch dagegen, weil mir in dem Moment klar wird, dass ich tatsächlich versucht habe, Paul zu manipulieren. Ich wollte ihm Informationen über die anderen entlocken.

Verdammt! Riley, du solltest nachdenken, bevor du den Mund aufmachst!

Rose sieht mich immer noch mit einem inzwischen etwas angestrengt wirkenden Lächeln an. Ich sollte ihr wohl antworten.

»Nein, danke. Ich benötige nichts, wollte nur etwas …« Ja was denn, Riley? »… etwas Privates fragen?« Meine Stimme hebt sich am Ende des Satzes wie bei einer Frage.

Rose nickt, ihre Skepsis entgeht mir jedoch nicht.

»In zwanzig Minuten wird das Mittagessen serviert.« Sie schaltet wieder auf professionelle Angestellte um und deutet zu einer großen Uhr an der Wand neben der Tür, die mich auch gleich daran erinnert, dass die Abgabezeit drängt.

»In Ordnung. Vielen Dank.« Professionell kann ich auch.

So schnell meine Orientierung es zulässt, renne ich in mein Zimmer zurück. Wenn Paul heute gar nicht da war, kann er auch niemandem von mir erzählt haben. Oder hat er sich gestern Stichpunkte notiert und weitergegeben? Auf jeden Fall kann er den Bogen nicht ausgedruckt haben. Ich schließe mein Zimmer auf und stelle fest, dass hier bereits aufgeräumt und geputzt wurde. Das Bett ist gemacht, die Fenster sind weit geöffnet. Die transparenten Vorhänge bauschen sich im Wind, der eine Mischung aus Meeresluft und süß duftenden Blüten in den Raum trägt.

Ohne auch nur darüber nachzudenken oder die Zimmertür hinter mir zu schließen, springe ich zum Balkonfenster, werfe es zu und stemme mich mit der linken Hand dagegen.

»Es sind die Ängste deiner Mum, nicht deine«, flüstert Archies Stimme in meinem Kopf. »Wie immer. Riley, *du* hast keine Angst, sondern deine Mutter.« Ich spüre wieder, wie er meine Hände in seine nimmt, mir einen sanften Kuss auf die Fingerspitzen drückt und sie anschließend liebevoll massiert.

Raus aus meinem Kopf, befehle ich. Gedanken an Archie kann ich nicht gebrauchen, weil die fest verschlossenen Schranktüren mit den Erinnerungen an ihn bereits heftig anfangen zu klappern.

Meine Handflächen liegen noch immer auf der Fensterscheibe. Ich atme tief ein und richte mich beim Ausatmen wieder auf, lasse meinen Blick über den wunderschönen, schon fast tropischen Garten wandern, bis ich auf zwei Personen aufmerksam werde, die unter einem Rosenbogen stehen. Paul und Andy unterhalten sich angeregt, lachen und scherzen miteinander. Paul ist also aus dem Krankenhaus zurück. Nur wie lange schon? Könnte er den Charakterbogen doch ausgedruckt haben?

Bevor ich darüber nachdenken kann, drehe ich mich um und will zu ihm, da fallen mir die Blätter in meiner rechten Hand auf. Schon auf halbem Weg zur Tür wende ich mich zum Schreibtisch um, wo sich die großen Umschläge stapeln. Ich kritzle hektisch meinen Namen auf einen Umschlag, falls ich Natalia nicht im Aufenthaltsraum antreffe. Dann schließe ich sorgfältig das Zimmer von außen ab und gehe, von Nervosität begleitet, nach unten.

In der Eingangshalle entdecke ich Killian, der gerade einen Papierstapel aus der Nische trägt und völlig in den Inhalt der obersten Seite vertieft ist, sodass er mich nicht sieht, obwohl er direkt auf mich zuhält.

Ich trete zur Seite, kann mir aber nicht verkneifen, mich übertrieben zu räuspern, was ihn dermaßen erschreckt, dass er das Blatt, das er eben unter den Stapel legen wollte, fallen lässt und empört aufsieht.

»Riley?« Er blinzelt mich an.

»Nein, dein Gewissen, das dich auf deine schlechten Manieren aufmerksam macht«, erwidere ich und ein kleiner Teil von mir freut sich tierisch darüber, dass sein rechter Mundwinkel zuckt. Wir bücken uns beide nach dem hinuntergefallenen Papier und greifen gleichzeitig danach. Als er mich dabei versehentlich berührt, zieht er seine Hand schnell zurück, sein Mund wirkt verkniffen. Um die Enttäuschung darüber zu verbergen, überfliege ich den Ausdruck.

»Sind das etwa die Bewertungsbögen, die ihr ausfüllen müsst?« Ich stehe damit auf und lese neugierig weiter, bis ich an einem Detail hängen bleibe: die Handhabung der Punktevergabe. »Wir müssen uns gegenseitig bewerten?« Meine Stimme überschlägt sich beinahe. »Ich dachte, das Urteil würde lediglich von der Jury gefällt.«

Meinen Freunden online die Meinung zu ihren Texten zu sagen, wenn sie darum bitten, ist das eine. Aber sie zu bewerten und ihnen damit vielleicht die Zukunft zu verbauen, ist etwas ganz anderes. Ich lese weiter und es kommt noch schlimmer.

»Man darf sich sogar selbst Punkte geben?« Wer tut denn so etwas? Erst als ich keine Antwort bekomme und Killian einen auffordernden Blick zuwerfe, bemerke ich, dass er noch immer in der Hocke ist und mich aufmerksam beobachtet. Langsam erhebt er sich, kommt näher und dringt dabei in meine persönliche Distanzzone ein.

»Die Punktevergabe ist anonym, daher kann niemand überprüfen, wer sich selbst oder den anderen wie viele Punkte gibt.« Er schluckt und ist dabei so nah, dass ich es deutlich hören kann. »Würdest du nicht jede Chance auf Punkte und damit auf den Sieg nutzen?«

Die Kälte in seiner Stimme lässt mich zurückweichen.

»Wovon zur Hölle sprichst du?«

Killian hebt langsam eine Braue und bringt damit meine Gehirnzellen auf Trab. Als er es ausspricht, kann ich ihn trotzdem nur entsetzt anstarren.

»Auch wenn ich den Job nicht wollte, werde ich bei meiner Juryarbeit objektiv bleiben und mich nicht mit kleinen Flirts bestechen lassen.«

»Du denkst, ich habe gestern Abend mit dir geflirtet – womit du übrigens angefangen hast! –, weil du in der Jury sitzt?« Meine Stimme klingt höher, als ich es gewohnt bin. Ich weiche weiter zurück, kann nicht fassen, dass mir Killian so etwas zutraut.

Kalkulierend und manipulativ.

»Außerdem scheinst du keine hohe Meinung von dir selbst zu haben, wenn du denkst, dass andere dich für so leicht bestechlich halten.« Ich stoße die Worte regelrecht grollend aus, und ohne eine Antwort abzuwarten, drücke ich ihm das Blatt in die Hand und stürme in Richtung Speisesaal davon. Neben der letzten geschlossenen Tür vor dem Speisesaal, aus dem bereits Stimmen und Geschirrklappern zu mir dringen, entdecke ich ein diskretes Schild mit den Namen von Professorin Seymour und Natalia May. Ich klopfe an und weil niemand antwortet, drücke ich die Klinke hinunter.

Der zu einem provisorischen Büro umfunktionierte Aufenthaltsraum ist wie erwartet verwaist, weshalb ich mich nach der erwähnten

Sammelbox umschaue. Auf einem Sideboard neben einem Tablett mit leeren Gläsern und einer Auswahl an Getränken steht ein kleiner Holzkasten mit einem Schlitz, in den ich meinen Umschlag stecke. Offenbar gerade noch rechtzeitig, denn in diesem Moment erklingt ein schwerer Gongschlag von der Standuhr an der Wand zwischen zwei Fenstern.

Hinter mir rauscht Andy in den Raum, rammt seinen Umschlag in den Kasten wie ein Footballspieler den Ball beim Touchdown auf den Boden und stützt sich anschließend auf seinen Oberschenkeln ab. Während er tief Luft holt, ertönt der zwölfte Gongschlag.

»Das war knapp«, keucht er und grinst mich an.

»Ich sag's niemandem.« Ich grinse zurück. »Wollen wir rübergehen?« Mit dem Kopf deute ich auf die Wand, die uns vom Speisesaal trennt.

»Unbedingt! Ich habe mich im Garten mit dem Enkel des Butlers verquatscht, der gerade von einem Krankenhausbesuch bei seinem Opa zurückgekommen ist.«

Stimmt, ich habe Paul und ihn von meinem Zimmer aus gesehen. Also ist Paul tatsächlich erst vor Kurzem auf das Anwesen zurückgekehrt.

Andy erhebt sich mit einem letzten tiefen Atemzug. »Er ist Landschaftsgestalter und ich denke schon lange darüber nach, den Job zu wechseln.«

Ich gehe sämtliche Kommentare in der Gruppe durch und überlege, ob er seinen Brotjob irgendwann erwähnt hat. »Was arbeitest du denn?«

Gemeinsam betreten wir den Speisesaal, in dem sich unsere Gruppe komplett an eine Tafel gesetzt hat, während der Tisch am

Fenster nur von Ms Masters, Professorin Seymour und Natalia besetzt ist. Killian isst vermutlich wieder in seinem Zimmer.

»Ich bin Maurer, übernehme inzwischen aber auch oft andere Jobs auf den Baustellen«, sagt Andy, was seinen durchtrainierten Körper erklärt. »Aber zu Hause bin ich am liebsten im Garten, stutze meine Rosen, versorge die Kois im Teich und pflanze die Stauden so, dass fast ganzjährig etwas blüht und ich immer einen tollen Ausblick beim Schreiben habe.« Ein verträumtes Seufzen gleitet ihm über die Lippen, ehe er zu unseren Schreibbuddys hinübersieht. »Die hätten sich aber auch mal etwas verteilen können. Wo sollen wir uns hinsetzen?«

Ich bin ihm dankbar, dass er nicht gleich loszieht, sondern mich in die Entscheidung einbindet. »Dort zu Lydia und Jada vielleicht?« Ich deute auf die beiden, die sich abschätzend taxieren wie Gegner im Ring. Ihnen würde es sicherlich guttun, etwas Abstand zu bekommen. Oscar schlichtet online auch immer wieder zwischen den beiden.

»Habt ihr euren Charakterbogen schon abgegeben?«, fragt uns Lydia nach der Begrüßung.

»Natürlich«, antworte ich, als ich mich setze. »Die Deadline war um zwölf Uhr.«

Sie zuckt mit den Schultern.

»Lydia hat Professorin Seymour um eine Verlängerung gebeten«, erklärt Jada und verdreht die Augen.

Ich verstecke ein Grinsen, indem ich den Blick auf die elegant gefaltete Stoffserviette auf meinem Teller richte. Die beiden verhalten sich im realen Leben genau wie in der Gruppe. Andy grinst hinter seiner Hand, mit der er sich übertrieben unauffällig über den Fünftagebart streicht.

Wir werden von einer Schar Kellnerinnen und Kellner unterbrochen, die seitlich hinter uns stehen bleiben und synchron Teller vor uns abstellen. Über Jada hinweg, die mir gegenübersitzt, lächelt Cassy mich an.

Als Vorspeise gibt es traditionelle kornische Erbensuppe, die wirklich köstlich schmeckt. Dazu ist sie so hübsch angerichtet, dass ich mich zurückhalten muss, meiner Mum nicht ein Foto davon zu schicken. Amüsiert verfolge ich Jadas und Lydias Sticheleien, während der Hauptgang aufgetragen wird. Ich bin so froh, dass uns nicht *die* lokale Spezialität zum Mittagessen serviert wird. Ich hatte schon befürchtet, den legendären *Stargazy Pie* vorgesetzt zu bekommen, eine Pastete, aus der oben Sardinenköpfe herausschauen. Ich schüttle mich beim Gedanken daran.

»Ist dir kalt?«, fragt mich Peyton.

Mir war nicht bewusst, dass ich mir sogar die Gänsehaut vom Arm reibe.

»Oder hast du befürchtet, wir müssten Sardinenköpfe essen? So ging es mir nämlich.« Sie lacht, während ich sie zuerst verblüfft anblinzle, weil wir dieselbe Sorge hatten, dann aber auch nickend lache.

»Wir hatten darüber kurz nach einem Wordbattle geschrieben, weißt du noch?«

»Ich erinnere mich«, sage ich. »Du hast mir also die widerlichen Bilder ins Hirn gepflanzt.«

»Gern geschehen!« Sie prostet mir mit ihrem Wasserglas zu und trinkt einen Schluck, bevor sie sich über die *Cornish Pastys* hermacht. Jede der drei Teigtaschen hat eine andere Füllung und scheint allen zu schmecken.

»Ich habe mir euch so anders vorgestellt«, bricht Lydia die Stille, die nur von regelmäßigem Besteckklappern durchzogen ist.

Alle murmeln etwas Zustimmendes oder nicken mit vollem Mund wie ich – bis auf Jada. Sie kaut schnell und gestikuliert dabei, als würde sie gleich platzen. Endlich schluckt sie und legt sofort los: »Mir ging es auch so, außer bei dir.« Sie nickt Lydia zu. »Du bist exakt wie in meiner Vorstellung.« Ihr Tonfall lässt keinen Schluss darauf zu, ob die Worte positiv oder negativ gemeint sind. Aber der intensive Blick, mit dem sie Lydias zartes Gesicht nachzeichnet, erzählt eine eigene Geschichte. Ich bin mir sicher, dass ihr sehr gefällt, was sie sieht.

»Wie denn?«, fragt Lydia neugierig und offenbar nicht empfänglich für diese Art von Blicken.

»Oberflächlich und faul«, erwidert Jada trocken, ehe sie sich wieder ihrer Pastete widmet.

Doch Lydia lässt das nicht auf sich sitzen. »Ich bin nicht faul.«

»Hast du nicht um einen Aufschub gebeten? Bei der ersten Aufgabe?«, nimmt mir Andy die Worte aus dem Mund.

»Ihr habt doch keine Ahnung.« Lydias Lächeln ist von ihren Lippen verschwunden und sie stochert lieblos auf ihrem Teller herum.

Während des restlichen Essens werfen sich alle nur noch verstohlene Blicke zu. Vor dem Nachtisch erhebt sich Natalia, und mit dem Geräusch, das ihr Stuhl dabei macht, zieht sie sämtliche Aufmerksamkeit auf sich. Wie die anderen an meinem Tisch bin ich froh über die Ablenkung, sehe Natalia hinterher, wie sie den Raum verlässt, und bin mir sicher, dass auch einige an unserem Tisch gern vor der drückenden Stimmung flüchten würden. Warum muss der persönliche Kontakt so kompliziert sein?

Nach dem letzten Gang fühlt sich die unerwartete Aufforderung der Professorin, ihr in den Konferenzraum am Ende des Flurs zu folgen, wie ein Segen an.

8

Ich versinke beinahe in dem weichen Polster des Stuhls und warte gespannt, was Professorin Seymour uns zu sagen hat. Natalia steht mit einem Stapel schwarzer Mappen neben ihr und weiß nicht, wo sie hinsehen soll.

»Ich hoffe, Sie alle hatten eine angenehme Nacht und haben am Vormittag fleißig daran gearbeitet, Ihre Charakterbögen schlüssig zu vervollständigen. Alle Anwesenden haben die Arbeiten pünktlich abgegeben.«

Ich schaue wie die anderen zu Lydia, die stur auf ihre manikürten Fingernägel hinabschaut, während sie die Maserung des dunkel lasierten Konferenztisches nachfährt.

In jedem Gesicht steht dieselbe Frage: Warum hat Lydia gesagt, sie hätte um Verlängerung gebeten?

Natürlich bleibt sie uns die Antwort schuldig.

»Ich lege sehr großen Wert auf Pünktlichkeit«, fährt die Professorin fort. »In meinen Augen ist dies eine der obersten Tugenden. Wer nicht pünktlich abgibt, wird von mir keinen einzigen Punkt erhalten, selbst wenn die Arbeit mich überzeugen kann.« Ihr strenger Blick fängt jedes Augenpaar im Raum ein und ich hoffe, dass mich während der nächsten Tage weder Inspiration noch Motivation verlassen.

Nachdem uns die Professorin mit genug Unwohlsein überschüttet hat, setzt sie ein strahlendes Lächeln auf und deutet mit der Hand auf Natalia, die sofort geschäftig vortritt und die Mappen an uns verteilt.

»In diesen Mappen finden Sie die Charakterbögen all Ihrer entworfenen Figuren«, erklärt Professorin Seymour unterdessen. »Bitte gehen Sie die Beschreibungen sorgsam durch, damit Sie im Anschluss nach einem festgelegten Punktesystem eine Bewertung abgeben können.«

»Wir sollen uns gegenseitig bewerten?«, fragt Jada entsetzt, während Ezra dieselben Worte stammelt, sodass sie einem verzerrten Echo gleichen.

Durch die zufällige Begegnung mit Killian wusste ich bereits Bescheid, daher reagiere ich als Einzige gelassener.

Professorin Seymour sieht mit zusammengezogenen Augenbrauen zwischen Ezra und Jada hin und her. Die Unterbrechung hat sie offenbar verärgert und ich habe das Gefühl, dass alle im Raum um ein paar Zentimeter kleiner werden.

»Sie nehmen die Bewertung nach folgendem Punktesystem vor«, fährt sie fort. »Für die überzeugendste Arbeit vergeben Sie drei Punkte. Notieren Sie diese Zahl einfach ohne irgendwelche Erkennungsmerkmale wie Kommentare und dergleichen. Für die Ihrer Meinung nach zweitbeste Arbeit geben Sie zwei Punkte, für den dritten Platz einen. Der Durchschnitt Ihrer Bewertungen zählt dabei so viel wie eine Jurystimme, macht also ein Viertel der Gesamtbewertung jeder Runde des Vorentscheids aus. Je mehr Teilnehmende ausscheiden, desto relevanter wird jede Ihrer Bewertungen.« Sie sucht in den Gesichtern nach Fragen, doch offenbar traut sich niemand nachzuhaken. Auch die Mappen liegen noch geschlossen vor uns auf dem Tisch.

»Unser groß angekündigtes Star-Jurymitglied freut sich übrigens schon sehr, Sie alle bald kennenzulernen.« Nun strahlt sie beinahe stolz, während mir erneut Röte ins Gesicht steigt, weil ich an die peinliche Begegnung mit Killian denke. Woher hätte ich auch wissen sollen, dass er den Platz seiner Mutter eingenommen hat? Ich starre auf die Mappe vor mir auf dem Tisch, in der Hoffnung, dass meine Haare meine heißen Wangen verbergen.

»Sie dürfen die Mappen jetzt öffnen. Ganz vorn finden Sie den Bewertungsbogen mit den zufällig generierten Nummern, die Sie auch auf jeder eingegangenen Arbeit finden. Auch wenn Sie bei dieser ersten Aufgabe zum Teil wissen, wer hinter der jeweiligen Arbeit steckt, werden Sie sich auf diese Weise an die Anonymisierung gewöhnen. Bei jeder neuen Aufgabenrunde weist Natalia den eingereichten Dokumenten eine neue Zahl zu, die Sie dann auch auf dem Bewertungsbogen finden. Selbstverständlich weiß auch ich dadurch nicht, wer hinter der jeweiligen Arbeit steckt, um mein Urteil zweifelsfrei objektiv zu halten.«

Genau wie ich haben auch die anderen die Mappen aufgeschlagen, aber bislang nur aufmerksam Professorin Seymours Erklärungen verfolgt, weshalb sich erst jetzt die Blicke auf den Bewertungsbogen senken.

»Bedeutet das, wir können uns auch selbst drei Punkte geben?«, höre ich ein Flüstern, dessen Herkunft ich nicht ausmachen kann.

»Die Bögen sind anonym, niemand kann nachvollziehen, wie die Punkte verteilt werden«, wiederhole ich Killians Worte, während mein Blick noch einmal über den mir bereits bekannten Bewertungsbogen huscht.

»Woher weißt du das?«, fragt Jada.

»Von Killian«, antworte ich, ohne nachzudenken. Den Fehler erkenne ich erst, als mir alle ihr Gesicht zuwenden.

»Killian?«

»Killian Masters?«

Ich spüre die Blicke wie stechende Eiskristalle in einem Schneesturm.

»Da hat jemand aber keine Zeit vergeudet, sich bei der Jury einzuschleimen«, flüstert Lydia so laut in Peytons Ohr, dass ich es garantiert hören sollte.

»Lydia!«, zischt Jada und sieht zu mir. Abschätzend wie alle anderen.

Ich schaue von einem Gesicht zum nächsten und erkenne darin Vorwurf, Zweifel oder – wie in Aprils Fall – Überzeugung.

Sie schüttelt ernst den Kopf. »Unterstell doch niemandem etwas, wenn du es nur vermutest, Lydia«, sagt sie dann mit fester Stimme und ich bin ihr unglaublich dankbar.

»Ms Thorne hat recht«, stimmt die Professorin mit anerkennendem Blick in Aprils Richtung zu. »Vorurteile sind hier fehl am Platz. Die Jury bewertet objektiv und ohne Hintergründe, genau das sollten Sie auch tun. Wenn Sie der Meinung sind, Ihre Arbeit ist am besten, geben Sie sich drei Punkte. Wir erwarten die ausgefüllten Bewertungsbögen morgen vor dem Frühstück in der Sammelbox. Ab der nächsten Aufgabe ist es Ihnen auch möglich, mehrere Arbeiten einzureichen und damit potenziell zusätzliche Punkte zu erhalten. Wir hoffen, dass Sie diese Möglichkeit nutzen.«

Sie wendet sich bereits zum Gehen ab, als ihr noch etwas einfällt. »Im Wintergarten wird um fünfzehn Uhr Tee serviert, soll ich Ihnen von Ms Masters ausrichten. Abendessen gibt es dann um neunzehn Uhr.« Professorin Seymour nickt uns aufmunternd zu, bevor sie mit großen Schritten den Konferenzraum verlässt.

Natalia folgt ihr mit einem schüchternen Lächeln. Kaum dass sie die Tür hinter sich geschlossen hat, schießen Dutzende ungesagte Dinge durch den Raum. Lydia flüstert etwas in Peytons Ohr, dieses Mal unhörbar für mich. Peyton schüttelt daraufhin den Kopf und sieht zu mir. »Wusstest du, dass Killian einer der Juroren ist?«

»Nein, das wusste ich nicht«, erwidere ich. Hätte ich es gewusst, hätte ich mich von ihm ferngehalten – allein aus Respekt. Dabei hat er es mir sogar erzählt.

»Du bist gestern Arm in Arm mit ihm in den Ballsaal spaziert«, schmettert mir Lydia entgegen.

»So etwas kann auch nur dir auffallen!« Jada verdreht die Augen und erntet dafür ein Schnauben von Lydia.

»Natürlich fällt mir so etwas auf. Jeder kennt ihn doch.«

Dem Kopfschütteln nach ist sie mit dieser Meinung allein.

Zeit, mich zu rechtfertigen und hoffentlich alle Vorurteile gegen mich zu entkräften. »Ich war gestern total geknickt, weil ich außer Ezra niemanden erkannt habe. Ihr habt eure Rollen so gut gespielt, also bin ich enttäuscht nach draußen gegangen. Dort saß Killian auf einer Bank und hat mich zu Tode erschreckt.« Ich erzähle die ganze entwaffnende Wahrheit, während Jackson und Finley immer breiter grinsen, weil ich ihnen ein so gutes Schauspieltalent zugetraut habe. April und Jada loben mich sogar dafür, dass ich angesichts meines klischeehaften Gegenübers in meiner Rolle geblieben bin.

»Ich wäre am liebsten davongerannt, als ich gehört habe, dass er Killian Masters ist«, schließe ich und ernte Lacher und jede Menge Verständnis.

»Woher kennst *du* Killian Masters eigentlich?«, fragt Jada schließlich, an Lydia gewandt. Ihre eigentliche Frage schwebt ungesagt hinterher: *Hast du Interesse an ihm?*

»Das weiß ich gar nicht so genau.« Lydia winkt lässig ab und Jada atmet schwer aus. Sie hat vor Anspannung die Luft angehalten. »Irgendwann habe ich ihn auf einem Bankett kennengelernt, wiedergetroffen habe ich ihn im letzten Jahr, als ich an einem Creative-Writing-Kurs auf der *Siren* teilgenommen habe.«

Die *Siren* hatte im vergangenen Jahr während ihrer Jungfernfahrt weltweit für Aufsehen gesorgt. Natürlich war Lydia auch schon an Bord des luxuriösesten Kreuzfahrtschiffs der Welt.

»Bei den Ticketpreisen für die *Siren* muss das ja ein teurer Kurs gewesen sein.« Jadas Stimme klingt verbittert.

Selbst wenn ich das Geld dafür gehabt hätte, würde ich lieber mein Studium davon bezahlen, als es für einen kurzen Trip auf einem Schiff auszugeben.

Lydia geht nicht darauf ein, sondern zuckt nur mit den Schultern.

»Schreibt Killian Masters etwa auch?«, fragt April und erstickt eine neue Diskussion um Geld und Privilegien zwischen den beiden im Keim.

»Nein, er war nie im Kurs dabei.« Lydia runzelt die Stirn. »Ich glaube, er hat das Ticket einfach nur genutzt, weil seine Mutter es nicht in Anspruch nehmen konnte oder wollte, denn alle Spender der Leseförderung waren eingeladen. Soweit ich weiß, studiert er irgendein Wirtschaftsfach, damit er ins Familienunternehmen einsteigen kann.« Mit jedem Satz klingt sie deprimierter.

»Studierst du noch in Whitefield?«, fragt Finley.

Lydia schüttelt den Kopf. »Ich habe mir ein Urlaubssemester genommen, um mich aufs Schreiben zu konzentrieren.«

»Wer es sich leisten kann«, murrt Jackson. Ich sehe ihn erschrocken an. So einen Kommentar hätte ich von Jada erwartet, aber nicht von ihm. »Ist doch wahr«, verteidigt er sich gegen die Blicke.

Jada schenkt ihm ein zustimmendes Nicken. In der Realität ist der Graben zwischen Lydias reicher Familie und uns anderen offenbar noch viel größer als in der digitalen Welt.

»Was machst du eigentlich, wenn du nicht schreibst?«, frage ich Jada und erzähle ihr, dass ich sie mir immer im Businesskostüm vorgestellt habe.

Sie verschluckt sich beinahe vor Lachen und muss keuchend Luft holen, bevor sie fragen kann: »Wie kommst du denn darauf?«

»Du bist so viel unterwegs, kennst fast jeden Ort besser als Google«, erkläre ich.

Sie reibt sich eine Lachträne aus den Augen. »Ich bin Berufskraftfahrerin und schreibe in den Standzeiten und an einsamen Abenden. Ein Businessoutfit würde nur Falten bekommen, die ich nie wieder rausbügeln könnte.« Sie amüsiert sich offenbar immer noch bei dem Gedanken daran.

Wie weit Vorstellung und Realität doch auseinanderklaffen können. Ich bin jedoch froh über die aufgelockerte Stimmung, die dem Gefühl unserer Schreibgruppe nun endlich wieder entspricht. Genau so habe ich mir das Zusammensein mit meiner »Schreibfamilie« vorgestellt.

Anstatt die Aufgaben zu bewerten, verbringe ich den Nachmittag mit April, Finley und Andy plaudernd auf den Bänken im Garten. Der gute Vorsatz war da – immerhin tragen wir unsere schwarzen Mappen die ganze Zeit mit uns herum. Ich lerne von Andy mehr über die hiesigen Pflanzen, als Wikipedia jemals ausspucken könnte, weil er mit so viel Begeisterung referiert wie Finley über die hochmoderne Bewässerungsanlage. Für die Bewertung bleibt auch später noch genug Zeit, rede ich mir ein.

»Wir sollten uns langsam für das Abendessen fertigmachen«, sagt April nach einem Blick auf die Uhr.

»Das eilt doch nicht«, erwidert Finley schon fast enttäuscht. »Ich würde das nächste steife Essen gern so lang wie möglich vor mir herschieben.« Er grinst uns schief an und ich weiß genau, was er meint.

»Und den nächsten Streit zwischen Jada und Lydia?«, frage ich.

Finley nickt zerknirscht.

»Hoffentlich überwinden die beiden endlich das Necken und gehen zum Lieben über.« Andy, der Romantiker.

»Meinst du, das wird klappen?« Ich bin mir nicht sicher, ob Lydia Jadas Interesse bemerkt hat. Oder ob sie überhaupt an Frauen interessiert ist. Ich kann Lydia wahnsinnig schlecht einschätzen.

Ich begleite April zum Haus zurück, während Andy und Finley noch im Garten bleiben und sich weiter über Bewässerungssysteme der Zukunft austauschen, Finleys Spezialgebiet.

April steuert zielstrebig einen Seiteneingang an, den ich zwischen den Rosengittern am Wegrand gar nicht gesehen habe.

»Ich muss gleich hier rein«, sagt sie.

»Wohin führt die Tür?«, frage ich und überlege gleichzeitig, wo die anderen aus der Gruppe untergebracht sind.

»Direkt in den Personaltrakt«, erwidert April.

»Haben wir nicht alle Zimmer im … Gästeflügel?«, frage ich.

»Keine Ahnung. Mein Zimmer ist im ersten Stock, aber der einzige Fahrstuhl befindet sich hier.« Sie deutet auf die Tür.

»Ich wohne auch im ersten Stock. Dann kann ich ja gleich mitkommen.«

Ich trete vor und öffne die Tür.

April fährt an mir vorbei und ich folge ihr durch einen schmucklosen Flur bis zu einem Fahrstuhl, der bereits zu warten scheint und uns in der ersten Etage wieder ausspuckt.

»Ich beneide dich um deinen Orientierungssinn«, gestehe ich ehrlich, weil ich in dem Gewirr aus Fluren, Gängen und Erkern mehrmals falsch abgebogen wäre.

Ehe April antworten kann, tut das eine Stimme hinter uns. »Sie hatte einen meisterhaften Führer.«

Killian.

April schüttelt lachend den Kopf. »Natürlich liegt es nur daran.«

Ich sehe zwischen den beiden hin und her. Killian verbeugt sich knapp. »Wir sehen uns beim Essen.«

Als Killian verschwunden ist, sieht April zu mir. »Nun frag schon.«

»Ihr kennt euch?«

»Kennen ist etwas übertrieben. Killian hat mich hochbegleitet, nachdem ich hier angekommen bin. Rose meinte, dass der diensthabende Butler gerade anderweitig beschäftigt ist, und Killian saß bei seiner Mutter, als ich ihr vorgestellt wurde.«

Ein Funke Neid zwickt mir in den Magen und ich schäme mich sofort dafür. Vor allem weiß ich nicht, woher dieses Gefühl überhaupt kommt. Und warum. Doch ich lasse mir nichts anmerken.

»Ich weiß nicht, ob ich dich dafür bedauern soll oder nicht. Er ist nicht gerade der umgänglichste Mensch.«

»Ich kann nur meinen Eindruck wiedergeben und der ist sehr positiv. Er ist höflich, zuvorkommend und freundlich.«

»Wenn du es sagst.« Offenbar hat April den Killian kennengelernt, den ich im Garten zurückgelassen habe.

Wir biegen in einen Flur mit weinroter Tapete ab, die mit goldenen Blättern verziert ist. Eine Tür steht offen und ich linse hinein.

»Das ist einer der kleinen Balkone!«, rufe ich vermutlich zu entzückt, denn April hält an und wirft mir mit erhobener Braue einen verwunderten Blick zu.

»Ich habe mich immer gefragt, über welche Art von Geheimgängen man zu den kleinen Balkonen auf diesen Galerien gelangt«, erkläre ich ihr.

»Die meisten sind nur von den privaten Räumlichkeiten der Familie aus zugänglich«, erklärt April. »Dieser hier bildet eine der wenigen Ausnahmen, damit man schnell einen Blick hinunter in die Eingangshalle werfen kann, vermutlich um die Angestellten zu überwachen.« Sie verdreht die Augen.

»Woher weißt du das denn wieder?«

»Paul hat es mir erzählt, als er mich heute Morgen zum Frühstück begleitet hat, ehe er zu seinem Großvater ins Krankenhaus gefahren ist.« In ihren Augen steht ein Leuchten, das bisher gut verborgen geblieben ist. Sie hat Paul also auch schon kennengelernt.

»Ach, hat er das?« Ich schmunzele.

»Ich konnte sein freundliches Angebot, mir den Weg zum Speisesaal zu zeigen, unmöglich ablehnen.« Ihre Wangen röten sich auf bezaubernde Weise.

»Ihm gegenüber hast du wohl nicht erwähnt, dass du dich hier bereits blind auskennst.«

»Vielleicht habe ich das vergessen.« Sie grinst noch immer, als wir unseren Weg fortsetzen.

Endlich kommen wir an einem mir bekannten Spiegel vorbei.

»Ich wohne am Ende des Flurs«, sage ich und bin froh, dass ich mich wieder orientieren kann.

»Dann wohnen wir offensichtlich nebeneinander.« April deutet auf die Tür vor meiner.

»Das ist großartig. Dann können wir zusammen zum Essen runtergehen«, schlage ich vor und sie nickt, aber nicht sehr begeistert. Sofort rudere ich zurück. »Wenn das für dich nicht okay ist …«

Sie schüttelt den Kopf. »Paul hat angeboten, mich zu begleiten, falls er bis dahin zurück auf dem Anwesen ist.« Ihre Wangen röten sich erneut und endlich verstehe ich.

»Er ist zurück«, sage ich nur und April verbirgt ihre Freude über die Tatsache, indem sie auf ihre Hände hinabsieht.

Wir verabschieden uns und ziehen uns in unsere Zimmer zurück. Bis zum Abendessen habe ich noch genügend Zeit, mir die Charakterbögen der anderen anzuschauen. Im Gegensatz zu Professorin Seymours Vermutung kann ich – abgesehen von Ezra, der als Beruf tatsächlich Onlineredakteur eingetragen hat – nur »Kellner Mike« als Jackson identifizieren. Bei einem Charakterbogen habe ich jedoch die starke Vermutung, dass es sich um Lydia handelt, denn »Scarlett Wilson« ist die Tochter eines Sponsors des YTA, die sich an ihrem ersten Roman versucht.

Ich gehe alle Beschreibungen durch, streiche mit einem Textmarker potenzielle Widersprüche an – auch im Hinblick auf die Personen, die gestern nach der Vorstellungsrunde auf der Bühne aus ihren Rollen gefallen sind. Erst dann fällt mir auf, dass der Charakterbogen von »Riley Madows« fehlt. Ich blättere noch einmal alle Arbeiten durch, falls er irgendwo an einem anderen Bogen hängt, finde ihn aber nirgendwo. Offensichtlich hat sich also niemand aus meiner Schreibgruppe beim Kennenlernen gestern für mich ausgegeben. Erst jetzt bemerke ich, dass ich wider besseres Wissen daran gezweifelt habe, dass jemand auf die – eigentlich absurde – Idee gekommen sein könnte. Sofort denke ich wieder an Paul, der als Einziger meine Schlafgewohnheiten kennt. Doch anstatt mich um mich zu sorgen, geistert nur der Gedanke durch meinen Kopf, dass April gern Zeit mit Paul verbringt, der offenbar alles andere als diskret mit Informationen umgeht. Ich sollte dringend mit ihr über meinen Verdacht sprechen.

Beim letzten Durchgang aller Charakterbögen komme ich zu dem Schluss, dass meine Figur nicht nur auf dem Papier, sondern auch beim Empfang am schlüssigsten war. Aber kann ich mir tatsächlich die vollen drei Punkte geben? Steht es mir überhaupt zu, Punkte an mich selbst zu verteilen? Ich kann die anderen diesbezüglich schlecht einschätzen, gehe aber davon aus, dass sie alle ebenso hadern wie ich.

Rein objektiv betrachtet müsste ich mir die Höchstpunktzahl geben, dem vermeintlichen Literaturagenten namens Benedict Weisz zwei Punkte und Ellen Montgomery, der *Ehefrau eines geladenen Lektors* einen Punkt. Aber … ich kann nicht.

Als könnte mir Prokrastination zum ersten Mal in meinem Leben bei einer Entscheidung helfen, greife ich nach meinem Handy, auf dessen Sperrbildschirm eine Nachricht von April wartet.

Paul holt mich jetzt zum Mittagessen ab. Willst du uns begleiten?

Die Nachricht ist vor zwanzig Minuten eingegangen, April ist sicher schon unten und mein knurrender Magen sagt mir, dass ich ihr dringend folgen sollte. Ich lasse den Bewertungsbogen noch unausgefüllt und gehe hinab in die Eingangshalle, wo ich Peyton treffe, die eben ein Telefonat beendet hat. Gemeinsam folgen wir einem köstlich würzigen Duft den Flur entlang zum Speisesaal.

»Riechst du das?« Peyton schnüffelt übertrieben in der Luft, als wir näher kommen. »Das könnten Meeresfrüchte sein, oder?«

Ich sauge erneut den Geruch ein und stimme ihr zu.

»Vielleicht werden nun unsere schlimmsten Befürchtungen wahr und unser Essen hat heute Augen.« Sie schüttelt sich demonstrativ, als wir den Speisesaal offensichtlich als Letzte unserer Gruppe betreten und uns auf zwei freie Plätze zwischen Andy und Lydia setzen. Selbst ohne ihre Nachricht hätte mir Aprils Dauerlächeln gezeigt, dass sie von Paul begleitet wurde. Leider sitzt sie zu weit weg, sodass ich nicht nachhaken kann.

Ich halte auch Ausschau nach Killian, der heute Nachmittag erwähnt hat, dass wir uns später beim Essen sehen würden. Er sitzt halb verborgen von Professorin Seymour und seiner Mutter an einem kleinen Tisch in der Ecke und sieht alles andere als begeistert darüber aus. Vielleicht unterhalten sie sich gerade über unsere Bewertungen und haben sich extra an einen Tisch möglichst weit weg von uns gesetzt?

Schon bei der Bestellung unserer Getränke kündigt Cassy an, dass die Köchin uns heute »ein lokales kulinarisches Erlebnis« bescheren wird. Hätte sie das nicht in demselben angewiderten Tonfall gesagt, mit dem sie mir den Hog's Pudding zum Frühstück angepriesen hat, hätte ich mich vielleicht darauf gefreut. So jedoch finde ich mich wenig später mit Peytons nicht besonders appetitlicher Vorahnung konfrontiert: tote milchige Augenpaare, die aus einem ansonsten lecker aussehenden Kuchen herausschauen.

»Wem darf ich ein Stück Stargazy Pie servieren?«, fragt Xander, der offensichtlich mehr Begeisterung für traditionelle Speisen hegt – oder besser schauspielert als Cassy.

Während ich schnell den Kopf schüttle, sind die meisten anderen offenbar gern bereit, etwas Neues auszutesten. Ich verfolge, wie Ezra, der mir gegenübersitzt, einen vorsichtigen Bissen nimmt und während des Kauens erst ergründen muss, ob es ihm schmeckt. Andy und Jada verlangen direkt mehr.

Glücklicherweise servieren Cassy und Xander noch weitere lokale Spezialitäten, die am heutigen Abend alle aus dem Meer kommen. Cornwall hat eine ausgeprägte Fischereitradition, lerne ich, und der lokale Tourismus lebt natürlich auch von den entsprechenden Speisen.

Die Gespräche an meinem Ende des Tisches drehen sich hauptsächlich um den Geschmack des Essens. Mein Favorit ist eindeutig die Krabbenrahmsuppe, aber auch die gebackene Makrele mit Stachelbeersoße würde ich jederzeit wieder bestellen.

Das familiäre Gefühl, das sich beim Essen über dem Tisch ausgebreitet hat, verfliegt, als ich mich beim Nachtisch – gebackene Ingwerkekse, die Cornish Fairings genannt werden – bei den anderen erkundige, wie weit sie mit ihren Bewertungen sind.

Alle außer mir haben die Bögen bereits ausgefüllt, doch niemand macht den Eindruck, irgendwelche moralischen Bedenken zu haben, was die Bewertung angeht. In keinem Gesicht kann ich irgendwelche Zweifel erkennen. Auch wenn mir die Frage auf der Zunge brennt, ob jemand sich selbst Punkte gegeben hat, will ich es nicht ansprechen, ganz egal, wie sehr mich diese Möglichkeit verunsichert.

Bis ich überlegt habe, wie ich subtil genug nachhaken könnte, sind die Gespräche bereits bei unseren aktuellen Schreibprojekten angekommen und die Gelegenheit ist vorüber. Vor mir spielt sich die Liveversion unseres Gruppenservers ab – inklusive kleinerer Sticheleien und Herausforderungen –, alles könnte so sein wie immer. Trotzdem fühlt es sich anders an. Leichte Vorsicht schwingt in den Aussagen mit. Eine Zurückhaltung, die man in geschriebenen Worten nicht finden kann, die jedoch in kaum wahrnehmbaren Momenten geweiteter Augen oder einem vorbeihuschenden Abfallen der Mundwinkel deutlich zu erkennen ist. All das fehlt, wenn man Menschen nur über das geschriebene Wort kennt und sie nie zuvor gesehen hat, weshalb ich fast erleichtert bin, als sich die Runde endlich auflöst.

Auch spät am Abend im Bett grüble ich noch darüber nach, dass ich eigentlich niemanden aus unserer Schreibgruppe wirklich kenne. Sondern nur das, was sie – vielleicht nach etlichen Korrekturen ihrer Aussage – auf dem Server posten. Jede und jeder von ihnen hat schließlich denselben Traum wie ich und will ins Finale, sonst wären wir nicht hier, aber ich habe keine Ahnung, wie egoistisch die anderen vielleicht an diesem Traum arbeiten. Mit diesen alles andere als positiven Gedanken gleite ich in den Schlaf.

9

Als mich mein ultrafrüh gestellter Wecker unsanft aus wirren Träumen reißt, die direkt wieder in meinem Unterbewusstsein versinken, habe ich einen Entschluss gefasst. Es widerstrebt mir, meine Arbeit besser zu bewerten als die anderer, daher setze ich mich an dritte Stelle, notiere die Punkte in den entsprechenden Zeilen des Bewertungsbogens und falte ihn einmal zusammen, um ihn vor dem Frühstück abzugeben.

Ich öffne gerade meine Zimmertür, da hallt ein Lachen durch den Flur. Vorsichtig linse ich durch den Spalt und sehe Paul vor Aprils Zimmer stehen. Ich will mich gerade zurückziehen, da höre ich Pauls Stimme.

»Darf ich dich schieben?«, fragt er und deutet auf Aprils Rollstuhl. Ich warte auf eine Bemerkung von ihr, dass sie sich sehr gut allein fortbewegen kann – wie Lydia gegenüber beim Empfang –, doch stattdessen höre ich ein leises »Gern«. April lächelt, als Paul hinter ihr die Tür schließt und die Hände um die Schiebegriffe legt, was meine Vermutung für ihr Interesse an ihm erneut bekräftigt. Ich brenne darauf, nachzuhaken und April von meinem Spionage- beziehungsweise Indiskretionsverdacht zu erzählen, halte mich aber zurück und warte, bis ich die beiden nicht mehr sehen kann. Erst dann schließe ich mein Zimmer ab und gehe ebenfalls nach unten, wo ich zuerst den Bewertungsbogen in die Sammelbox stecke und anschließend den Speisesaal betrete.

Bis auf Lydia, Jackson und April sind schon alle anwesend. Meine Überraschung ist groß, als ich am Nachbartisch Killian entdecke, der gerade eine Tasse zum Mund führt und innehält, als er meinem Blick begegnet. Ich habe solche Momente schon tausendmal gelesen, in etlichen Szenen versucht, sie einzufangen und mit eigenen Worten zu beschreiben, aber jetzt fühle ich mich wie in einem Klischee gefangen. Die Zeit scheint sich zu dehnen, mein Herz gerät aus dem Takt, weil ich die einzelnen Augenblicke anders wahrnehme. Der Rest des Saals verschwimmt am Rand meines Sichtfelds, wird zu einem Tunnel, der mich zu Killian führen will.

Verdammt, Riley! Ich schüttle den Kopf, um den Kitsch loszuwerden, und reibe mir über die Augen. Dieser Typ stellt seltsame Dinge mit mir an.

»Guten Morgen«, begrüßt mich Andy, und während er von Killian zu mir schaut, schmunzelt er, als hätte er gerade die Inspiration für eine neue romantische Story gefunden. Seufzend lasse ich mich neben ihm auf den Stuhl sinken und begrüße die anderen. Ich komme mir vor, als hätte jemand zum gestrigen Abendessen zurückgespult. Aufgrund des Déjà-vu-Gefühls kann ich nur hoffen, dass sich nicht erneut diese teils unangenehmen Schwingungen ausbreiten.

Schließlich trifft April mit Jackson plaudernd ein. Paul muss sie unterwegs verloren haben. Leider sucht sie sich einen Platz zu weit von mir entfernt, sodass ich sie nicht auf Paul ansprechen kann.

Cassy tritt zu uns an den Tisch und sieht mich auffordernd an. »Dasselbe wie gestern? Oder besser ohne –«

»Ohne!« rufe ich so laut dazwischen, dass sich alle zu mir umdrehen. Cassy grinst bis über beide Ohren und rauscht davon.

Entweder bin ich noch zu müde, um Zwischentöne zu erkennen, oder ich habe mir selbst zu viele Gedanken über die Bewertung gemacht. Denn heute Morgen ist das seltsame Gefühl vom Abendessen verschwunden. Die Gespräche sind locker und leicht wie am Vortag mit Jackson und April. Erst als wir mit dem Essen fertig sind und Lydia immer noch nicht erschienen ist, wird der Tonfall am Tisch wieder ernster.

Jada ist diejenige, die unsere Sorge beiseitewischt, weil Lydia – wie sie online oft genug erwähnt hat – schließlich alles andere als eine Frühaufsteherin ist, und die Stimmung hebt sich sofort wieder.

Viel zu früh beendet Professorin Seymour das Frühstück und bittet uns in den Konferenzraum. Mein Herz schlägt immer schneller, als ich ihr und den anderen an Aprils Seite folge und mich an den großen Tisch setze.

»Wir haben ihre Bewertungen addiert und mit unseren Ergebnissen zusammengefasst. Ich werde direkt zu Beginn kein Ranking bekannt geben, muss Ihnen aber mitteilen, dass Lydia Clarke von nun an nicht mehr am Wettbewerb teilnehmen wird.«

So kurz und … herzlos beendet sie Lydias Traum. Es dauert, bis mein Gehirn meine Gefühle eingeholt hat, und ich begreife, wie schnell es vorbei sein kann. War Lydia deshalb nicht beim Frühstück?

»Ist sie schon abgereist?«, fragt Jada. Die Enttäuschung ist so deutlich in ihrem Gesicht zu lesen wie Tinte auf Papier.

»Nein, Ms Clarke wird weiterhin auf Masters' Castle bleiben und an unserem Writer's Retreat teilnehmen. Sie wird nur nicht mehr bewertet und hat auch kein Stimmrecht mehr. Dieses Angebot von Ms Masters gilt natürlich auch für alle, die zukünftig ausscheiden werden.«

Nimm mit, was du kriegen kannst, gehen mir meine Gedanken vom Anreisetag durch den Kopf. Die Möglichkeit, dass ich auch nach dem Ausscheiden weitere Erfahrungen sammeln kann, nimmt einen Druck von mir, den ich mir zuvor nicht eingestehen wollte. Ich atme tief durch, als Professorin Seymour mit der zweiten Aufgabe herausrückt.

»Das nun folgende Thema steht bei der Aufgabenstellung des YTA in diesem Jahr im Fokus, weshalb Sie Zeit bis morgen vor der etwas späteren Teatime um sechzehn Uhr haben.«

Nicht ein Atemzug, kein einziges Rascheln dringt mehr an mein Ohr. Auch ich halte die Luft an.

»Ihre zweite Aufgabe lautet: Spannung und Gänsehaut auf wenigen Seiten.«

Andy stöhnt auf, Jada nickt und Jacksons Blick huscht hin und her, als hätte er bereits einen Text vor Augen.

Ich selbst sehe eine Gestalt rennen, spüre das Grauen im Nacken meiner Figur, die drohende Gefahr, den rasenden Puls und die Enge meines Brustkorbs. Ich vertreibe die Bilder, um mich wieder auf Professorin Seymour zu konzentrieren.

»… eingangs erzählt habe, steht es Ihnen frei, mehrere Texte einzureichen. Ich möchte Sie aber bitten, Ihre Arbeiten getrennt abzugeben, damit jedes Manuskript einzeln nummeriert und bewertet werden kann und kein Jurymitglied erkennt, wer von Ihnen mehrere Texte eingereicht hat. Schließlich bekomme auch ich erst nach der

Auswertung Ihrer und der Bewertungsbögen der Jury die dazugehörigen Namen genannt. Sollten Sie weitere Umschläge benötigen, melden Sie sich bei Natalia.«

Ezra hebt die Hand wie in der Schule. April schüttelt lächelnd den Kopf, was ihn vermutlich dazu animiert, seine Frage direkt zu stellen.

»Professorin Seymour?«, beginnt er zurückhaltend, doch sie nickt ihm auffordernd zu. »Gibt es … eine Zeichenbegrenzung?« Seine Stimme klingt rau und etwas schleppend, dazwischen räuspert er sich und sucht offenbar nach den richtigen Worten. Ich habe Ezra für eine Plaudertasche gehalten, aber er ist das absolute Gegenteil von gesprächig. Seine Kommentare zu Textproben und Szenen sind dagegen oft länger als die Texte selbst, seine Instagram-Posts haben eine Tiefe, die ich am echten Ezra bisher vermisse.

»Wir haben uns darauf geeinigt, kein Limit vorzugeben, aber denken Sie daran, dass weniger oft mehr ist.«

Ezra nickt und murmelt ein »Danke«.

»Sollten Sie noch eine Inspiration benötigen: Ms Masters lädt Sie alle ein, morgen früh bei Ebbe an einer Führung durch die weitverzweigten Schmugglerhöhlen unten in der Bucht teilzunehmen. Wir treffen uns um acht Uhr, ich rate Ihnen jedoch, schon heute an einer Idee zu arbeiten und die Inspiration der dunklen Höhlen für eine weitere Textprobe zu verwenden.«

Im Raum breitet sich eine knisternde Energie aus, die auch meine Fingerspitzen kribbeln lässt und sich zu ersten Kommentaren zusammenballt, sowie Professorin Seymour gegangen ist.

»… die typische Verfolgungsszene ist mir zuerst in den Sinn gekommen«, sagt April gerade zu Jada, die zustimmend nickt und ihren Stuhl nach hinten schiebt.

»Ich hatte sofort diesen einen dunklen Rastplatz im Kopf, an dem ich einmal Pause machen musste.« Jada schaudert bei dem Gedanken daran, was bei mir sofort Bilder von einem einsamen Parkplatz am Ende der Welt hervorruft, untermalt von Geräuschen, die nicht nur vom Wind hervorgerufen werden können.

Ich halte die Bilder fest und flüchte praktisch aus dem Konferenzraum, spinne die Idee auf dem Weg zu meinem Zimmer weiter und tippe kurz darauf motiviert die ersten Sätze in meinen Laptop – bevor ich sie wieder lösche, weil sie wieder nur ein Klischee bedienen. Verdammt.

Keine Ahnung, wie lange ich im Zimmer umherlaufe, aber irgendwann gebe ich auf, klemme mir den Laptop unter den Arm und wandere in den Gängen weiter. Mich zieht es zu den unbekannten Fluren, an denen April und ich am Vortag vorbeigekommen sind.

Ich begegne in all der Zeit keiner einzigen Seele. In dem weitläufigen Gebäude könnte sich jeder verstecken und niemand würde es bemerken. Meine Gedanken zieht es in Richtung Mystery, erste Szenen zeichnen sich ab. Unerklärliche Ereignisse, die den Besitzer eines alten herrschaftlichen Anwesens in den Wahnsinn treiben, die aber von der eigenen Tochter verursacht werden, die herausgefunden hat, dass ihr Vater ihre damals schwangere Mutter davongejagt hat.

Ich bin so in meinem Kopfkino versunken, dass mich erst ein Poltern und ein dumpfer Schmerz am Schienbein in die Realität zurückholen. Ich reibe mir das Bein und schiebe den hohen Lehnstuhl mit dem roséfarbenen Polster und den aufwendigen Schnitzereien wieder an die Wand. Nach kurzem Zögern lasse ich mich darauf sinken, klappe den Laptop auf und beginne zu tippen.

Sir Francis war dem Wahnsinn nahe. Zuerst der Spiegel, der vor seinen Augen zersprang, sodass die Splitter seine erschrockene Miene tausendfach widerspiegelten. Dann die Tapete neben dem brennenden Kamin, die sich binnen Sekunden verfärbte und den Schemen einer Frau zurückließ. Samantha.

Samantha, die er zuletzt gesehen hatte, als sie hochschwanger und mit verquollenen Augen bei ihm auf der Schwelle stand.

Und nun dieses Licht, das ohne jegliche Quelle über die Wände huschte. Er rieb sich über das Gesicht, hoffte auf eine Sinnestäuschung, doch das Licht war noch da, verhöhnte ihn, machte sich über ihn lustig.

Voller Wut schleuderte er das Whiskyglas gegen die Wand. Der intensive Geruch des alten Bourbons erfüllte die Luft. Ein Kinderlachen schwebte zu ihm. Er hasste Kinder, so sehr wie die Gänsehaut, die nun seine Unterarme überzog und wie Spinnweben nicht abzuschütteln war. Das Licht verharrte auf dem dunklen feuchten Fleck an der Wand, lockte ihn.

Komm näher, fang mich. Ein erneutes Kichern.

Francis stürmte los, sein Schatten zeichnete sich immer schärfer auf der whiskygetränkten Wand ab. Nur aus dem Augenwinkel registrierte er, dass über dem gemauerten Kamin etwas fehlte. Noch ehe er es bewusst wahrnahm, tauchte der schmale Umriss der uralten Claymore-Klinge über seinem Schatten an der Wand au

»Was tust du hier?«

Ich schrecke auf, mein Laptop rutscht von meinem Schoß und landet dumpf auf dem dicken Teppich. Ich atme hektisch ein, sehe dann, wie Killian sich nach meinem Laptop bückt und in der Hocke innehält.

»Sorry, ich wollte dich nicht erschrecken.« Unter seinen dichten Wimpern sieht er zu mir auf, das angestrengt wirkende Lächeln fällt mit jeder Sekunde mehr in sich zusammen, während ich versuche, von Francis' Anwesen nach Masters' Castle zurückzukehren.

»Riley, geht es dir gut?«

Ich stoße einen langen Atemzug aus und nicke anschließend. »Du hast mich zu Tode erschreckt. Ich habe gerade an der neuen Aufgabe gearbeitet.«

»Hier? Vor meinem Zimmer?« Killians Blick huscht zu einer weiß lasierten Tür in einer Nische am Ende des kurzen Flurs, ehe er mir meinen Laptop reicht und sich aufrichtet.

Ich lege das Gerät wieder auf meinen Schoß und streiche mit noch immer zitternden Fingern über die teils bröckelnden Sticker an der Oberseite. Die Geste beruhigt mich.

»Entweder hast du das Thema super getroffen oder meine Anwesenheit macht dich nervös.« Grinsend fordert er mich zu einem Konter heraus und schafft es damit, mich endlich vollends aus meinem Text zu reißen.

»Ich habe dich durchschaut, Killian Masters«, sage ich und stehe auf, um wenigstens einigermaßen mit ihm auf Augenhöhe zu sein, obwohl er mich trotzdem noch um einen Kopf überragt. Erst viel zu spät bemerke ich, dass nun ich in seine persönliche Distanzzone eingedrungen bin. Zwischen uns passt nur noch mein Laptop. Der Rest meiner zu Beginn schlagfertigen Aussage verdampft in der Hitze, die sich nun ihren Weg durch meinen Körper bahnt.

Killian schluckt, weicht aber keinen Zentimeter zurück. »Hast du das?«

Wie kann eine Stimme so weich klingen und gleichzeitig so rau wie das zärtliche Kratzen von Fingernägeln auf nackter Haut?

Nun bin ich es, die schluckt. Mehrmals. Mein Mund ist so trocken, dass meine Zunge am Gaumen klebt und mir das Sprechen unmöglich macht. Ich nicke, versuche mich an einem Lächeln und scheitere meisterhaft.

Killian blinzelt, räuspert sich und weicht in Vampirgeschwindigkeit zurück, bis ihn die gegenüberliegende Flurwand zurückhält. »Das Mittagessen ist schon serviert«, presst er noch hervor, dann wendet er sich ab und stürmt davon.

Verflucht, was ist da gerade passiert?

Noch immer benommen sehe ich mich um und stelle fest, dass ich doch schon einmal in diesem Winkel des Gebäudes war. Kurz vor dem Flur, der in einer Sackgasse endet und offenbar zu Killians Zimmer führt, befindet sich die unscheinbare Tür zum Galeriebalkon, die gestern offen stand. Ich gehe dorthin und mache sie auf, um zu überprüfen, wie gut mein Orientierungssinn ist, da höre ich unten Schritte und eine Stimme.

»Ich …« Pause. »Ich k… k… kann das nicht.«

Jemand telefoniert dort unten. Ich beuge mich über die Brüstung des Balkons und sehe Ezra, der mit dem Handy in der Hand hektische Runden in der Eingangshalle dreht. Eine weibliche Stimme antwortet aus dem Lautsprecher, aber ich kann sie nicht verstehen. Ezra unterbricht sie mit einem schneidenden »Nein« und bleibt direkt unter mir stehen, sodass ich die Stimme am anderen Ende der Leitung nun sehr gut hören kann. Eine sanfte, beruhigende Stimme.

»Du schaffst das, ich glaube an dich. Jetzt aufzugeben wäre der falsche Weg.«

»Es … g…geht nicht. Die fremde Umg…gebung. Es ist so viel in meinem K…K…Kopf, aber es ka…kann nicht raus.«

»Du musst es den anderen nur sagen. Das nimmt dir den Druck. Niemand wird dich verurteilen.«

Ezras Lachen klingt so verzweifelt, erfüllt von Jahren voller schlechter Erfahrungen, dass meine Augen zu brennen beginnen. Ezras Backstory entfaltet sich vor mir. Die Geschichte hinter dem bekannten Influencer, dessen Erfolg auf tiefgründigen Posts beruht, der nie Storys dreht und keine Livestreams veranstaltet, sondern nur mit geschriebenen Worten überzeugt. Texte über Mobbing, Ausgrenzung, Diversität und so vielen anderen wichtigen Themen. Ezra, der beim Empfang so arrogant gewirkt hat, weil er nur einsilbige Antworten für mich übrig hatte. Was für ein unsensibles Miststück ich doch bin, ihn so schnell vorverurteilt zu haben! Jeder hat seine eigene Hintergrundgeschichte, eine Vergangenheit, die einen prägt und zu der Person macht, die man ist. Nur weil ich offen damit umgehe und in der Schreibgruppe auch von meinen Eltern erzähle, bedeutet das nicht, dass es andere ebenso tun.

Ich komme mir wie ein Eindringling vor, die Tochter im Haus von Francis, und will mich leise zurückziehen, doch mein Arm streift die Dekosäule, auf der eine Potpourrischale süßen Blütenduft verströmt. Es ist nur ein leises Schaben von Ton auf Stein, aber dennoch sieht Ezra nach oben und erbleicht. Ich weiche weiter zurück, obwohl ich weiß, dass er mich gesehen haben muss. Aber ich bin völlig überfordert, habe keine Ahnung, wie ich auf das nun offene Geheimnis von Ezra reagieren soll.

Ich renne die Gänge entlang in mein Zimmer, werfe den Laptop auf das frisch gemachte Bett und mich direkt hinterher. Als mir bewusst wird, dass ich mit meiner Flucht garantiert falsch gehandelt habe, vergeht mir der Appetit und ich lasse das Mittagessen ausfallen.

10

Wie würde ich meine derzeitige Protagonistin auf diesen dummen Fehler reagieren lassen? Sie stolpert momentan noch mehr oder weniger von einer Szene zur anderen und vermutlich würde sie es totschweigen, was mir nicht gerade weiterhilft.

Was soll ich nun machen? Während ich mit mir hadere, ob ich mich bei Ezra entschuldigen soll, kreisen meine Gedanken immer wieder um die Tatsache, dass ich nahezu alle Gruppenmitglieder völlig falsch eingeschätzt habe. Selbst Ezra, der »berühmt« ist und den ich zu kennen geglaubt habe. April sitzt im Rollstuhl, die große Romantiker*in* Andy Turner ist ein Mann, Ezra verbirgt sein Stottern hinter einsilbigen Antworten … Welche Geheimnisse lauern noch jenseits der Benutzernamen auf unserem Discord-Server?

»Du willst dich mit lauter wildfremden Leuten treffen?« Mums entsetzte Reaktion kommt mir wieder in den Sinn. »Jemand von ihnen könnte ein Serienkiller sein!«

»Natürlich, Mum. Ein Serienkiller hat auch nichts Besseres zu tun, als monatelang online meine Texte zu beurteilen und zu verbessern.«

Unwillkürlich wächst eine weitere Szene in meinem Kopf.

Das erste Treffen einer zufällig zusammengewürfelten Gruppe.

Das Aufräumen von Vorurteilen. Gemeinsames Lachen, Scherzen. Ein Unfall. Dann der nächste …

Ich setze mich auf, vertreibe die mir entgegenströmenden Bilder, die zu nah an meiner aktuellen Realität sind, als dass ich sie aufschreiben möchte, ziehe den Laptop zu mir und will mich wieder Francis' Anwesen widmen – als ein Klopfen an der Tür mich erschreckt. Mein sowieso schon wild rasender Puls beschleunigt und anstatt hinzugehen, rufe ich ein zittriges »Ja?«.

»Hier ist Paul. Ist alles in Ordnung bei dir, Riley?«

»Ja.« Es klingt eher nach einer Frage.

»Du warst nicht im Speisesaal …«

Es folgt eine erwartungsvolle Pause, aber ich fülle sie nicht mit einer Antwort.

»Ich habe hier etwas zu essen für dich.« Erneutes Zögern, dann fragt er: »Können wir reden?« Er flüstert fast. Ein leises Schaben lässt mich vermuten, dass er die Tür berührt.

Ich werde dieses unangenehme Gefühl im Magen einfach nicht los – die zu einem Klumpen gewordene Unsicherheit. Aber jetzt habe ich die Möglichkeit, alles mit ihm zu klären. Also springe ich auf und öffne die Tür. Wie kurz nach meiner Ankunft steht er davor und sieht mich aus seinen vertrauensvollen Augen an. In den Händen hält er ein kleines Tablett mit einer Warmhaltehaube über einem Teller, daneben liegen Besteck und eine Serviette. Ein verführerischer Duft nach Gebratenem steigt mir in die Nase, sodass sich der Klumpen in meinem Bauch in ein lautes Magengrummeln verwandelt. So bestechlich ist mein Körper also, interessant.

»Darf ich?«, fragt Paul und deutet mit dem Kopf in mein Zimmer. Ich nicke, lasse ihn vorbeitreten. Er stellt das Tablett auf meinem

Schreibtisch ab und wendet sich zu mir um. »Brauchst du sonst noch etwas?«

»Du spionierst die Gäste aus?«, platzt es aus mir heraus.

Getroffen von dem Vorwurf stolpert Paul einen Schritt zurück. »Wie bitte?«, stammelt er, aber ich sehe ihm genau an, dass er eigentlich fragen wollte: »Bist du verrückt?«

»Ich habe im Drucker einen Charakterbogen gefunden, der sich auf mich bezieht«, erkläre ich ihm. »Eine der Fragen war, was ich zum Schlafen trage. Der Einzige, der wissen kann, wie mein Schlafanzug aussieht, bist du.« Nach einer kurzen Pause füge ich hinzu: »Außerdem habe ich nur dir erzählt, dass ich normalerweise nackt schlafe.«

Mit jedem Wort schüttelt Paul weiter den Kopf. Sein sowieso schon heller Teint wird noch eine Nuance bleicher, der Ausdruck auf seinem Gesicht wechselt von Verwirrung über Empörung zu Verteidigung. Abwehrend verschränkt er seine Arme vor der Brust, die hellen Augenbrauen ziehen sich zusammen.

»Du unterstellst mir, dass ich meinen Großvater enttäusche und in den privaten Angelegenheiten der Gäste herumschnüffle? Weißt du, was du mir da vorwirfst?«

Ich zögere, erneut verunsichert. Aber es deutet alles auf ihn hin, er ist der Einzige, der …

»Ich dachte, wir könnten Freunde werden. Aber Freunde sollten sich vertrauen. Ich wollte dir vertrauen, etwas *an*vertrauen. Deshalb bin ich eigentlich hergekommen.« Er zögert, hält offenbar zurück, was auch immer er sagen wollte. Erst nach einem leisen Seufzen fährt er vage fort: »Du solltest vorsichtig mit der Wahl deines Umgangs sein.«

»Wie meinst du das?« Nun bin ich verwirrt.

»Killian.«

Aus seinem Mund klingt der Name wie ein Schimpfwort, doch der verkniffene Zug um seine Lippen lässt mich eher an Enttäuschung denken.

»Was ist mit ihm?«, frage ich, anstatt jegliches Interesse am Sohn des Hauses zu dementieren. *Erst denken, Riley, dann sprechen*, ermahne ich mich erneut.

»Seit seiner Trennung im vergangenen Jahr ist er nicht mehr der Mensch, mit dem ich aufgewachsen bin.« Paul bemüht sich um ein Lächeln, doch es wirkt nur verbittert.

Da war es, das düstere Geheimnis, auf das ich bei der ersten Begegnung mit dem Rollenspiel-Killian gewartet habe, damit er dem Klischee gerecht wird. *Jeder von uns hat eine Vergangenheit, eine Backstory.* Kurz erwäge ich nachzuhaken, was vorgefallen ist, doch es geht mich nichts an. Rein gar nichts.

»Danke für die Warnung«, sage ich nur knapp.

Paul nickt, dann dreht er sich um und geht ohne ein weiteres Wort.

Nachdem er die Tür hinter sich geschlossen hat, wird mir klar, dass ich ihm glaube. Sowohl was die Warnung vor Killian angeht, aber auch, dass er niemals das Vertrauen enttäuschen würde, das die Masters seiner Familie entgegenbringen. Womit die Frage offenbleibt, wer Informationen über mich gesammelt und als Charakterbogen ausgedruckt hat.

Mein Magenknurren leitet mich zum Schreibtisch, wo ich unter der Haube ein Steak und gegrilltes Gemüse finde. Nachdem der erste Hunger gestillt ist, kann ich mich wieder auf das Denken konzentrieren.

Reagiere ich über? Könnte doch irgendjemand aus der Schreibgruppe … Ich lasse den Gedanken offen, schnappe mein Handy und öffne die Discord-App. Eine neblig-verschwommene Erinnerung buhlt um meine Aufmerksamkeit. Irgendwann einmal haben wir uns darüber ausgetauscht, was wir zum Schlafen tragen. Ich scrolle durch die einzelnen Threads, versuche, mich zu erinnern. Aber mein Kopf ist so vollgestopft mit Informationen und aktuellen Eindrücken, dass ich nicht darauf komme. Genauso gut könnte ich herausfinden wollen, ob die Augen einer Nebenfigur in einem schon fast vollendeten Manuskript grün, blau oder braun sind. Ohne Suchfunktion oder genügend Zeit schlichtweg unmöglich.

Die Suchfunktion! Ich drücke auf die Lupe und tippe *Schlafanzug* ein.

Sekunden später finde ich den Beitrag, eine kurze Leseprobe von Lydia, ihr erster Versuch einer erotisch-prickelnden Szene, in der ihre Protagonistin ein sauteures Negligé trägt. Nicht, weil sie geplant hat, den Love-Interest zu verführen, nein, sie ist zu Bett gegangen wie jede Nacht – bis ihr sexy Stiefbruder sie überraschend besucht. Neben all den anderen Klischees haben wir angemerkt, dass wohl niemand in Reizwäsche schläft, es sei denn, die *Begegnung* wäre tatsächlich geplant gewesen. Es folgte eine Diskussion, wer was zum Schlafen anzieht.

Ich scrolle weiter, bis ich meinen Kommentar dazu finde: *Sonst lass sie doch einfach nackt schlafen.*

Mein Vorschlag.

Eine Welle der Ungläubigkeit schwappt mir entgegen, als ich lese, was ich mehrere Kommentare weiter unten geschrieben habe: *Warum? Ich schlafe auch nackt. Außer, wenn wir Besuch haben oder so.*

Da steht es eindeutig. Aber über meinen Pyjama finde ich nirgendwo etwas. Habe ich ihn irgendwann erwähnt? Ich drücke erneut auf die Lupe und tippe *Paisley* ein. Ich werde nicht fündig. Zufall. Es muss ein Zufall sein. Oder habe ich ihn vielleicht anders beschrieben, mich vertippt? Ich probiere mehrere Varianten – mit demselben Ergebnis.

Ich reibe mir über die Stirn, um die Paranoia zu vertreiben. Ich sollte mir keine Gedanken über diesen Charakterbogen machen, sondern über mein Manuskript. Ein Blick in die obere linke Displayecke verrät mir, dass im Speisesaal bereits der Nachmittagstee serviert wird. Den werde ich wohl ebenfalls ausfallen lassen.

Mit dem Laptop auf dem Schoß sitze ich auf dem Bett und starre auf den Bildschirm. Am Ende des unvollendeten Satzes blinkt der Cursor erwartungsvoll. Doch anstatt mich wieder in Francis' Geschichte hineinzudenken, geistert ständig mein Pyjama in meinem Kopf herum. Offenbar geht meine gesamte Hirnkapazität dafür drauf, herauszufinden, wer aus meiner Schreibgruppe wie viel über mich weiß. Ich bin online nicht gerade ein verschlossener Typ – der Kommentar, dass ich nackt schlafe, zeigt das ziemlich deutlich –, nun überlege ich, ob ich mit der einen oder anderen persönlichen Information nicht doch zu freigiebig war und Mum recht hatte …

»Es sind ihre Ängste, nicht deine.« In meinen Gedanken streiten sich Mum und Archie, was es mir unmöglich macht, auch nur ein Wort zu schreiben. Ich hatte schon öfter kleine Schreibblockaden und meine erste Lösung ist immer die Änderung des Mediums. Ich springe auf, hole aus dem Ankleidezimmer mein Notizbuch mit der Rittessin, streiche ihr über die Knopfaugen und blättere dann zu Mums motivierenden Worten. *Ich glaube an dich.*

Ein Lesezeichen steckt zwischen den ersten freien Seiten und ich warte auf die Motivation, schreibe den letzten Satz vom Laptop ab.

Noch ehe er es bewusst wahrnahm, tauchte der schmale Umriss der uralten Claymore-Klinge über seinem Schatten an der Wand au

Ich füge noch das fehlende f hinzu und setze einen Punkt dahinter, über dem mein Stift anschließend erwartungsvoll schwebt. Doch dann ist da nichts mehr. Der Punkt wird zu einer Mauer, hinter der sich meine Ideen verstecken. In diesem Moment verfluche ich Killian für die Unterbrechung. Ich klappe die Rittessin zu, schnappe mein Handy und laufe mit der offenen Notizen-App Furchen in den Teppichboden. Immer wieder aktiviere ich das Display und jedes Mal blickt mir eine leere Notiz entgegen. Verdammt! Umherlaufen hat mir bislang aus solchen Hängern herausgeholfen. Aber Killian hat mich offenbar von meiner Idee abgeschnitten wie das Claymore-Schwert … Okay, was hätte der Umriss des Schwerts tun sollen? Wollte ich Francis wirklich töten?

Ich lasse die Hand sinken. Meine Gedanken sind so eingesperrt wie ich gerade. Am College spaziere ich zur Inspiration über den Campus, zu Hause war ich oft in dem Wäldchen unterwegs, das an unseren Garten angrenzt – auch wenn Mum mich ständig darauf hingewiesen hat, wie gefährlich es dort sein kann. Das Waldstück war von klein auf mein Abenteuerspielplatz, dort habe ich mit der Rittessin so viel erlebt, dass …

Konzentrier dich, Riley!

Ich könnte auch hier in den Garten gehen, aber die Teestunde ist sicher bereits vorbei und Ablenkung durch die anderen ist das Letzte, was ich gerade gebrauchen kann. Inzwischen ist es schon fast Zeit fürs Abendessen. Der Druck, den ich mir selbst mache und den wir in der Gruppe mehrfach diskutiert haben, wird immer stärker. Mein Blick irrt hektisch durch das Zimmer. Über den Schreibtisch, die Ornamenttapete, die Wandlampe neben dem Bett, den Erker, dann zum Balkon.

Trotz der immer lauter werdenden Stimme meiner Mutter öffne ich mit klopfendem Herzen die Balkontür und schließe die Augen. Heute ist nicht die kleinste Brise zu spüren, weshalb ich erst jetzt den Fliederduft wahrnehme, der mich die Lider heben und vorsichtig den Kopf hinausstrecken lässt. Links von meiner Balkontür, an der Hausecke, steht ein gigantischer Pflanztopf mit einem Fliederbusch in zartem Lila, um den unzählige Schmetterlinge tanzen. Flieder hatten wir zu Hause ebenfalls und ich konnte es Jahr für Jahr kaum erwarten, dass er endlich blüht. Dadurch habe ich gelernt, dass der farbige Teil der Blüten Kronblätter genannt wird. Flieder hat vier davon, die miteinander verwachsen sind. Irgendwo in der Rittessin müssten noch die Abdrücke eines dünnen Zweiges voller Blüten sein, den Mum und ich gepresst und anschließend in einem Bilderrahmen in mein Zimmer gehängt haben.

Die positive Erinnerung beflügelt mich. Ich sauge tief den süßen Geruch ein und obwohl mein Herz so stark klopft, beuge ich mich weiter auf den Balkon hinaus, hebe ein Bein, um über die erhöhte Schwelle zu treten – und werde unwillkürlich von auf mich einströmenden Bildern zurückgeschubst.

Ein Wochenendausflug zur Lulworth Cove, unser Ferienapartment in einem kleinen Hotel. Sirenen, ein Krankenwagen. Mum, die vor mir kniet, ihre panische Stimme, ihr entsetztes Gesicht. »Toby hat sich das Bein gebrochen, weil er vom Balkon gestürzt ist. Dabei hätte so viel mehr passieren können! Versprich mir, Riley, dass du nie ohne mich dort rausgehst!« Ich erinnere mich noch genau, wie fest mich Mum damals gedrückt hat, wie sehr sie mir damit Angst gemacht hat. »Du hättest sterben können!«, hat sie verzweifelt hervorgepresst. Ich überlege, ob ich den Wortlaut irgendwie durcheinanderbringe, ob die Erinnerung mich täuscht, schließlich war *ich* nie in Gefahr gewesen. Es war Toby, mein Urlaubsfreund, der vom Balkon gefallen ist. Aber ich vermute, dass Mums Sorge um mich genau zu diesem Zeitpunkt begonnen hat, denn davor habe ich sie nie derart erlebt – heute würde ich es als hysterisch bezeichnen. Die Unaufmerksamkeit von Tobys Dad, vielleicht auch Tobys tollkühne Art …

Aber die Angst ist real.

Ich weiche einen weiteren Schritt von der Balkontür zurück in die Sicherheit meines Zimmers hinein.

Die Angst ist auch heute noch präsent und ich kann sie nicht immer besiegen.

Ich reibe mir die feuchten Handflächen an der Jeans ab und atme tief durch. Warum muss der blöde Flieder so weit weg stehen, an der Hausecke, am Ende des Balkons?

Nein, das stimmt nicht. Ich trete noch einmal zur Tür und lehne mich vorsichtig hinaus. Der Terrakottatopf steht zwar an der Hausecke, aber der Balkon geht weiter. Der Flieder bildet einen natürlichen Sichtschutz, der meinen Balkon von Aprils nebenan trennt.

Ich könnte nachschauen, ob sie da ist, müsste einfach nach draußen treten und am Flieder vorbeigehen, um in ihr Zimmer sehen zu können. Doch ich schaffe es nicht.

Dafür wird in meinem Kopf ein Verdacht immer lauter, egal wie absurd er ist.

Wir teilen uns einen Balkon. April hätte mich im Schlaf beobachten können, weil ich die Vorhänge nicht zugezogen hatte. April könnte wissen, was ich nachts trage. Speichel sammelt sich in meinem Mund. Mir wird übel bei dem Gedanken daran. Ich werfe die Balkontür zu, renne aus meinem Zimmer und klopfe mehrmals laut an Aprils Tür. Entweder ist sie nicht da oder sie ignoriert mich, was ich nicht glaube. Wir … wir haben uns doch gut verstanden, haben gestern zusammen gefrühstückt und einige Stunden gemeinsam verbracht.

Das *Warum*, das ich ihr am liebsten entgegenschmettern würde, tobt nun lautstark durch meinen Kopf. Warum sollte April einen Charakterbogen über mich ausfüllen? Das ergibt doch keinen Sinn!

Meine Energie verpufft, ich kehre in mein Zimmer zurück, lasse mich auf mein Bett fallen und denke weiter darüber nach. Eine Charakterstudie. Vielleicht hat sie eine über jeden hier angelegt, als Übung. Vielleicht habe ich in einem privaten Chat mit ihr auch mal erwähnt, wie mein Uraltpyjama aussieht? Nein, das hätte die Suchfunktion ebenfalls ausgespuckt. Oder? Die Zweifel machen mich völlig fertig.

Ein Geräusch lässt mich aufschrecken. Draußen ist es dunkel, ich muss eingenickt sein. Das Abendessen habe ich wohl ebenfalls verpasst. Mein Handy finde ich neben dem Bett. Der Akku ist fast leer, aber das Display verrät mir, dass es kurz nach Mitternacht ist. Außerdem zeigt es mir mehrere Nachrichten von Mum und eine von Bree an. Ich überfliege sie. Wie immer fragt Mum nach meinem Tag. Weil ich nicht geantwortet habe, hat sie Fragezeichen und Emojis hinterhergeschickt und zuletzt angerufen. Bree teilt mir nur mit, dass Mum versucht hat, mich zu erreichen. Also alles beim Alten. Dennoch fühle ich mich nicht wohl in meiner Haut. Ich stelle den Wecker, stecke mein Handy an das Ladekabel und mache mich im Bad bettfertig. Diesmal ziehe ich alle Vorhänge zu, bevor ich mich mit leerem Magen und einem beklemmenden Gefühl ins Bett lege. Erst mit einem Hörbuch im Ohr verstummen meine Gedanken so weit, dass ich in einen unruhigen Schlaf falle.

11

Ich wache lange vor meinem Wecker auf und tippe die Szene zu Ende, als wäre ich nie ins Stocken gekommen. Dann ziehe ich mich an und warte, bis ich höre, dass April nebenan wach ist. Ihr Wecker klingelt, dann rauscht leise Wasser. Nachdem es eine Weile verstummt ist, klopfe ich an ihre Tür. Es ist erst kurz nach sieben, aber ich muss sie auf meinen Verdacht ansprechen, Klarheit schaffen.

»Guten Morgen, Riley«, sagt sie und gähnt mich an. »Wo warst du denn gestern den ganzen Tag? Ich habe dir auf Discord geschrieben, weil ich deine Telefonnummer nicht habe. Wir haben dich vermisst.«

Ich atme einmal tief durch. April beobachtet mich genau und kneift die Augen zusammen.

»Hast du einen Charakterbogen über mich erstellt?«, konfrontiere ich sie direkt. Kurz und schmerzlos.

»Was? Warum sollte ich? Das war nicht die Aufgabe.« Zwei zarte Falten verbinden ihre Brauen. »Oder hab ich etwas verpasst?«

»Nein, du hast …«, erwidere ich automatisch, schüttle dann aber den Kopf. »Ich habe keine Ahnung, warum du das getan hast, sag du es mir«, verlange ich. Warum habe ich den blöden Bogen nicht fotografiert, verdammt.

April sieht mich an, als wäre ich total verrückt. Sie weicht sogar etwas zurück, ihre Hände gleiten über die Greifreifen erneut nach vorn.

»Ich habe einen Ausdruck mit einer Charakterbeschreibung über mich unten im Drucker gefunden. Darin wurde auch mein Pyjama beschrieben.«

»Na und?« Nichts als pures Unverständnis steht in Aprils Gesicht.

»Du bist die Einzige, die mich gesehen haben kann.«

»Wie denn? Schlafwandelst du?«

Ich deute hinter sie auf die weit geöffnete Balkontür.

»Wir teilen uns einen Balkon.«

»Na und?«, wiederholt sie.

Ihre besonnene Art kann ich im Moment nicht gebrauchen.

»Du kannst mich in meinem Zimmer beobachten!«, schreie ich ihr all meine Verzweiflung entgegen, all die seit gestern zusammengeballte Panik darüber, dass etwas nicht stimmt.

April keucht auf und fährt weiter zurück. Ich bin mir sicher, sie würde mir am liebsten die Tür vor der Nase zuschlagen. Sie blinzelt mehrmals, schluckt, holt mit bebenden Lippen Luft.

»Ich dachte, wir wären befreundet. Und du unterstellst mir, dass ich dir hinterherspioniere?«, sagt sie dann in einem beängstigend ruhigen Ton angesichts der Emotionen, die sich auf ihrem Gesicht abzeichnen.

»Es ist die einzige Erklärung«, presse ich hervor. Die Worte hinterlassen einen widerlichen Geschmack auf meiner Zunge. »Der Balkon führt um die Hausecke, ich kann nicht rausgehen, aber …«

»*Du* kannst nicht raus?«, unterbricht sie mich und presst dann die Lippen fest zusammen, bis ich keine Farbe mehr erkennen kann. »Ist dir die Türschwelle zu hoch? Oder passt du nicht durch den viel zu schmalen Rahmen?«

Eisige Kälte breitet sich in meinen Adern aus, lässt mich erstarren. Lediglich mein Blick irrt umher, huscht über April hinweg zur Balkontür, der hohen Kante, der für ihren Rollstuhl viel zu schmalen Tür. Nun bin ich es, die zurückweicht. Vor Bestürzung, als ich meinen Fehler erkenne. Vor Scham, weil ich nicht mitgedacht habe. Vor Verzweiflung, weil ich weiß, dass ich April, meine Freundin, damit zutiefst verletzt habe. Ich habe mit dem Vorwurf etwas zerstört, das über ein Jahr lang gewachsen ist. Die Scherben unserer Freundschaft liegen zwischen uns und selbst wenn ich es schaffe, sie wieder zu reparieren, wird immer ein Riss bleiben.

»Es tut mir leid«, presse ich erstickt hervor, dann fliehe ich – völlig überfordert von der Situation – feige in mein Zimmer.

Beim Frühstück spüre ich die unsichtbare Mauer zwischen April und mir mit jedem traurigen Blick in meine Richtung. Bei jeder Frage, was denn mit ihr los sei, kann ich ihre Betroffenheit sehen, weil alle aus unserer Schreibgruppe – unwissentlich oder bewusst? – auf ihre Seite treten. Während die anderen über ihre Spannungsszenen sprechen, lachen und sich necken, stochere ich in meinem Frühstück herum, schmecke weder die Würstchen noch die Bohnen und fühle mich inmitten meiner digitalen Familie einsamer als je zuvor.

Ich glaube zwar nicht, dass April von meinem schrecklichen Fehler erzählt hat, so schätze ich sie nicht ein, aber unsere Schreibbuddys sind empathisch genug, um zu wissen, dass ich etwas Schlimmes getan haben muss, etwas Unverzeihliches – und sie meiden mich zurecht. Wann immer ich aufblicke, sehe ich auch, wie Ezra die Lippen fest zusammenpresst. Ich versuche, ihm verständlich zu machen, dass ich niemandem etwas von seinem Geheimnis verraten werde, aber er schaut viel zu schnell wieder weg. Wann immer jemand den Speisesaal betritt, hoffe ich, dass es Killian ist, der vielleicht ein Lächeln für mich übrig hat, aber es ist nur das Servicepersonal.

Mein Plan, mich nach dem Frühstück bei April zu entschuldigen und sie anzuflehen, mich für meine Unterstellung, sie würde mir hinterherspionieren, zu beschimpfen, wie ich es verdient habe, scheitert an Paul. Er tritt zu April an den Tisch, bespricht leise etwas mit ihr, bis sie nickt und sie gemeinsam den Speisesaal verlassen. Ich freue mich, dass sie ihr strahlendes Lächeln wiedergefunden hat, spüre jedoch auch den Stich, als ihr Blick mich streift und es unter der Last ihrer Enttäuschung zusammenbricht.

Erster Wendepunkt

Es gibt kein Gefühl, das mich mehr befriedigt als das Erreichen eines wichtigen Meilensteins in einer Geschichte. Wenn die Figuren schlüssig agieren und nicht anders handeln können, als die vor ihnen liegende Tür zu durchschreiten und von da an weitergetrieben zu werden.

Dank eines sanften Eingreifens hat sich die Dynamik der Gruppe verschoben. Die gewünschten Fronten bilden sich, die Figuren agieren wieder nach dem von mir geplanten Muster. Die Wortwechsel klingen bemüht, täuschen nicht über die Blicke hinweg. Blicke, die von Misstrauen erfüllt sind.

12

Ich gehe allein, folge der Gruppe mit etwas Abstand hinter Godric, der uns heute durch die Schmugglerhöhlen begleiten wird. Er ist ein wahres kornisches Urgestein. Sein wettergegerbtes, von einem grau melierten Vollbart umrahmtes Gesicht zeugt von einem Leben im Freien. Er berichtet, dass er lange Zeit als Fischer gearbeitet hat, aber seiner Frau zuliebe nicht mehr zur See fährt. Doch anstatt zu Hause herumzusitzen, hat er sich bereiterklärt, sein Wissen weiterzugeben. Worüber ich sehr froh bin. Godric ist ein Geschichtenerzähler wie jeder von uns. Wir hören ihm fasziniert zu, spüren regelrecht die hohe Gischt bei einem Sturm auf See, den schwankenden Untergrund, die Schwere der Gewitterwolken, während er uns über den Mulchweg durch Masters' Garden führt. Ich fange Andys Blick auf, lächle ihm zu, was er nur träge erwidert, unzählige Fragen auf den Lippen, die er mir nicht stellt.

Der Wind wird stärker, als wir das freie Feld hinter der Mauer rund um das Anwesen überqueren. Godric geht mit uns an der Steilküste entlang, bleibt an einer scheinbar unauffälligen Felsansammlung stehen und deutet auf einen steilen Trampelpfad, der hinab in die Tiefe führt. Der Panoramablick ist atemberaubend, auch wenn der Wind mit jedem Schritt stärker an meinen Haaren reißt und Mums Stimme in meinem Kopf immer schriller wird, während mein Herzschlag sich beschleunigt und meine Hände feucht werden.

Angeleitet von Godric, der uns einzeln empfängt und Sicherheitsanweisungen in Dauerschleife von sich gibt, nehme ich all meinen Mut zusammen und greife nach den dicken Seilen, die zu meiner Linken am Fels befestigt sind, zu meiner Rechten wellenartig von Metallpfosten zu Metallpfosten springen. Ich folge den anderen und schaffe es bis zum dritten Pfeiler – dann mache ich den Fehler, nach unten zu sehen, wo sich die Wellen immer weiter zurückziehen und spitze Felsen im Sand freilegen.

»Es ist zu gefährlich, Riley. Komm sofort da weg! Du könntest in den Tod stürzen!« Mums panische Stimme übertönt das laute Tosen der Wellen unter mir, meine Atmung gerät aus dem Takt.

»Geht es dir gut, Kleine?«, brummt Godrics Stimme hinter mir, die durch das starke Rauschen aber nur leise in meine Ohren dringt. Bilder tauchen vor mir auf. Ich stürze in die Tiefe, ein ewig andauernder Fall wie vom Fünf-Meter-Turm im Schwimmbad. Schon damals hat die Rittessin festgestellt, dass sich die Zeit ins schier Unendliche dehnen kann wie Kaugummi. Ich falle und falle, komme jedoch nie unten auf dem nassen Sand auf. Ein fester Griff um mein Handgelenk reißt mich aus dem Gedankenstrom.

Godric schnippt mit der freien Hand vor mir, ich versuche, ihn zu fokussieren, doch der Schwindel macht es mir fast unmöglich. Godric sieht mich mit besorgtem Gesicht an, dann nickt er träge und murmelt: »Ich begleite dich wohl besser.« Seine große Pranke liegt weiter um mein Handgelenk, eine Stütze, ein Anker.

An seiner Seite gehe ich vorsichtig voran, meine Knie zittern noch immer, aber Godrics tiefe Erzählerstimme, die unablässig auf mich einprasselt, entspannt mich wie ein Hörbuch. Er erzählt mir von der Zeit, in der fast jede Nacht, sobald sich das Wasser weit genug zurückgezogen hat, kleine unauffällige Boote im Mondschein in die Höhlen unter uns geglitten sind – und wie einige der Schmuggler so »dumm und waghalsig« waren, erst bei aufkommender Flut einzulaufen, weshalb der Ausgang geflutet wurde und sie ertrunken sind.

»Es ist bloße Dummheit, die Natur zu unterschätzen. Einige von ihnen liegen noch immer irgendwo dort unten. Hin und wieder spült ein Sturm Skeletttteile an«, beendet Godric seine düstere Geschichte, als meine Schuhe gerade den nassen Sand berühren und ein schmatzendes Geräusch von sich geben.

Obwohl ich eine Jacke trage, fröstle ich. Ich bedanke mich bei Godric für die Begleitung und Ablenkung und reibe mir über die Arme. Er grummelt nur und winkt ab, ehe er sich zwischen den spitz aufragenden nassen Felsen hindurchschlängelt und zu den anderen tritt. Ich folge ihm und stelle fest, dass auch April hier ist. Ich sehe mich um, lasse den Blick über den breiten Sandstrand gleiten, der sich bei Ebbe meilenweit an die hohe Steilküste schmiegt, in der auch die kleine Bucht liegt. Zu meiner Rechten parkt ein Jeep im nassen Sand. Mein Blick folgt den Reifenspuren, in deren Richtung sich die Klippe dem Strand immer mehr annähert.

Paul lehnt lässig am Wagen und hebt die Hand zum Gruß. Ich grüße zurück und konzentriere mich dann wieder auf Godrics Anweisungen.

»Bleibt bitte möglichst zusammen«, brummt er, während er auf einen breiten Spalt in den Felsen zuhält, geschliffen vom endlosen Lauf der Gezeiten. »Wir haben zwar etwa anderthalb Stunden Zeit, ehe die Flut einsetzt, und das Wasser steigt anfangs auch nur langsam an. Aber die Höhlen sind ein einziges Labyrinth und ich habe nicht vor, mir meine tadellose Quote zu versauen.« Seine Stiefel bohren sich in den Sand direkt unter dem vielleicht zwei Meter breiten Höhleneingang.

»Quote?«, fragt Lydia und sieht von Ezra neben sich, der mit den Schultern zuckt, zu Godric.

»Im Gegensatz zu manchen Kollegen habe ich noch keine Landratte verloren.«

Ich fange verunsicherte Blicke auf, offenbar können die anderen Godric noch weniger einschätzen als ich. Dabei zweifle sogar ich, ob er die Wahrheit sagt oder uns nur wieder eine Geschichte erzählt. Als Godric dann den Zugang zur Schmugglerhöhle passiert, hallt auch noch ein lautes Lachen aus dem Inneren der Höhle wider, was einerseits für Gänsehaut sorgt, mich andererseits jedoch beruhigt, weil das alles offenbar nur zu einer Inszenierung gehört. Zumindest hoffe ich das.

Godric verschwindet in der Dunkelheit der Höhle. Die anderen folgen ihm. Ich gehe zwischen den beiden Radspuren entlang, traue mich aber nicht, zu April aufzuschließen. Zum Glück ist der Sand nass und somit fest genug, sonst wäre es für sie vermutlich unmöglich, voranzukommen. Ich würde sie gern fragen, ob ich ihr helfen kann, weiß aber jetzt schon, dass sie ablehnen würde.

Kaum trete ich vom Sand auf den festen Höhlenuntergrund, wird es spürbar kälter. Godrics Stimme erfüllt den gesamten Raum der Haupthöhle, wie er sie nennt.

»Mit Booten ist der Zugang zu dieser Höhle nur in einem sehr begrenzten Zeitraum möglich. Sie muss befahrbar sein, der Tidenhub darf sein Maximum aber noch nicht erreicht haben, sonst ist der Eingang verschlossen.« Seine Worte malen Bilder auf die feuchten Höhlenwände, sie tanzen hoch über unseren Köpfen zwischen den Stalaktiten, deren stetiges Tropfen die Atmosphäre untermalt. »Viele der Höhlen entlang der Südküste wurden zu Umschlagplätzen von Piraten, aber auch armen Würmern, die von der Not dazu getrieben wurden.«

Ich sehe ausgezehrte junge Männer in schmutziger, altmodischer Kleidung in die Höhle einfahren, sehe, wie sie an dem erhöhten Plateau an der Rückseite halten, eilig Waren ausladen und dort verstecken.

»Insbesondere die Springflut hat vielen Landratten das Leben gekostet.«

Bis auf das Tropfen ist es still in der Höhle. Kleine Lachen bilden sich unterhalb der Stalaktiten. Godrics Klatschen klingt wie ein Peitschenhieb und holt uns alle aus unseren Gedankenwelten.

»Ihr könnt nun dort hoch.« Er deutet mit dem Kopf auf das Plateau, das auf Höhe seiner breiten Schultern beginnt. »Von dort aus gibt es zahlreiche weitere Höhlen und Ausbuchtungen, die höher liegen und in denen die Waren oft verstaut wurden. Aber bleibt in Hörweite«, ermahnt er uns. »Höhlenforscher haben schon zu oft Leichen von neugierigen Ahnungslosen geborgen, die sich im labyrinthartigen Höhlensystem verlaufen haben.«

Wieder bin ich mir nicht sicher, ob er scherzt, aber Jackson klettert bereits an kleinen Felsbrocken an der Seite hinauf, während Andy sich direkt aus dem Stand hochstemmt. Lydia, Jada und Peyton folgen Jacksons Route. Ezra bleibt unentschlossen am Höhleneingang stehen und reibt sich über die Schläfe. Ich sehe hinüber zu April, die sich angeregt mit Godric unterhält und ihm weitere Geschichten entlockt. Eine handelt von einem Mann, der seiner Frau zu großem Reichtum verholfen hat, ehe er sich mit den falschen Leuten einließ und seither als verschollen gilt.

Ich entziehe mich der Erzählerstimme und klettere ebenfalls auf das Plateau. Aus scheinbar allen Richtungen dringen Lachen und Gesprächsfetzen zu mir durch, obwohl ich die anderen nicht sehen kann. Meine Hand gleitet über das raue Gestein, das hier drin vermutlich nie ganz trocken wird. Ich erkenne Einkerbungen, die aussehen, als hätte jemand in einer mir unbekannten Schrift etwas in die Wand geritzt, taste sie mit meinen Fingern nach. Sind das Wegmarkierungen? Je weiter ich den Zeichen folge, desto weniger Licht dringt zu mir. Mithilfe der Taschenlampenfunktion am Handy wage ich mich weiter in den Tunnel. Inzwischen bin ich mir sicher, dass die Markierungen Pfeile darstellen.

Schnell öffne ich die Notizen-App und tippe meinen Gedankenstrom ein.

Das Flüstern drang von allen Seiten auf sie ein, tanzte unter der Decke des Labyrinths aus unzähligen Räumen, Fluren, Sackgassen. Der Gestank war fast unerträglich. Schimmel, Moder, darüber schwebte etwas Süßliches, das nicht dazupasste. Ihr Blick irrte umher, suchte nach der Quelle der Geräusche. Leises Tapsen. Das Kratzen von Krallen? Bildete sie sich das alles ein? Der Lichtkegel ihrer Kerze vermochte es kaum, die Dunkelheit zu durchdringen, schälte nur grob einzelne Schemen aus dem Schwarz, das über dem Rest der Welt lag, seit ihre Freunde die Tür hinter ihr geschlossen hatten. Wie lange war sie schon hier? Hatte sie die Wette bereits gewonnen? Ein Flattern. Sie wandte sich so hastig um, dass die Flamme der Kerze erlosch und die Dunkelheit wie eine Welle über ihr hereinbrach. Ihr Schrei hallte durch den Flur, schreckte all die schlafenden Albträume auf, die nun nach ihr suchten. Sie tastete sich an der Wand entlang, stolperte voran, summte im Kopf eine uralte Melodie. Sie bemerkte erst, welches Lied sie da sang, als ihre Stimme durch den Flur schwebte und der Chor der Toten antwort

Verdammt! Die Bildschirmbenachrichtigung, die über dem Text erscheint, teilt mir mit, dass nur noch zwanzig Prozent Akku übrig sind. Ich aktiviere den Sparmodus, weshalb die Taschenlampe sofort gedimmt wird. Blinzelnd starre ich von meinem hellen Bildschirm in das vage Zwielicht dahinter, meine Augen gewöhnen sich nur langsam an die Dunkelheit. Meine Beine sind eingeschlafen, weil ich an die Wand gelehnt immer weiter nach unten gesunken bin und – keine Ahnung wie lange – auf meinen Füßen saß. Vorsichtig ziehe ich die Beine unter meinem Hintern hervor, warte, bis das Blut kribbelnd und stechend zurückkehrt. Währenddessen leuchte ich die Wände ab. Langsam taucht alles wieder aus der Dunkelheit auf. Ich erkenne den in den Felsen eingeritzten Pfeil, dem ich gefolgt bin. Es ist so still hier. Erst mit etwas Konzentration höre ich wieder das stetige Tropfen, das mein Gehirn wohl als Hintergrundgeräusch ausgeblendet hat.

Doch das ist es nicht, was die Stille ausmacht.

Es ist das Fehlen der durch die Gänge hallenden Stimmen.

Erster Druckpunkt

In Geschichten gibt es Nebenfiguren, Statisten, die für den Verlauf der Handlung und die Aktionen der Hauptfiguren unerheblich sind, die durch einen kleinen Satz jedoch all die mühsame Arbeit zunichtemachen können.

Solche Fehler müssen sofort ausgebessert werden, könnten sonst der sprichwörtliche Flügelschlag eines Schmetterlings sein, der einen Tornado verursacht. Einmal ins Rollen gebracht, finden vermutlich nur die Bauchschreiber Spaß daran – jene Schaffende, die kaum bis gar nicht planen, sondern sich beim Schreiben überraschen lassen.

»Eine Landratte ist schon vorgegangen«, gab Godric später die Antwort weiter, die er beim Zählen seiner Schäfchen erhalten hatte.

13

Ein Blick auf die Uhr verrät mir, dass ich über eine Stunde an dem eigentlich so kurzen Text gesessen haben muss, weil ich ihn zig Mal getippt, gelöscht, Satzteile verschoben habe – was am Handy alles furchtbar lange dauert. Meine Füße sind Eisklötze, und erst als ich die Zehen in den feuchten Schuhen bewege, bin ich mir sicher, dass sie überhaupt noch da sind. Zunächst sind meine Schritte etwas wacklig, eher ein Torkeln als ein Gehen. Ich finde den nächsten Pfeil, der in die Richtung deutet, aus der ich gekommen bin. Es sind immer noch keine Stimmen zu hören. Ich beschleunige meine Schritte, biege um eine weitere Kurve, passiere erneut einen Pfeil. Etwas in der Luft hat sich verändert, meine Haare kitzeln mich an der Wange, tanzen in einem konstanten Luftzug, der vorher nicht da war. Ich komme dem Eingang der Höhle immer näher!

Dann höre ich das Rauschen. Es klingt wie in Zoes Wohnheim, wenn im Zimmer darüber die Klospülung betätigt wurde und das Wasser in den Rohren hinter den dünnen Wänden hinabrauscht. Ein Alltagsgeräusch – und hier so fehl am Platz, dass eine Gänsehaut meine Arme überzieht. Stolpernd halte ich inne und stütze mich am Felsen ab. Genau im richtigen Moment, denn innerhalb des gedimmten Lichts der Handytaschenlampe kriecht das Wasser auf mich zu. Direkt vor mir liegt die Haupthöhle. Sie wirkt nun größer, weil das Plateau, das wir zuvor erklimmen mussten, bereits überflutet ist. Am Lichtschein von außen kann ich noch den Eingang zur Höhle sehen, der inzwischen unter Wasser liegt.

Eine Welle schwappt über meine Schuhe, dringt durch den Stoff der Sneakers bis auf meine sowieso schon kalten Zehen. Ich weiche weiter zurück, das Meer folgt mir unaufhaltsam in seinem konstanten, herzschlagähnlichen Rhythmus. Es rauscht vor, ein Stück zurück, weiter vor, dann zurück. Ein Schatten gleitet durch das Wasser auf mich zu. Ich mache zwei Rückwärtsschritte, beim dritten stoße ich hart gegen die Felswand, wende mich um und renne den Pfeilen folgend weiter.

Ein Platschen, dann ein Schrei.

»Riley!« Ich halte inne. »Riley, bist du noch hier drin?« Wer ist das? Das Echo macht es mir unmöglich, die Stimme zu identifizieren. »Riley, antworte, wenn du hier bist!« Die Rufe klingen panisch, die letzten Silben werden mehrmals zwischen den Wänden hin und her geworfen, peitschen mir um die Ohren.

»Ja!«, antworte ich, so laut ich kann, was zu einem Dröhnen wird, das mich zusammenzucken lässt.

»Bleib, wo du bist!« Die Stimme ist weiterhin vom Echo verzerrt, es folgt ein erneutes Platschen.

Ich weiß, dass die Geräusche aus der Haupthöhle kommen müssen, ganz gleich, was der Widerhall mir weismachen will, daher gehe ich langsam darauf zu. Beim ersten Pfeil angekommen, fängt meine Handytaschenlampe Killians Gesicht ein, der die Augen zusammenkneift, schnell die Hand hebt und laut flucht.

»Verdammt, mach das Licht weg!«

Schnell richte ich den Strahl auf den Boden.

»Was tust du hier?«

»Dich heldenhaft retten.« Er wischt die triefenden Haarsträhnen nach hinten. Die Situation ist so absurd, dass bei mir eine Sicherung durchknallt und ich loslache.

»Schön, dass dich mein Anblick so amüsiert.« Ohne Vorwarnung wirbelt er mich herum und schiebt mich vor sich her. »Kannst du dich auch unterwegs über mich lustig machen? Wir haben vielleicht noch fünf Minuten Zeit, dann steht hier alles unter –«

Ich bleibe abrupt stehen und drehe mich zu ihm um. Er ist mir so nah, dass ich die winzigen Tropfen an seinen Wimpern deutlich erkennen kann.

»Können wir nicht … tauchen? So wie du reingekommen bist?« Ich sehe über seine Schulter, werde dann aber von seinem Seufzen abgelenkt. »Ich kann gut schwimmen«, bringe ich weit weniger überzeugt hervor als beabsichtigt. Mum hat darauf bestanden, dass ich sogar das Rettungsschwimmerabzeichen mache, damit ich unter kontrollierten Bedingungen Notfälle übe.

»Das Wasser fließt in die Höhle hinein. Das macht die Strömung so stark, dass wir nicht dagegen ankommen«, erwidert Killian.

Ich sehe zum Wasser zurück, das unaufhaltsam weiter in die Höhle dringt und den Pegel steigen lässt.

»Und jetzt?« Meine Stimme ist nur noch ein heiseres Quieken, mein Handylicht springt aufgeregt über den unebenen Boden. Seltsamerweise hat Mums Angst nichts zu dieser Situation zu sagen. Die ganze Vorbereitung, die vielen Schwimmkurse, die sie mir aufgebrummt hat, sind nutzlos.

Killian fasst mich an den Schultern und sieht mir tief in die Augen, was den Anschein erweckt, dass er alles im Griff hat. »Jetzt tust du ausnahmsweise, was ich dir sage. Verstanden?«

Ich nicke langsam, habe keine Ahnung, ob mein rasender Puls von der drohenden Gefahr oder Killians Nähe verursacht wird. Oder ob beides dasselbe ist?

Killian dreht mich behutsam um, legt seine Hand brennend heiß auf meinen unteren Rücken und schiebt mich voran, dem Lichtkegel seiner Taschenlampe hinterher. Mein Handylicht ist ein Witz dagegen. Es wird weit von seinem überstrahlt, weshalb ich mein Handy ausschalte und in die Tasche stecke.

»Da an den Wänden sind Pfeile«, sagt er. »Ihnen müssen wir folgen.«

»Ich bin ihnen gefolgt«, sage ich, um mich von der Hand auf meinem Rücken abzulenken. »Ich bin ihnen gefolgt, bis ich diese Idee hatte und …«

»Du darin versunken bist, ich verstehe. Hast du nicht gehört, dass alle zusammengetrommelt wurden?«

»Nein, ich …« Das Flüstern kommt mir wieder in den Sinn, irgendwoher müssen die Stimmen, die ich im Text verwendet habe, ja gekommen sein. Waren das die entfernten Echos meiner Gruppe?

»Hat euch Godric nicht gesagt, dass ihr nicht allein irgendwo hingehen sollt?« Er stößt einen beinahe verzweifelten Laut aus, während der Pfad der Pfeile langsam nach oben führt. Die Luft ist noch immer feucht und riecht leicht modrig, aber es tropft nirgendwo mehr. Es rinnt auch kein Wasser an den Wänden hinab und zu meiner Verwunderung ist es nicht stickig. Die Tunnel führen uns stetig nach oben, durch kleinere Felsgrotten hindurch. Ohne die Pfeile, die Killian an jeder Abzweigung oder an dem richtigen Ausgang der zahlreichen gruftähnlichen Hohlräume mit seiner Taschenlampe anstrahlt, hätte ich längst die Orientierung verloren.

»Wohin führen diese Pfeile?«, frage ich, meine Finger streifen erneut über die Einkerbung, ehe ich mich umdrehe. Killians Hand rutscht automatisch an meiner Taille entlang und landet auf meiner Hüfte. Als würde er erst jetzt registrieren, dass er mich noch immer berührt, lässt er sie schnell fallen und sieht seinen Arm an wie ein fremdes Körperteil, das sich selbstständig gemacht hat.

»Sie führen in die Sicherheit«, sagt er dann grummelnd. »Los, weiter, mir ist kalt.«

Mir liegt schon ein böser Satz auf der Zunge, die Antwort, die er verdient hätte, aber falls er mich wirklich rettet, sollte ich mir die Bemerkung wohl besser verkneifen.

»Okay«, sage ich daher nur und stapfe mit schnellen Schritten weiter.

Die nächste Grotte können wir nur geduckt durchqueren, dahinter registriere ich, dass sich die Luft verändert. Ich schnuppere, weil ich mir sicher bin, denselben Blütenduft in der Nase zu haben, der Masters' Castle einhüllt. Wie ist das möglich? Neugierig will ich mich wieder zu Killian umdrehen, da stockt mir der Atem. Am Ende des kurzen Tunnels weitet sich der Raum zu einer gigantischen, kirchenschiffgroßen Höhle, über deren Wände und Decke der Lichtkegel huscht, bevor Killian ihn auf einen natürlichen Alkoven richtet. Daneben liegen aufgestapelt mehrere Holzscheite und dünne Äste. Ich trete näher, kann nicht glauben, was ich vor mir sehe, und identifiziere dann den Haufen in der Nische als Reste eines Feuers. Ich gehe in die Hocke, stochere in der Asche herum und erkenne Ruß, der die Wände schwärzt, so weit ich sehen kann. Was nicht sehr weit ist, weil Killian samt Licht irgendwo hinter mir steht. Ich hole mein Handy wieder aus der Tasche, sorge für eine eigene Lichtquelle und strahle in den Felsschacht hinein, wo sich der Rauch den tiefschwarzen Schlieren nach seinen Weg nach oben gebahnt hat. Die Röhre ist viel zu steil und verjüngt sich, was meine Hoffnung, einfach nach oben zu klettern, um der Gefahr zu entkommen, in sich zusammenfallen lässt. Wer weiß, ob es nach der Biegung, die am Ende meines Handylichts wartet, überhaupt weitergeht.

Schritte erklingen hinter mir. Killian tritt näher, seine Atemzüge klingen gepresst und hektisch.

»Rutsch zur Seite«, sagt er herrisch, nachdem er sich auf die Knie neben mich hat fallen lassen, doch von Trotz erfüllt bewege ich mich nicht. »Oder willst du Feuer machen?«, fragt er herausfordernd.

»Werden wir dann nicht ersticken?« Ich sehe noch einmal in den vermeintlichen Kamin, traue der Sache aber nicht.

»Nein, sonst wäre mir das bereits als Jugendlicher passiert.« Er schiebt sich an mir vorbei, legt einen Stapel trockener Zweige in den Naturkamin und greift zielstrebig nach etwas neben dem aufgestapelten Holz. Ich starre auf seine Hand, seine langen Finger umfassen ein neongrünes elektronisches Feuerzeug, das an diesem Ort deplatziert wirkt.

»Hast du noch nie ein Feuerzeug gesehen?« Der stichelnde Killian ist zurück.

»Doch, schon, aber … irgendwie habe ich hier eher Streichhölzer erwartet.«

»Die müssten auch irgendwo herumliegen, aber wenn die Packung leicht feucht ist, nützen sie nicht mehr viel. Dieses Ding«, er hält das

Feuerzeug hoch und aktiviert die Flamme, »funktioniert sogar noch nach einer Runde in der Waschmaschine.«

»Aber hier ist es doch trocken«, widerspreche ich und deute in den gigantischen Hohlraum, der sich tief unter der Erde befindet.

»Weil es in den letzten Tagen nicht geregnet hat«, erwidert er nur knapp und hält dabei die Flamme an die dünnen Zweige, die prompt zu knistern beginnen. Sofort schlängelt eine schmale Rauchsäule hervor und das zarte Flämmchen springt auf die nächsten Zweige über. Killian legt weitere obendrauf, dann folgen die Holzscheite. Kurz darauf prasselt ein Feuer in der Höhle, das nicht nur für Wärme, sondern auch für ein wohltuendes Gefühl sorgt.

Killian hockt sich viel zu nah an die Flammen, hält die Handflächen davor und reibt sich die Hände. Auch ich trete näher an das Feuer, meine Füße stecken in nassen Schuhen und Socken und mir ist immer noch eiskalt. Wie muss es dann erst Killian gehen? Ich habe vor lauter Panik nicht daran gedacht, doch jetzt höre ich selbst über das Knistern der Scheite hinweg sein Zähneklappern. Er ist durch das Tauchen von oben bis unten klitschnass und ich jammere wegen kalter Füße.

»Zieh dich aus«, fordere ich ihn auf, während ich mich neben ihn setze. Sein entsetzter Gesichtsausdruck lässt mich auflachen.

»Geht das nicht ein wenig zu schnell?« Ohne das Zittern und Stammeln hätte es die Stichelei vielleicht von seiner erhobenen Augenbraue auch in seine Stimme geschafft.

»Du musst raus aus den nassen Klamotten, das weiß doch jeder.«

»Das schon, aber …« Er lässt den Kegel der Taschenlampe durch die Höhle wandern. »Siehst du hier irgendwo trockene Ersatzkleidung?«

»Nein, aber das ist auch nicht nötig. Du bist nicht der erste Typ, den ich nackt sehe.« Selbst seine Augenbraue zittert, als er versucht, sie anzuheben, weshalb ich die Augen verdrehe. »Jetzt ist nur wichtig, dass du nicht unterkühlst.« Ich schnüre meine Schuhe auf und kämpfe mich aus den nassen Socken. »Bist du etwa schüchtern?« Meine Stimmbänder sind zu belegt, um so herausfordernd zu klingen wie geplant.

Weil Killian immer noch keine Anstalten macht, sich auszuziehen, sondern stattdessen heroisch – und sehr laut – vor sich hin bibbert, zerre ich an seinem Hemd, das aufgeknöpft über dem engen T-Shirt an ihm klebt, wodurch jedes Detail seiner Brustmuskulatur zum Vorschein kommt. Killian blinzelt mich träge an, während ich ihm das verfluchte Stück Stoff von den Schultern streife.

»Muss ich dich etwa allein ausziehen?«, schimpfe ich und zerre am Hemdärmel.

»Ich muss zugeben, dass es durchaus seinen Reiz hätte.«

Keine Ahnung, woher er die Energie nimmt, aber seine Stimme klingt wieder wie beim Empfang und sein sengender Blick lässt meine Körpertemperatur steigen. Das Zucken um seinen rechten Mundwinkel ernüchtert mich und ich boxe gegen seinen Arm, anstatt ihm weiter aus den Klamotten zu helfen.

»Au!«, beschwert er sich und reibt sich theatralisch über die Verletzung. »Bedankt man sich so für eine heldenhafte Tat?«

»Zieh dich einfach aus, sonst muss ich mich weiter auf die Art *bedanken.*« Ich hebe meine Hand und balle die Finger zur Faust. Killian lacht schallend los, woraufhin ich ihm einen tödlichen Blick zuwerfe.

»Ich mach ja schon«, gibt er endlich nach. Er springt auf und ich beobachte, wie er in einer dunklen Ecke der Höhle verschwindet.

»Du machst offenbar nichts!«, rufe ich, weil er einfach nur dasteht.

»Willst du mir etwa zusehen?«, fragt er entrüstet.

Oh! Ein Teil von mir hatte das wohl wirklich vor.

»Natürlich nicht!«, sage ich schnell, drehe mich wieder dem Feuer zu und greife nach meinem Handy neben mir. Alibimäßig öffne ich die Notizen-App, die Warnung über den geringen Akkustand ploppt auf. Um Energie zu sparen, schalte ich in den Flugmodus, weil es hier unten sowieso keinen Empfang gibt.

Killian kehrt zurück und breitet seine nassen Klamotten auf dem Boden vor dem Kamin aus, ehe er ein weiteres Holzscheit ins Feuer wirft. Funken fliegen uns entgegen, mein Handy fällt krachend auf den Steinboden und ich rutsche hastig zurück.

»Geh nicht zu nah ans Feuer, Riley. Es ist gefährlich!« Mums Stimme kann ich jetzt so gar nicht gebrauchen!

»Alles in Ordnung?«, fragt Killian dicht an meinem Ohr.

Ich fahre herum und riskiere dabei fast eine Kopfnuss, weil er sich so verdammt nah neben mich gesetzt hat, dass ich jede einzelne Bartstoppel erkennen kann. Killian riecht gut. Obwohl er samt Klamotten im Meerwasser geschwommen ist, verströmt er eine zarte Mischung aus sportlichem Parfüm und einer süßen Note, die mich an Sandelholz erinnert. »Die Funken sind ungefährlich. Meine Klamotten sind zu nass, um Feuer zu fangen.«

Ich nicke, was eine ganz dumme Entscheidung ist, denn so fällt mein Blick erstmals auf seinen nackten Oberkörper – und bleibt peinlicherweise daran hängen. Um seinen Hals trägt er eine grobgliedrige Silberkette, die sich über den Schlüsselbeinen wölbt und einen Anhänger hat. Es ist ein dreieckiger Stein, der wie ein Pfeil auf seine trainierte Brust zeigt.

Killian pikt mich in die Seite.

»Hm?«, frage ich.

»Starrst du nackte Männer immer so an?«, fragt er und reißt damit meine Aufmerksamkeit von dem rot schimmernden Piercing in seiner linken Brustwarze weg. Ein Detail, das ich nicht erwartet habe und das mich wie magnetisch anzieht.

»Immer«, bringe ich mit wesentlich weniger Schlagkraft als beabsichtigt hervor und reiße meinen Blick von seiner nackten Haut los. »Rein zu Recherchezwecken natürlich.«

Killian bemüht sich, nicht zu grinsen. »Natürlich.«

»Außerdem bist du nicht nackt.« Ich habe nicht bewusst hingesehen, dennoch weiß ich, dass er dunkle Boxershorts trägt.

Er starrt mich reglos an, seine linke Augenbraue wandert Millimeter für Millimeter nach oben. Er räuspert sich, schluckt. »Ganz so kalt war mir dann doch nicht«, bringt er dann rau hervor.

Das Licht der Flammen tanzt über seinen Körper, malt jeden definierten Muskel schärfer, die Gänsehaut weicht samtiger Haut.

»Ich sollte weiterarbeiten«, sage ich nach etlichen Minuten des Starrens und nicke dabei viel zu hektisch, während ich nach meinem Handy greife. Ich aktiviere via FaceID den Bildschirm und schaue auf die Notiz, nehme jedoch keinen einzigen Buchstaben wahr.

»Arbeitest du immer mit Gedankenübertragung?« Killians Lachen erfüllt die Höhle.

Ich blinzle ihn an. Er gestikuliert zu meinem Handy, dessen Display schon wer weiß wie lange tiefschwarz ist.

»Woher kennst du diese Höhle?«, frage ich, weil meine Gedanken bei ihm feststecken und ich den Faden des Textes nicht wiederaufgreifen kann.

»Ich war als Kind oft hier und habe mich vor meiner Nanny versteckt, die gar nicht glücklich darüber war.« Er starrt ins Feuer.

Ich betrachte sein Profil, mein Blick gleitet an seiner ausgeprägten Kieferlinie entlang, streift über seine Wangen, hält an seinen Augen inne, die in eine längst vergangene Zeit eingetaucht sind.

»Meine Mum wäre durchgedreht«, bricht es aus mir hervor.

»Meine auch.« Ein halbes Lächeln umspielt seine Lippen, als er sich mir zuwendet. »Aber Paul und ich hatten zu viel Spaß hier unten. Es war jedes Mal ein Abenteuer.«

»Paul, der Enkel eures … Butlers?«

Stimmt, Paul hatte so etwas erwähnt, mich vor Killian gewarnt. *»Killian ist seit der Trennung im letzten Jahr ein anderer Mensch.«*

»Paul Davenport, genau. Hier am Ende der Welt gibt es nicht gerade viele Kontakte in meinem Alter. Wir sind praktisch wie Brüder aufgewachsen.« Er schnappt sich einen langen Stock und stochert im Feuer herum, Flammenzungen lecken an den Felswänden des Kamins.

»Wieso hast du eigentlich nach mir gesucht?«, stelle ich die eine Frage, die ich bisher zurückgehalten habe.

»Ich hatte ein ungutes Gefühl.« Seine Brauen sind durch eine Falte an der Nasenwurzel verbunden. »Ich war im Garten, als die Gruppe zurückkam. Ohne dich.« Er atmet tief durch, seine Brust weitet sich. »Ich habe Godric gefragt, wo du bleibst, aber ihm wurde beim Durchzählen am Höhleneingang gesagt, du seist mit Paul vorgefahren und bereits zurück auf dem Anwesen.« Er schüttelt den Kopf. »Ich … ich wusste, dass das nicht stimmt.« Er schluckt und das Geräusch mischt sich mit dem Knistern des Feuers. »Weil ich dich gesucht habe. Nur April ist vor den anderen mit dem Wagen zurückgekommen und sie hat mir gesagt, dass du noch in der Höhle bist.« Er legt den Ast beiseite und wendet sich mir wieder zu. »Ein Teil von mir hat davor schon gewusst, dass du noch dort unten bist, ich hätte mein gesamtes Erbe darauf verwettet.«

Meine Kehle ist entsetzlich trocken. »Und anstatt Godric darüber zu informieren, bist du … direkt losgerannt?«

Sein Nicken ist kaum sichtbar.

»Danke«, flüstere ich und der zischende Laut steigt bis zum Gewölbe hinauf.

»Godric hätte es in der Zeit nicht geschafft«, bringt er hervor, als wollte er sich selbst erklären, wie er klitschnass – und nun auch noch halb nackt – hier landen konnte.

14

Schweigend starren wir in die Flammen. Es ist ein angenehmes Schweigen, eine Stille, die mich entspannt und meine Gedanken frei kreisen lässt, obwohl ich mich eingesperrt fühlen sollte. Es vergehen Stunden, in denen wir kaum Worte wechseln und mein Akku irgendwann den Dienst komplett einstellt. Beim letzten Check der Uhrzeit war es schon Mittag und so langsam meldet sich ein erstes Hungergefühl, das ich mit Killians Anwesenheit verdränge.

Er ist ganz anders als vermutet, tiefgründiger, ruhiger. Ich versuche, ihn zu verstehen, die verschiedenen Seiten an ihm, die ich bereits kennengelernt habe, in Einklang zu bringen. Der viel zu von sich selbst überzeugte Sohn aus reichem Hause, der am ersten Abend mit mir geflirtet hat, die widersprüchlichen Signale in den folgenden Tagen. Ich hatte von der ersten Begegnung an das Gefühl, dass uns etwas verbindet, dass wir auf einer Wellenlänge liegen wie in einem Roman. Doch leider weiß ich genau, was danach kommt: Drama. Und davon hatte ich dank Archie mehr als genug in meinem Leben.

»Erzähl mir, wie es war, hier aufzuwachsen«, durchbreche ich die Stille.

Killians Blick brennt sich tief in mich hinein, er neigt den Kopf nur leicht, aber die inzwischen getrockneten Haare fallen ihm ins Gesicht und meine Hand zuckt in seine Richtung. Doch er ist schneller, streicht die Strähnen zur Seite, ehe ich in Versuchung gerate.

»Normal, denke ich.«

»Ich finde es nicht normal, eine eigene Höhlenlandschaft zu besitzen und ein Haus, in dem man sich verirren kann.«

»Ich kenne es nicht anders. Wo bist du denn aufgewachsen?«

Was ist das prägendste Kindheitserlebnis, an das sich deine Figur erinnert?, kommt mir die Lektion aus einem Kurs an der Uni in den Sinn und ich denke automatisch an mein Baumhaus, das ich immer noch so nenne, obwohl es ein schiefes Gebilde aus Holzplatten war und auf dem Boden *zwischen* den Bäumen stand.

»Im Wald«, erwidere ich spontan.

Killian stößt ein Hüsteln aus und ich verdrehe die Augen. »Meine liebsten Kindheitserinnerungen stammen allesamt aus dem kleinen Wäldchen, das am Ende unseres Grundstücks liegt und bis zu einem Steinbruch führt.«

Ich denke noch immer gern an die Zeit zurück, die ich als Kind im Wald verbracht habe, bevor Mum mir verbot, allein dort hinzugehen, weil sie es für zu gefährlich hielt. Alibimäßig habe ich dann Bree mitgenommen, weil Mum nur das *allein* betont hatte. Obwohl meine kleine Schwester mir vermutlich keine große Hilfe gewesen wäre, wenn ich wirklich in Gefahr geschwebt hätte.

»Klingt schön.« Sein Ton ist keineswegs abfällig. Stattdessen schwingt eine gewisse Sehnsucht darin mit, die mich aufhorchen lässt.

»War es«, stoße ich etwas zu kitschig hervor, während ich die Blätter im Wind rascheln höre und glaube, meinen Wald riechen zu können. »Auch wenn ich keine Schmugglerhöhlen hatte.«

»Die gibt es ja auch nur für mutige Jungs.« Er schmunzelt und kräuselt dann die Lippen.

»Ist das so?« Ich richte mich auf, aber obwohl Killian mit rundem Rücken dasitzt, ist er trotzdem größer als ich. »Glaubst du etwa, dass Mädchen nicht mutig sein können?« Die Rittessin ist empört!

»Natürlich nicht«, sagt er entrüstet.

»Gerade noch die Kurve gekriegt.« Ich grinse und er schnaubt.

»Hätte ich mir ansonsten ... Sorgen machen müssen?« Seine Stimme spiegelt das amüsierte Funkeln in seinen Augen.

»O ja!«, erwidere ich und gestikuliere dabei heftig. »Ich kann es nämlich gar nicht leiden, wenn man Vorurteile hat und Mädchen in rosa Schubladen steckt.« Um meine Meinung zu unterstreichen, pike ich ihm mit dem Finger in die Brust – und wir erstarren beide im selben Moment. Killians Grinsen fällt in sich zusammen. Zeitgleich senken wir in Zeitlupe den Blick auf den Finger und die kleine Delle, die meine Berührung verursacht, diese winzige Stelle, an der Haut auf Haut trifft. Genau dort spüre ich seinen wild pochenden Herzschlag – oder meinen, der bis in die Fingerspitze widerhallt. In meinem Augenwinkel fängt das Brustpiercing das Flammenspiel ein und trotzdem breitet sich Gänsehaut auf Killians Oberkörper aus.

Sein Atem streift mich, ein starker Luftzug, dem ein keuchendes Luftholen folgt. Seine Zunge befeuchtet seine Lippen, er schluckt gegen die Trockenheit an, die auch in meinem Mund vorherrscht.

Dann sieht er mich unter halb gesenkten Lidern an, die Augen darunter dunkler als je zuvor, beschattet von den dichten langen Wimpern und dem Verlangen, das in ihm brennt. Sein Blick dringt noch tiefer in mich ein, die unausgesprochene Frage hängt zwischen uns wie das Knistern des Kaminfeuers. Ich antworte, in dem ich mich zu ihm beuge, er kommt mir entgegen und ich schließe die Augen.

Kurz vor der Berührung unserer Lippen hält er inne, stöhnt leise auf, sein heißer Atem fühlt sich bereits an wie ein Kuss. Der sanfte Laut fährt mir bis in die Knochen. Wir teilen mehrere Atemzüge lang die Luft, während sich eine ungeahnte Hitze durch meine Adern bahnt und etwas entfacht, das sich nur mit einem Kuss stillen lässt.

»Darf ich dich küssen, Riley?«

Ich atme bebend jede Silbe seiner geraunten Frage ein. Dann nicke ich kaum merklich, überwinde die letzten Millimeter zwischen uns – als ein lauter Ruf das knisternde Schweigen durchschneidet wie ein Peitschenhieb.

»Riley!«

Killian weicht zurück, seine Brust hebt und senkt sich schnell, er springt auf und schlüpft in seine noch feuchten Klamotten.

»Wer ist das?«, frage ich träge, hänge noch an dem fest, was eben passiert ist. Oder nicht passiert ist. Fast passiert ist. Killian verwirrt mich, bringt mich und meine Gefühle durcheinander.

»Riley!«, dringt der Ruf erneut zu mir.

»Das ist Paul …« Killians Hand ballt sich zur Faust, er entspannt sie nur mit großer Anstrengung, dann schlüpft er in sein Hemd.

»Riley! Killian!«

Ich würde Paul am liebsten erwürgen – für die Zerstörung eines Moments, den ich mit allen Sinnen in mich aufgesogen und für die Kussszene in meinem Manuskript aufgespart hätte. Einen Kuss, den ich – wie ich mir eingestehen muss – herbeigesehnt habe wie lange nichts mehr. Verflucht, Riley! Du wolltest dich doch auf das

Schreiben konzentrieren und nicht auf einen Typen, der dir das Herz herausreißen wird wie Archie.

Aber nicht alle sind wie Archie. Jede Figur hat zahlreiche Facetten, resultierend aus ihrer Backstory. Dasselbe gilt für Menschen. Sie sind sogar noch komplexer. Killian Masters ist ein besonderes Exemplar mit etlichen Schichten, die es zu ergründen gilt.

Was zur Hölle geht in deinem Autorenhirn vor, Riley?!

»Wir sollten wohl gehen«, sagt Killian mit rauer Stimme und räuspert sich. »Du solltest deine Schuhe wieder anziehen, sonst verletzt du dich.«

Eine gute Idee und gleichzeitig eine Ablenkung. Konzentrierter als notwendig schlüpfe ich in meine Schuhe und stecke die feuchten Socken in meine Jackentasche. Mit jeder Sekunde, die verstreicht, frisst sich die Enttäuschung über den verpassten Kuss durch mein Inneres, auch wenn ich es nicht will. Killian streckt mir die Hand entgegen. Weil ich sie vermutlich ansehe wie den Hog's Pudding auf dem Frühstücksteller, hebt Killian auffordernd beide Augenbrauen, sodass sie unter den rabenschwarzen Haarsträhnen verschwinden, die sonst aus dem Gesicht gekämmt sind.

»Gehört es etwa in die rosarote Schublade, meine Hilfe anzunehmen?« Ich öffne bereits den Mund, aber er kommt mir zuvor. »Ich weiß, dass du selbst aufstehen kannst, und will dir keinesfalls unterstellen, zu schwach dafür zu sein.«

Ich kneife die Augen zusammen und frage mich, warum er mich so gut einschätzen kann. Unsere Blicke duellieren sich, bis ich zugreife und er mich mit einem überraschenden Ruck zu sich hochreißt, sodass ich gegen seine Brust pralle.

Wieder sind sich unsere Gesichter so nah, dass ich meinen Kopf nur in den Nacken legen und er sein Gesicht ein klein wenig zu mir beugen müsste …

»Habt ihr mich nicht gehört? Ich brülle eure Namen seit einer Ewigkeit.« Paul betritt unsere Höhle, der Kegel seiner Taschenlampe wandert zunächst zum Feuer, ehe er Killian und mich streift. Ein Schatten huscht dabei über sein Gesicht, der aber auch von den zuckenden Flammen herrühren könnte, die er mit seinem Hereinrauschen in Aufruhr gebracht hat.

Killian kneift die Augen zusammen, die Spannung zwischen den Jungs steigt mit jedem Schritt, den Paul auf uns zumacht. Wie Freunde, die hier unten gemeinsame Abenteuer erlebt haben, sehen die beiden definitiv nicht aus. Meine Neugier löscht all das Prickeln aus, das ich bis eben noch gespürt habe.

»Alles gut zwischen euch?«, frage ich, auch wenn offensichtlich ist, dass dies nicht der Fall ist. Ich denke an Pauls Warnung vor Killian, an die Ernsthaftigkeit seiner Aussage. Killian hingegen sieht eher bedrückt aus. Als hätte er etwas verloren, das er nie wieder zurückbekommen wird. Aber vielleicht geht auch meine Fantasie mit mir durch. Ich spinne mir ihre Vergangenheit zusammen, versuche zu ergründen, was zu dem Zerwürfnis zwischen den ehemals besten Freunden geführt hat. Ich charakterisiere sie im Kopf, sehe einen blond gelockten Paul mit Pausbacken und traurigem Blick und einen schmächtigen dunkelhaarigen Killian, den schon damals eine leicht düstere Aura umgeben hat. Die beiden tollen herum, lachen, erleben Abenteuer und teilen ihre Süßigkeiten. Die traurigen Augen, die ich Paul aus irgendeinem Grund verpasst habe, erinnern mich an Brittany. Ich habe seit so vielen Jahren nicht mehr an sie gedacht. An ihren schweren, melancholischen Blick. An das Glück in ihren Augen, wann immer ich Grandmas Süßigkeiten mit ihr geteilt habe, goldene Kugeln für die Prinzessin des Nachbarkönigreichs. Was wohl aus ihr geworden ist? Ihre Familie ist weggezogen, kurz bevor ich zehn wurde. Das weiß ich deshalb, weil sie nicht zu meinem Geburtstag kommen konnte. Die Enttäuschung und die Trauer, die ich damals empfunden habe, beweisen die Theorie, dass starke Empfindungen dabei helfen, Erinnerungen zu bewahren. Brittany war ein Jahr älter und nicht meine beste Freundin, aber ich habe mehr Zeit mit ihr verbracht als mit allen anderen, weil sie direkt nebenan wohnte und sich von meiner Fantasie hatte mitreißen lassen. Sie gierte nach meinen Geschichten, wann immer wir gemeinsam zur Schule gingen. Sie liebte es vor allem, wenn die Rittessin darin vorkam. Vielleicht lag das an ihrem Dad. Er war Polizist. Meine Gedanken kreisen und jetzt ist es mir nicht mehr möglich, den jungen Paul ohne die engelsgleichen Ringellöckchen und die Lücke zwischen den Schneidezähnen vor mir zu sehen, wie Brittany sie hatte.

Killian geht wortlos davon. Auf Pauls Höhe flüstert er ihm etwas zu, das nur als zischender Laut bei mir ankommt. Ohne ein einziges Mal zurückzusehen, verschwindet er durch den Höhlenausgang. Er überlässt es offenbar uns, das Feuer zu löschen. Paul macht jedoch keine Anstalten, sondern wartet nur auffordernd auf mich. Mein Blick huscht hin und her, doch ich finde nicht einmal größere Felsbrocken, die ich in die Flammen legen könnte, um sie zu ersticken.

»Wir müssen es löschen«, sage ich, aber Paul schüttelt nur den Kopf.

»Was soll hier unten passieren? Es kann nichts anbrennen oder Feuer fangen.« Er zuckt lässig mit den Schultern und streckt mir seine Hand entgegen. Ich sehe sie an, dann zurück zum Feuer. Vermutlich hat er recht, dennoch brauche ich einen Moment, um die Warnungen meiner Mutter, ihre Ängste und die Gefahr eines unkontrollierten Feuers zur Seite zu schieben. Mit einem tiefen Atemstoß zwinge ich ihre Stimme aus mir heraus und gehe zu Paul.

Sein Atem geht gepresst und seine Zähne knirschen, während seine Hand noch immer ausgestreckt zwischen uns schwebt. Er schürzt die Lippen und nickt dann träge. Seine Enttäuschung springt mir praktisch entgegen. Jedes Mal, wenn ich ihn auf dem Weg aus der Höhle ansehe, ist da keinerlei Funkeln mehr in seinen Augen, das mir bei unserem Kennenlernen den Vergleich zu Bree aufgezwungen hat.

Wann immer wir abbiegen, hätte ich Killians Duft blind folgen können. Ich höre noch seine Schritte, als wäre er nur eine Biegung entfernt, abwartend, als würde er genau darauf achten, dass wir uns nicht verirren. Der Gedanke lockert die trübe Stimmung zwischen Paul und mir, kratzt an dem Gefühl, ihn enttäuscht zu haben, obwohl ich nichts dergleichen getan habe.

Jenseits des Taschenlampenlichts zeichnen sich immer mehr Umrisse ab. Die Luft verändert sich, über Killians Sandelholznote, die ich immer noch eindeutig erfassen kann, legt sich der Geruch nach Algen und Brackwasser. Wir betreten das Plateau in der Haupthöhle. Killian wartet am Eingang. Er steht mit dem Rücken zu uns, die Hose leicht hochgekrempelt, weil er knöcheltief im Wasser steht. Hätte er anstelle seiner Schuhe einen Dreizack in der Hand, wäre er das perfekte Abbild eines modernen Meeresgottes. Etwas zieht mich zu ihm. Vielleicht liegt es an der Stimmung in der Höhle, an den Erlebnissen des Tages und dem Knistern zwischen uns, das nicht nur vom Kaminfeuer herrührte. Ich weiß es nicht. Aber ich weiß, dass ich jeder Warnung trotzen und über sämtliche projizierten Ängste hinwegsehen muss, um herauszufinden, was genau da zwischen uns ist.

15

Im Entenmarsch steigen wir den mörderischen Pfad an der Klippe nach oben. Die Sonne neigt sich bereits dem Horizont entgegen. Der Aufstieg fällt mir wesentlich leichter als der Weg nach unten. Erstens ist es sehr anstrengend, weshalb meine imaginäre To-Do-Liste vor meinen Augen erscheint, auf der seit Jahren ganz oben *regelmäßig Joggen* steht, was aber immer von vermeintlich Wichtigeren Dingen verdrängt wird. Zweitens sehe ich schon nach kürzester Zeit nicht einmal mehr aus dem Augenwinkel das Wasser und die furchtbare Höhe. Mein Fokus könnte aber auch etwas verzerrt sein, weil ich die ganze Zeit Killians geschmeidige rhythmische Bewegungen direkt vor der Nase habe.

Paul hinter mir hüllt sich in eisernes Schweigen, seit wir Killian am Höhleneingang erreicht haben, der nur einen unergründlichen Blick auf uns abgefeuert hat und dann wortlos über den Strand davonmarschiert ist. Ich würde mich gern zu Paul umdrehen und nachfragen, was zwischen ihnen vorgefallen ist, doch ich traue mich nicht. Allein die Erinnerung an den Abstieg und dass ich es ohne Godric vermutlich nie geschafft hätte, ist stärker als meine Neugier – die jedoch schlagartig hervorschnellt, als die Halteseile enden und wir die kleinen Felsbrocken oben an der Klippe passiert haben. Ich bleibe stehen und Paul, der über die Schulter hinweg auf das Meer hinausblickt, rennt in mich hinein. Statt meiner Frage stoße ich nur einen dumpfen Laut aus, der Killian auf uns aufmerksam macht.

»Wir sollten uns beeilen, sonst gibt es nichts mehr zu essen«, sagt er, aber der drohende Unterton klingt nicht nach Hunger, sondern nach einer Warnung. Killians prägendste Eigenschaft, seine Superheldenkraft, ist eindeutig, etwas zu sagen und dann davonzurennen. Bevor ich Paul auch nur ansehen und einen »Was war das denn?«-Blick aufsetzen kann, hat Killian schon das halbe Feld überquert und stapft in Rekordgeschwindigkeit auf die Mauer des Anwesens zu.

»Willst du mir sagen, was zwischen euch los ist?«, frage ich Paul keuchend. Mit seinen langen Beinen ist er fast doppelt so schnell wie ich – ohne sich anzustrengen.

»Das ist eine lange Geschichte«, würgt er mich ab und gibt mir nicht einmal die Chance zu erwähnen, dass ich als Autorin lange Geschichten liebe. »Sag mir lieber, was zwischen *euch* los ist.«

Wenn ich das nur wüsste.

Paul schüttelt den Kopf, er sieht enttäuscht aus. Weil ich seine Warnung ignoriert habe? Wir rasen regelrecht durch den wundervollen Garten und ich habe nicht die geringste Chance, den Anblick oder den Geruch zu genießen.

Am Gebäude angekommen, hält Paul mir die Tür auf, aber ich bin mir sicher, dass es weniger mit Höflichkeit zu tun hat, sondern einfach nur sein Job ist. Er hat nicht ein einziges Mal gelächelt, seit er uns in der Höhle aufgespürt hat.

Er begleitet mich zum Speisesaal, aus dem uns angeregte Gespräche entgegenhallen. Wahrscheinlich haben die meisten die Mahlzeit bereits beendet.

Als ich eintrete, verstummen die anderen und ich verharre am Eingang, lasse meinen vermutlich jämmerlichen Eindruck auf sie wirken, fange Blicke auf, die teils erleichtert (April), teils vorwurfsvoll (Jada, aber warum?) auf mich gerichtet sind. Nachdem ich mich an einen freien Platz gesetzt habe, huscht ein vermutlich von Paul geschickter Kellner herbei und stellt einen Teller vor mir ab. Reis mit Chicken tikka masala. Mein Magen knurrt, als mir der intensive Currygeruch entgegenschwebt, und ich blende die fragenden Gesichter und das Flüstern aus, so gut ich kann. Während der Flut in einer unterirdischen Höhle festzusitzen, macht offenbar tierisch hungrig. Auch wenn ich es nicht mag, als Einzige am Tisch zu essen, stürze ich mich auf das Hühnchen, schließlich ist es schon fast vierzehn Uhr und das Frühstück ewig her.

Die Gespräche am Tisch werden wieder fortgesetzt, aber ich bleibe außen vor, weil mir der Faden fehlt. Ezra sitzt neben April am anderen Ende des Tisches und mein schlechtes Gewissen kehrt mit einem Schlag zurück. Er sieht immer wieder zu mir, während er einsilbig auf ihre Aussagen reagiert. Ich weiche seinem Blick aus, weiß einfach nicht, wie ich mich ihm gegenüber verhalten soll, und befürchte, dass alles, was ich tue, schlecht ist. Ich bin irgendwo hier auf Masters' Castle falsch abgebogen, habe mich von den anderen entfernt und keine Ahnung, wie ich zurückfinden soll.

Mein Teller ist noch halb gefüllt, als Jada mich anspricht.

»Wir können dir leider nicht weiter Gesellschaft leisten, ich hoffe, das ist in Ordnung für dich.«

»Wir sind alle noch nicht mit unseren Geschichten fertig«, erklärt Andy wesentlich freundlicher.

Ich nicke nur und hauche: »Danke, dass ihr trotzdem noch so lange geblieben seid.«

Er schenkt mir ein schwaches Lächeln.

Lydia stöhnt auf, wird aber von Peytons drohendem Blick zum Schweigen gebracht. Jada schiebt sie dann praktisch aus dem Raum, während sich die anderen zumindest mit einer gehobenen Hand oder einem gemurmelten »Bis später« verabschieden.

Ich esse auf und kehre in mein Zimmer zurück. Zuerst stecke ich mein Handy an das Ladekabel, damit ich meine Geschichte abtippen kann – natürlich nachdem ich Mum geschrieben habe, dass ich einen tollen Tag hatte und es Chicken tikka masala zum Mittagessen gab. Die überflutete Höhle verschweige ich ihr, ebenso wie Bree, die es Mum eiskalt weitererzählen würde, nur um sie mit »genügend Schockmomenten zu therapieren«.

Ich gehe die einzelnen Punkte meiner Überarbeitungsliste durch, prüfe, ob ich ausreichend Sinne anspreche, und füge die fehlende Umgebungsbeschreibung hinzu, um die bedrohliche Atmosphäre noch besser herauszuarbeiten. Bei mir hapert es meist am Riechen, weshalb ich Gerüche oft erst im Nachhinein einfüge.

»Erkennt eure typischen Fehler«, doziert mein Professor für Kreatives Schreiben in Dauerschleife. Am Schluss checke ich den Text auf Wortwiederholungen und prüfe mit Leserblick, ob die Emotionen auch so ankommen, wie ich es mir vorstelle. Das geht nur sehr eingeschränkt, weshalb ich kurz überlege, ob ich Bree anrufen sollte, um eine unvoreingenommene Meinung zu bekommen. Weil ich aber nicht sicher bin, ob das innerhalb des Wettbewerbs unter Betrug laufen würde, lasse ich es lieber bleiben. Wenn, dann will ich ehrlich weiterkommen, verdient – nicht weil ich in Bree meine persönliche Lektorin habe.

All die Punkte gehe ich auch bei Francis' Geschichte durch und füge beide Texte in die Vorlage von Professorin Seymour ein, um sie später unten auszudrucken und vor der Teatime in den vorbereiteten Umschlägen mit meinem Namen in die Sammelbox zu werfen.

Nach einer ausgiebigen Dusche fühle ich mich auch emotional bereit, mich den anderen zu stellen und die unausgesprochenen Fragen zu beantworten, die mir beim Mittagessen entgegengequollen sind. Es ist nichts passiert, wofür ich mich irgendwie entschuldigen müsste – zumindest nicht im Laufe des Nachmittags. Meine Stimmung schlägt prompt wieder um, als ich an April denke und was für ein egoistisches Biest ich gewesen bin. Ich sollte doch wissen, wie es sich anfühlt, verurteilt zu werden, weil man anders ist. Deshalb habe ich mich auch immer für offen gehalten. Ein Trugschluss. Ich bin eine verdammte Heuchlerin.

»Deine Mum ruft ziemlich oft an, oder?«, hat mich meine Kommilitonin Zoe einmal gefragt, als wir zwischen unseren Kursen den Flur entlanggegangen sind und ich mein Gespräch mit Mum gerade beendet hatte. Ich hatte Zoe am Einführungstag kennengelernt und sie war schon fast entsetzt darüber, dass ich nicht wie alle anderen auf dem Campus wohne, sondern zu Hause, auch wenn dabei viel Lernzeit für die Fahrten draufgeht.

»So oft nun auch wieder nicht«, hatte ich nach kurzem Überlegen erwidert.

»Aber du wohnst doch zu Hause, sie sieht dich morgens und

abends …« Ihre großen Knopfaugen forderten mich dazu auf, meine eigenen Schlüsse zu ziehen, doch ich hatte keine Ahnung, worauf sie hinauswollte.

»Ja, schon«, murmelte ich, während mir immer noch nicht klar war, was genau sie von mir wollte.

»Das ist nicht normal, Riley.« Zoe klang nicht anklagend, eher besorgt. Damit erinnerte sie mich an Bree, die nie ans Telefon ging, wenn Mum ihre »Kontrollanrufe« machte, und die schon als Fünfzehnjährige die Möglichkeit, ihr Handy zu orten, deaktiviert hatte.

Bis zu diesem Gespräch hatte ich es tatsächlich als normal empfunden, dass Eltern sich sorgten, nachfragten, darum baten, sich zu melden, sobald man gut angekommen war. Ich hatte Bree für besonders rebellisch gehalten, weil sie sich gegen Mums Überwachung auflehnte. Doch je mehr Abstand ich zu meinen Eltern bekam – wenn auch nur tagsüber, während der Kurse an der Uni –, desto bewusster wurde mir, dass es eben nicht normal war. Dass ich auf Partys die Einzige war, die mit ihrer Mum Nachrichten austauschte – oder die selbst beim Herumknutschen im Auto ans Handy ging, wenn der für Mum reservierte Klingelton anschlug.

Ich werde Archies entsetzten Gesichtsausdruck nie vergessen, als ich mit keuchendem Atem und geschwollenen Lippen von ihm abrückte und erklärte, ich müsse ans Telefon gehen, weil meine Mum anrief. Mein erster fester Freund davor, Tyler, hatte laut losgelacht und sich am nächsten Tag von mir getrennt.

Archie hingegen ist geblieben, er hat sich gesorgt und versucht, mir aufzuzeigen, dass ich etwas ändern muss. Bree und ich sind praktisch damit aufgewachsen, immer vorsichtig zu sein und uns vor fremden Menschen in Acht zu nehmen, was dazu führte, dass ich in jedem fremden Menschen eine potenzielle Entführerin oder einen Vergewaltiger sah. Es hat lange gedauert, bis ich diese Angst in den Griff bekam und nicht länger den Drang verspürte, vor jeder unbekannten Person davonzurennen, die mich ansprach – selbst wenn es nur die Frage nach dem richtigen Weg war. Eine meiner ersten Testpersonen war damals Archie gewesen. Mit pochendem Herzen, zitternden Händen und Horrorszenarien vor Augen, untermalt von Mums Stimme, hatte ich ihn in die völlig falsche Ecke des Campus geschickt.

»Gesunde Skepsis ist das eine, aber du übertreibst«, stellte Archie später immer wieder fest. Schließlich legte er noch eins drauf und schleppte mich in einen Kletterpark, um mir den Spiegel vorzuhalten. Vor lauter Angst, das Seil könnte reißen und ich in den Tod stürzen, war ich unfähig, den Trail zu meistern. »Es ist nicht deine Angst, Riley. Es ist die deiner Mum.«

Es waren alles die Ängste meiner Mum. Sie hat Angst um mich. Große Angst, weshalb ich anders aufgewachsen bin als andere Kinder, wie ich später feststellte. In der Primary School war es noch nicht so schlimm. Erst später wurde ihre Angst um mich so groß, dass sie mehr und mehr geklammert hat. Zoe hat mir geholfen, mich ein wenig abzunabeln, Archie ebenfalls. Gemeinsam mit Bree habe ich begonnen, Mums Verhalten lächerlich zu machen, um mich davon zu distanzieren. In meinem gewohnten Alltag klappt das inzwischen ganz gut, aber in fremder Umgebung, konfrontiert mit neuen Situationen, höre ich noch immer Mums warnende Stimme. Ich erinnere mich an Ezras Stottern und seine Bemerkung über die fremde Umgebung. Er hat vielleicht keine Stimme im Kopf wie ich, dafür bleiben seine Worte dort stecken.

Bereit und motiviert, mich mit ihm auszusprechen und ihm zu sagen, dass es sein Geheimnis bleiben wird, weil es allein seine Entscheidung ist, wann er wen einweiht, schnappe ich die braunen Kuverts und gehe nach unten. In der Eingangshalle drucke ich meine Texte aus, schiebe sie extra langsam in die Umschläge, die ich extra langsam verschließe, in der Hoffnung, dass Ezra irgendwann auftaucht.

Die Geschäftigkeit auf dem Flur, der zum Speisesaal führt, nimmt zu und enttäuscht schlurfe ich zu Professorin Seymours Büro und gebe meine beiden Texte für die Spannungsaufgabe kurz vor Ablauf der Frist ab.

Als ich mich von der Sammelbox auf dem Sideboard wegdrehe, pralle ich fast mit Killian zusammen, der gerade ins Zimmer tritt.

»Sorry«, stammelt er und weicht meinem Blick aus wie auf der Suche nach einem Fluchtweg. »Ich wollte nur die letzten Arbeiten abholen.« Er deutet auf die Box, seine Hand streift mich leicht – und dennoch mit der Wirkung eines elektrischen Schlags.

»Gehst du …« *mir jetzt aus dem Weg, weil du ignorieren willst, dass da etwas zwischen uns ist, wir uns beinahe geküsst haben,* »… jetzt auch zum Tee?«, würge ich hervor. Dabei drückt schon seine gesamte Reaktion aus, dass er Abstand zu mir halten will. Dennoch regt sich Hoffnung in mir wie nicht auszurottendes Unkraut.

Endlich sieht er mich an. Die Zerrissenheit in seinen dunkelblauen Augen lässt mich zurückweichen, bis ich gegen den Tisch stoße, auf dem die Box steht. Killians Lippen bewegen sich, aber es dringt vorerst kein Laut aus seinem Mund. Mit einem langen Seufzen lässt er die ungesagten Dinge ungesagt, obwohl sie mich weit mehr interessiert hätten als seine tatsächliche Antwort.

»Wir müssen die Texte vor dem Meeting mit der Gruppe nachher sichten.«

Ich nicke, schlucke, fühle mich vor den Kopf gestoßen, obwohl ich doch weiß, dass er Juror ist und eine Aufgabe hat.

»Okay«, flüstere ich und verlasse den Raum. Ich höre, wie es hinter mir poltert und raschelt und würde mir gern einbilden, dass Kilian die angestaute Energie zwischen uns ebenfalls gespürt und an der Box ausgelassen hat.

Mit diesem Bild im Kopf betrete ich den Speisesaal, wo Rose das Servieren des Afternoon Tea beaufsichtigt.

16

Xander gießt jedem von uns Tee ein und Cassy präsentiert uns die leckersten Snacks auf einer Etagere. Doch selbst ihr verschmitztes Funkeln in den Augen schafft es nicht, mir ein Lächeln zu entlocken.

Eine imaginäre Mauer teilt unsere Gruppe, meine Onlinefamilie. Die anderen und ich. Ich kann es mit jeder Faser meines Körpers fühlen. Ich komme mir vor wie die Neue in einem Highschooldrama. Es sind nicht die vorsichtigen Blicke von April, die mir immer wieder deutlich machen, wie dumm ich mich verhalten habe, oder Ezras gezieltes Nichthinsehen – es ist Killians Name, den Lydia wie ein Schwert zwischen uns schwingt.

»Ich hätte mich wohl auch am ersten Abend an Killians Hals werfen sollen.« Ihr offener Vorwurf berührt mich weit weniger als der gesenkte Blick von Jackson und Finley. Sie alle denken dasselbe, sonst würden sie mich verteidigen, oder? Ich bin doch eine von ihnen!

Jadas Schnalzen peitscht durch die peinliche Stille nach Lydias Kommentar.

»Ist doch wahr!«, schmollt Lydia. »Oder erzähl mal, wie dein Vormittag mit dem *Juror* war«, sagt sie herausfordernd in meine Richtung. »Habt ihr euch über deinen Text ausgetauscht?«

Wie kann jemand so engelhaft aussehen und so ein Biest sein? Nun wartet die ganze Gruppe auf eine Schilderung von mir, selbst April, die mir sogar ein zaghaftes Lächeln schenkt, obwohl ich es nicht verdient habe. Später. Später würde ich sie um Verzeihung anflehen.

»Nein, das haben wir nicht!«, verteidige ich mich. »Und es war auch nicht so geplant. Ich bin diesen eingeritzten Pfeilen an den Wänden nachgelaufen und dann hat mich die Inspiration gepackt. Ich habe meine Idee wie eine Irre in mein Handy getippt und darüber die Zeit vergessen. Und dann war das Wasser zu hoch. Killian hat mich gerettet.«

»Ah, deshalb hast du also auf die Flut gewartet?« Lydias perfekt geformte Augenbraue hebt sich.

»Wie kann es eigentlich sein, dass Godric dich vergessen hat?«, wirft April dazwischen. »Mir kam er sehr gewissenhaft vor.«

»Anscheinend dachte er, ich wäre mit dir zurückgefahren.« Unsere Blicke treffen sich das erste Mal. Am liebsten würde ich sofort um Entschuldigung bitten, habe aber Angst, dass ich es damit noch schlimmer mache. Keine Ahnung, warum ich plötzlich die empathische Sensibilität einer Kettensäge habe. April verzieht den Mund, will vielleicht sogar etwas sagen, aber Lydia ist wie immer lauter als alle anderen.

»Wenn ich gewusst hätte, dass Einschleimen hilft, um im Wettbewerb zu bleiben, hätte ich mich auch mehr angestrengt.« Sie fuchtelt mit ihrem Messer herum, sodass Jada spontan ein Stück zur Seite rückt und sie ansieht, als hätte sie nicht mehr alle Buchstaben auf der Tastatur.

»Du hast doch freiwillig hingeschmissen«, wirft sie dann in den

Raum, was eine kurze Stille auslöst. Vermutlich frage nicht nur ich mich nach dem Grund, dicht gefolgt von der Tatsache, warum ausgerechnet Jada davon weiß und den irritierten Gesichtern zufolge sonst offenbar niemand.

Lydia wirft ihr einen mörderischen Blick zu, aber Jada antwortet trotzdem auf die sich in den schweren Holztisch brennende Frage. »Lydia meinte, sie wäre zu schlecht und würde sowieso nicht weiterkommen. Also hat sie mal wieder aufgegeben.« Sie lässt Lydias Mörderblick eiskalt an sich abprallen, verschränkt lässig die Hände vor der Brust und lehnt sich nach hinten. Als sie zu Lydia hinübersieht, wird ihr Gesicht sofort weicher, die energischen Kanten scheinen sich automatisch zu glätten.

»Ich hätte es auch nicht geschafft, das weiß jeder hier.« Lydia kaut auf der Innenseite ihrer Wange. »Ihr haltet mich doch alle für schlecht und oberflächlich.«

»Für schlecht keinesfalls«, beginnt Andy langsam.

»Nur für zu privilegiert. Du weißt gar nicht, wie gut du es hast, und gibst nur den Blick durch deine goldene Brille wieder.« Jada ist wesentlich direkter, womit Lydia offenbar nicht umgehen kann. Krachend schiebt sie ihren Stuhl nach hinten und macht mit ihrem dramatischen Abgang sogar Killian Konkurrenz.

Jada ringt mit sich, steht dann aber ebenfalls auf und folgt ihr. Ich sehe noch zur Tür, obwohl ihre hastigen Schritte bereits verhallt sind.

»Ihr könnt es auch spüren, oder?«, fragt Andy in die Runde und gemurmelte Zustimmung paart sich mit eifrigem Nicken. Offenbar ist Jadas Zuneigung nicht einseitig. Oder warum hätte Lydia ihr sonst vom freiwilligen Ausstieg erzählen sollen?

»Aber ich befürchte, sie hat sich Lydia nun endgültig zum Feind gemacht«, stellt Finley fest. »Mir würde das Angst machen.«

Ezra lacht auf. Er ist sonst so still, dass er allein mit diesem Lachen die Aufmerksamkeit auf sich zieht und sofort unter ihr zusammenschrumpft.

»Zumindest kann sie sich nicht bei der Bewertung rächen, weil sie schon ausgeschieden ist«, sagt Jackson und zuckt mit den Schultern. »Alles okay bei dir, Riley?«

Ich bin mir sicher, dass er dieselbe Tonlage wie bei seiner kleinen Tochter anschlägt. Die auch für meine Mum elterntypische Sorgenfalte zeigt sich auf seiner Stirn.

»Es ... geht schon«, antworte ich erstickt, weil mich seine Fürsorge rührt.

»Da Oscar nicht hier ist, übernehme ich mal seinen Job«, beginnt Peyton, und hier und da sehe ich ein leichtes Grinsen. »Wir haben alle das Recht, an diesem Vorentscheid teilzunehmen. Wir haben uns gemeinsam beworben, wir hatten denselben Start.«

Als wir ihr alle beipflichten, spüre ich endlich wieder die zuletzt vermisste Wärme in Gegenwart meiner Schreibfamilie. Ich schließe die Augen und genieße den Moment, weil ich das Gefühl so sehr vermisst habe. Peyton beugt sich zu mir und fährt so leise fort, dass nur ich sie hören kann: »Man kann es nie allen recht machen. Erinnerst du dich an Oscars Kommentar auf Lydias Textidee? ›Eine Heldin darf, nein, muss auch Abgründe besitzen, sie muss nicht lieb und freundlich sein und den ganzen Tag alle anlächeln und mit den Vögeln singen. Ecken und Kanten machen sie menschlich.‹«

Oscar ist so weise und sein Fehlen hinterlässt eine große Lücke in der Dynamik unserer Gruppe. Aber Peyton hat recht. Lydia hat es quasi selbst zugegeben, man muss auch kämpfen. Ich erinnere mich an mein Zögern bei der Bewertung der ersten Aufgabe. Vielleicht hätte ich mir doch drei Punkte zugestehen sollen. Immer mehr von uns werden ausscheiden, die Bewertungen der einzelnen Gruppenmitglieder werden so stets gewichtiger.

»Danke«, sage ich leise.

Peyton winkt ab. »Ich muss in meinem Job ständig die Zähne zeigen.« Sie greift nach ihrem Glas und kippt den Inhalt in einem Zug hinunter.

»Wir sollten gehen, Professorin Seymour ›liebt Pünktlichkeit‹«, sagt April und entfernt sich vom Tisch. Das Knarren und Schaben der Stühle dröhnt durch den Speisesaal. Auch ich stehe auf und folge den anderen.

Mit einem Gefühl zwischen nervösem Kribbeln und Magenschmerzen trete ich auf den Flur und werfe verstohlene Blicke zu meinen Schreibbuddys. Jackson zwinkert mir zu, als er mich ertappt. Andy lächelt – wie auch April. Mein Herz pumpt schneller, ich nehme all meinen Mut zusammen und trete neben sie.

»Hast du eine Minute, April?« Schon diese Frage klingt nach einem Flehen, mein Brustkorb fühlt sich wie in ein Korsett gezwängt an. Erst Aprils Nicken lässt mich wieder freier atmen.

Jackson wirft ihr einen fragenden Blick zu und wartet ihr bestätigendes Nicken ab. Bevor er davongeht, tätschelt er ihr noch die Schulter.

Wir warten schweigend, bis alle im Konferenzraum verschwunden sind. Mein Puls rast wie am ersten Tag am College. So viele fremde Menschen, so viele undurchschaubare Gesichter – und dann Zoe, die mich aus meiner Erstarrung geholt hat. Auch wenn ich kurz vor einem Herzinfarkt stand, weil sie mir hinterrücks eine Hand auf die Schulter gelegt hat.

Ich wische mir die schweißnassen Handflächen an der Jeans ab. April wartet geduldig, bis ich mehrmals tief Luft geholt habe. Erst dann schaffe ich es, meinen Blick auf sie zu richten, sie direkt anzusehen.

»Es ist unverzeihlich, was ich gesagt habe.« Meine Augen brennen. »Ich hab nicht mitgedacht, mich nicht in dich hineinversetzt, obwohl ich immer dachte, dass dies eine meiner positiven Eigenschaften wäre.« Ich lache auf, was mehr nach einem Schluchzen klingt. Ich blinzle mehrmals, will die Tränen zurückhalten. »Es tut mir so leid, April. Ich wollte dich nie verletzen oder dich diskriminieren.« Ich ziehe die Nase hoch, fahre mir mit dem Handrücken darüber.

April sagt nichts. Ihre Mimik ist absolut reglos, obwohl ein Sturm in ihren Augen tobt. Meine Schultern sacken nach unten, ich spüre, wie mich die Kraft verlässt. Ich habe tatsächlich gehofft, dass sie mir verzeihen könnte. Auch wenn es abgrundtief dämlich war. Mit gesenktem Kopf wende ich mich von ihr ab und gehe auf den Konferenzsaal zu.

»Riley.« Allein bei der Nennung meines Namens durchfährt mich ein Energiestoß und schon im nächsten Moment habe ich mich wieder zu ihr umgedreht. Ich spüre ein leichtes Zupfen am engen Korsett und halte den Atem an, verbiete mir jegliche Hoffnung.

April sieht mich mit ernstem Gesicht an. Sie schluckt. »Du hast mich verletzt.« Ihre Stimme klingt rau, fährt mit Krallen durch meine Brust. »Aber …«

Ich hebe die Lider, habe gar nicht bemerkt, dass ich die Augen geschlossen habe.

»… du hast mich nicht verletzt, weil du nicht an den Rollstuhl gedacht hast.« Sie verzieht das Gesicht.

Ich weiß nicht, ob sie es sagt, um mich zu beruhigen – obwohl ich das nicht verdient habe –, oder ob sie es tatsächlich so meint.

»Bei dir habe ich vom ersten Moment an das Gefühl gehabt, dass du mich nicht in irgendeiner Form bemitleidest. Du hast mich behandelt wie alle anderen.« Sie macht eine lange Pause, mein Herz hämmert wild gegen meine Rippen. »Deshalb hat mich am meisten verletzt, dass du mir zutraust, bei diesem Wettbewerb zu manipulieren, weil du mir dadurch das Gefühl gegeben hast, dass ich das vielleicht müsste.« Sie blinzelt schnell, eine Träne schiebt sich aus ihrem Augenwinkel. »Ich hätte nie geglaubt, dass du mich so einschätzt.« Sie schluckt hart und wischt sich dann mit dem Ärmel ihres Shirts die Tränen von den Wangen. »Sofort sind meine alten Zweifel zurückgekommen: *Du wirst es nicht schaffen, das kriegst du nie hin.*« Pure Verbitterung lässt ihre Stimme tiefer klingen. »Die Unterstellungen, ich hätte einen …«, sie zeichnet Gänsefüßchen in die Luft, »Mitleidsbonus und nur damit die Auszeichnung zur Buchhändlerin des Jahres bekommen. Oder die ständigen Sprüche, dass ich etwas ›trotz meiner Behinderung schaffe‹, anstatt einfach anzuerkennen, dass ich gut bin, in dem, was ich tue.« Sie holt zitternd Luft, ihre Finger krallen sich an den Armstützen fest.

Ich mache instinktiv einen Schritt auf sie zu, will sie in den Arm nehmen, sie trösten, aber etwas hält mich zurück. Stattdessen trete ich wieder einen Schritt nach hinten, um ihr in die Augen sehen zu können, und sage das Einzige, das mir in den Sinn kommt: »Du bist mit Abstand die talentierteste Autorin in unserer Gruppe. Und garantiert die engagierteste Buchhändlerin, die das ganze Königreich je gesehen hat. Daran darfst du nie zweifeln.« Tränen rollen nun unaufhaltsam meine Wangen hinab. Schlimmer als beim Lesen irgendwelcher Sick Lit. Ich schaffe es nicht einmal mehr, sie verstohlen zu verbergen.

April schafft es ebenso wenig. Dann stößt sie ein unerwartetes Schnaufen aus, streckt mir die Arme entgegen und sagt: »Nun komm schon!«

Noch mehr Tränen kullern und ich falle ihr stürmisch in die Arme. April drückt mich fest an sich, schnieft an meiner Schulter und flüstert gebrochen: »Mach so etwas nie wieder.«

»Ich schwöre.«

»Meine Damen …«

Wir schrecken hoch und ich drehe mich zu der strengen Stimme um. Professorin Seymour steht – entgegen jeder Erwartung – mit einem wissenden Lächeln an der geöffneten Tür zum Konferenzraum. Hastig setzen wir uns in Bewegung. Ich will April gerade in den Raum folgen, da hält die Professorin mich zurück.

»Ich weiß nicht, was zwischen Ihnen vorgefallen ist, und ich will es auch gar nicht wissen.« Sie hebt beschwichtigend die Hand, als ich den Mund öffne. »Aber bewahren Sie sich die Emotionen für Ihre Texte.«

Weiter sagt sie nichts, doch ich höre die unausgesprochene Kritik heraus. *Mehr Emotionen, Riley!* Einer meiner größten Fehler, der mir durchaus bewusst ist. Ich schlucke und nicke, dann lässt sie mich ziehen.

Meine Freundin sieht nicht aus, als hätte sie eben noch geweint, wohingegen ich mir vorkomme wie beim stärksten Pollenflug. April lächelt mich strahlend an wie eh und je und gibt mir ein Zeichen, mich neben sie zu setzen. Dankbar nehme ich das Angebot an.

Ezra sieht lange zwischen ihr und mir hin und her. Ich kann nicht genau sagen, was er denkt. Er könnte hoffen, dass ich sein Geheimnis niemals ausplaudern würde, genauso gut könnte er mich gerade in Gedanken verfluchen. Ich glaube optimistisch an Ersteres und nicke ihm mit einem Lächeln zu. Ezra presst die Zähne zusammen und schaut demonstrativ weg.

Professorin Seymour bittet Natalia, die Mappen zu verteilen, ehe sie mit dem Hammer herausrückt: »Die Jury hat Ihre Arbeiten bereits bewertet und war sich einig. Die verbliebene vierte Stimme, die sich aus Ihren Bewertungen zusammensetzt, kann nichts mehr am Ergebnis dieser Runde ändern, daher steht bereits fest, wer ausscheiden wird.«

Ich bin nicht die Einzige, die aufkeucht, während Natalia mit den Mappen herumgeht und sie vor uns ablegt. Ich habe mich noch nicht emotional auf eine Entscheidung vorbereitet, ich …

»Ms Madows«, beginnt die Professorin und mein Herz setzt gefühlt ein paar Schläge aus. Ich versuche zu atmen, während sich Professorin Seymours Blick in meinen bohrt: »Eine großartige Leistung, Spannung liegt Ihnen offenbar.«

Wie können Schock und Erleichterung so nah beieinanderliegen? April tätschelt mir den Arm und flüstert Glückwünsche, ich selbst bin unfähig zu reagieren, blinzle nur träge, während Natalia eine der Mappen vor mir auf den Tisch legt.

»Dasselbe gilt für Sie, Ms Thorne. Weiter so.« Die Professorin lächelt April zu, die strahlend zurücklächelt und ein »Danke« haucht.

Wir greifen uns an den Händen wie zwei kleine Kinder. Ich freue mich so wahnsinnig für sie und hoffe, das Lob der angesehenen Professorin löscht ein paar ihrer Zweifel aus, die wohl zum Schreibjob gehören wie mehlige Hände zu einem Bäcker.

»Mr Phillips, Mr Morris.« Professorin Seymour sieht von Ezra zu Jackson, ihr Lächeln weicht von ihren Lippen. »Leider war bei Ihnen das Gegenteil der Fall, sodass die Jury entschieden hat, Sie heute beide aus dem Wettbewerb zu nehmen.«

Jacksons Augen weiten sich nur kurz, dann nickt er, als wäre ihm das bereits klar gewesen. Ich hingegen bin bestürzt. Während er sich unter den erdrückenden Mitleidsbekundungen windet, öffnet Ezra den Mund, um etwas zu sagen, doch er bekommt kein Wort heraus. Natalia legt die letzte Mappe vor Jada ab. Lydia greift sofort neugierig danach und klappt sie auf.

»Trotz des vorzeitigen Ausscheidens ist Ihrer aller Meinung für die Gesamtbewertung von Bedeutung, weshalb wir die Arbeiten von Mr Phillips und Mr Morris nicht aus den Mappen genommen haben. Auch die Stimmen von Mr Phillips und Mr Morris, die erst nach dieser Runde offiziell ausgeschieden sind, fließen noch mit ein. Bitte geben Sie Ihre Bewertungsbögen spätestens heute Abend ab.«

Ich höre ihre Stimme von ganz weit entfernt, während ich Ezra beobachte, der inzwischen lächelt. Farbe kehrt in sein Gesicht zurück und er wirkt völlig entspannt, während er sich zu Andy beugt und mit ihm spricht. Andy wirkt weit trauriger über Ezras Ausscheiden als Ezra selbst.

»Es ist okay«, beruhigt er Andy ohne jegliches Stottern oder auch nur die kleinste Verzögerung. »Ich bin nicht für diesen Druck gemacht.« Er hält inne. »Mein Text hatte wahrscheinlich weniger Spannung als deine Kussszenen.«

Andy klopft ihm mit einem Lachen auf den Rücken, dann sieht er zu Jackson, der bemüht lässig mit den Schultern zuckt. »Es war verdient. Wenn ihr da drin«, er klopft auf die Mappe vor sich, »eine Geschichte findet, die höchstens Zweijährigen eine Gänsehaut beschert, dann ist das meine. Ich vermisse Chelsea«, fügt er hinzu, die Augen voller Sehnsucht.

»Mr Morris, Sie beeinflussen doch nicht etwa die anderen Teilnehmenden?« Die Mundwinkel der Professorin zucken und mildern so die strenge Stimme.

»Niemals!«, erwidert Jackson und schüttelt den Kopf.

»Dann kommen wir zur nächsten Aufgabe. Das Angebot, weiterhin am Writer's Retreat teilzunehmen, gilt natürlich auch für Sie beide.« Professorin Seymour wartet ab, bis Ezra und Jackson nicken. »Das dritte Thema lautet ›Die andere Seite‹. Wir erwarten von Ihnen allen, dass Sie uns eine Ihrer Textideen aus der Sicht des Antagonisten oder der Antagonistin schildern. Auf maximal einer Seite. Sie haben Zeit bis morgen um zwölf Uhr. Achten Sie insbesondere auf die Motivation und die damit verbundenen Gefühle.«

Meine Synapsen feuern sofort los, ich kann sie praktisch zischen hören – oder ist das eher Jadas ersticktes Aufkeuchen? Peyton hat bereits ein Denkergesicht aufgesetzt, Andy streift sich über den Bart. Finley und April hingegen starren ins Leere. Vermutlich sehe ich beim Denken genauso aus, den Blick in die Ferne gerichtet, um die Bilder besser erkennen zu können.

»Nun los!« Professorin Seymour klatscht in die Hände und ich schrecke auf.

April blinzelt, als wäre sie gerade aufgewacht, greift dann aber wie ich nach der Mappe mit den Texten. »Kommst du mit in die

Bibliothek?«, fragt sie mich, als ich meinen Stuhl zurück an den Tisch schiebe.

»Es gibt eine Bibliothek?«

April seufzt mit verträumtem Blick auf. »Sie ist wunderschön. Ich würde am liebsten dort einziehen.«

Jada, Peyton, Lydia und Andy schließen sich uns an. Finley murmelt etwas von »Berufskrankheit, Arbeiten nur ungestört bewerten zu können«, und geht in Richtung Eingangshalle, Jackson und Ezra tappen ihm wortlos hinterher.

Noch bevor ich über die Schwelle getreten bin, schließe ich mich Aprils Meinung an. Der Geruch Tausender Bücher dringt aus der Bibliothek, deren fensterlose Wände komplett von Regalen bedeckt sind. Dunkel lasierte Holzsäulen mit kunstvollen Schnitzereien tragen die Galerien, die sich über unseren Köpfen treppenartig versetzt mehrere Etagen in die Höhe schrauben und mir das Gefühl vermitteln, winzig klein zu sein. Unter der gewölbten Decke verbreitet ein ballsaalwürdiger Kristallkronleuchter ein warmes Schimmern, im Zentrum des Raums befinden sich dunkelrote Lesesessel mit kleinen Beistelltischen, auf denen altmodische Lampen mit roten Schirmen ein sanftes Licht verströmen.

»So ging es mir beim ersten Mal auch«, flüstert Jada andächtig.

Warum habe ich diesen wundervollen Ort nicht schon eher entdeckt? Wir sind eine Schreibgruppe! Die Bibliothek hätte gleich im ersten Gespräch Thema sein müssen. Ich drehe mich um die eigene Achse, mein Blick klettert die ansteigenden Galerien empor und ich versuche abzuschätzen, wie viele Bücher hier stehen. Zehntausende? Hunderttausende?

Im Erdgeschoss entdecke ich schließlich eine Vitrine und gehe wie ferngesteuert darauf zu.

Eine kleine Notiz an der Glasscheibe bittet darum, die Erstausgaben mit dem nötigen Respekt zu behandeln und immer wieder zurückzustellen. Beinahe ehrfürchtig lege ich meine Hand auf das kühle Glas, das Schätze wie *Stolz und Vorurteil*, *Jane Eyre* oder *Herr der Ringe* enthält.

»Ich glaube, es war eine schlechte Idee, dich hierherzubringen, wenn du keine Zeit zum Stöbern hast, sondern eine Aufgabe erfüllen musst.« April ist plötzlich neben mir und tippt auf die Mappe in meiner Hand. »Wir sitzen da drüben und lesen gerade alle Manuskripte, bevor wir – jeder für sich – die Bewertung abgeben. Erst danach diskutieren wir über die Arbeiten, damit niemand beeinflusst wird.«

Ich sehe über ihre Schulter hinweg zu den anderen, die sich bereits auf die Lesesessel verteilt haben und in die Texte eingetaucht sind.

Als ich an Aprils Seite bei ihnen ankomme, fragt Andy gerade: »Wer von euch war so streberhaft und hat mehrere Texte abgegeben? Jetzt müssen wir noch mehr lesen.«

Es klingt wie ein Vorwurf, weshalb ich mich gezwungen fühle, mich zu entschuldigen. »Sorry, das war dann wohl ich«, sage ich und setze mich auf einen der freien Sessel.

»Mehr als zwei?«, fragt Jada, während sie die zusammengehefteten Blätterstapel auf ihrem Schoß sortiert.

»Gott, nein«, erwidere ich und ernte für mein schockiertes Gesicht einige Lacher. »Nur die beiden haben mich schon alle Nerven gekostet.«

Jada zählt die Arbeiten ab. »Dann hat noch jemand außer dir zwei Texte abgegeben.« Sie fängt die Blicke der anderen ein, doch offenbar war es niemand aus dieser Runde – oder die betreffende Person traut sich nicht, es zuzugeben.

Ich ziehe das erste Manuskript aus der Mappe, beginne zu lesen – und eine Gänsehaut erfasst mich.

Die Höhle

Mit jedem Schritt greifen die Wände mehr nach ihr, zerren an ihrer türkisfarbenen Jacke, streifen die ausgewaschene Jeans. Das kleine Leuchten, das ihr Handy zustande bringt, vermag die Finsternis nicht zu verdrängen, die wie Tinte aus jeder Nische sickert. Sie ist allein, abgeschnitten von den anderen, während das Wasser ihr unaufhaltsam folgt.

17

Wort für Wort trommelt mein Herz fester gegen die Rippen, als wollte es ausbrechen. Ich bin wieder zurück in der Höhle, spüre die Last aus Tonnen Gestein über mir, sehe den steigenden Wasserpegel. Die Hauptfigur trägt meine türkisfarbene Jacke und eine ausgewaschene helle Jeans – genau wie ich heute Morgen.

Die Umgebung vor mir – alles jenseits des weißen Papiers und der schwarzen Buchstaben – verblasst, während die Figur immer panischer durch das Höhlenlabyrinth rennt. Doch damit nicht genug. Eisige Kälte kriecht mir durch die Glieder, als ich zum Ende komme.

Das Wasser dringt immer weiter hinauf. Sie presst sich mit dem Rücken gegen die kalte Höhlenwand, versucht, der Flut zu entkommen. Ihr Blick folgt dem hektisch tanzenden Licht der Handytaschenlampe. Doch es gibt keinen Ausweg. Sie ist gefangen. Eine traurige Gewissheit legt sich betäubend über sie. Sie spürt nicht einmal mehr, wie das Wasser in ihre Schuhe schwappt, sich in ihre Jeans saugt und unaufhaltsam nach oben klettert.

Noch eine letzte Nachricht. Ein Abschied an ihre Eltern und ihre Schwester, in der Hoffnung, dass ihre Leiche gefunden wird und das Handy tatsächlich so wasserdicht ist, wie die Werbung behauptet. Tränen verzerren den Text, den sie mit zitternden Fingern tippt. Dann schaltet sie das Gerät aus, bleibt in völliger Dunkelheit zurück. Allein. Vollkommen allein. Sie öffnet den Reißverschluss ihrer Jackentasche und steckt das Handy hinein, damit es nicht weggeschwemmt wird und ihre letzte Botschaft für immer verloren geht. Etwas knistert in der Tasche. Sie tastet danach, bunte Bilder der Erinnerung durchschneiden die Dunkelheit. Erinnerungen an ihre Großmutter, die ihr immer knisternde goldfunkelnde Süßigkeiten geschickt hat. Sie würde sie bald wiedersehen. Mit dem Geschmack von Schokolade, Nüssen und Nougat auf der Zunge wird sie vom Wasser umschlossen.

Das Manuskript fällt mir aus der Hand. Mein Atem geht hektisch, meine Gedanken rasen so laut, dass es in meinen Ohren rauscht. Wie kann jemand von den Ferrero Rocher in Grandmas Paketen wissen? Ich habe die goldenen Kugeln nicht einmal erwähnt, als ich die Pakete in Amandas Charakterbogen als liebste Kindheitserinnerung eingetragen habe.

»Du kennst diese Leute doch gar nicht. Jemand von ihnen könnte ein Serienkiller sein.« Mums Angst meldet sich, ihre übertriebene Sorge.

Aber was, wenn sie recht hat? Ein kleiner, naiver Teil von mir hat bisher tatsächlich geglaubt, dass die Details über meinen Pyjama und die Schlafgewohnheiten ein Zufall waren, das Ergebnis eines kreativen Geistes. Aber das? Es gibt niemanden hier, der von Grandma wissen kann und dass sie Bree und mir immer Süßigkeitenpakete mit den Goldkugeln geschickt hat. Oder dass Bree überhaupt existiert. Waren Geschwister irgendwann mal Thema in der Gruppe? Ich versuche, mich zu erinnern, und bin mir ziemlich sicher, dass ich Bree nie erwähnt habe. Aber vielleicht lähmt auch die Sorge meine Denkfähigkeit. Ich bin wie erstarrt. Die Figur in der Geschichte ist gestorben, und auch wenn ich überdramatisiere, den Unterschied zwischen Realität und Fiktion gut kenne, kriecht mir Angst durch die Glieder. Sie setzt sich unterhalb meiner Brust fest, fährt ihre Krallen aus, sorgt für ein unkontrolliertes Zittern am ganzen Körper.

»Riley! Ist alles in Ordnung?« Jemand rüttelt an meinem Arm. »Riley, du musst atmen!« Jada hört nicht auf, mich aus der Angst zu rütteln, das Biest mit seinen Krallen zu vertreiben. Ich blinzle sie an, nehme wie durch einen Schleier wahr, dass sie sich auf Augenhöhe zu mir gebeugt hat, übertrieben tief ein- und ausatmet. Mein Körper schreit nach Sauerstoff. Mein Herz pumpt und pumpt vergeblich, mit jedem Pulsschlag kontrahiert mein Bauch, presst letzte Reserven durch meinen Körper. Es folgt ein harter Schlag auf den Rücken und einem Aufschrei gleich ziehe ich rasselnd die fehlende Luft in die Lunge.

»Gut gemacht, April!«, sagt Jada und wendet den Kopf zur Seite. Ich folge ihrem Blick zu April, die sich mit tiefen Sorgenfalten auf der Stirn ein Lächeln abringt.

»Danke!«, hauche ich, mehr geht noch nicht, auch wenn die Panik langsam nachlässt.

Jada bückt sich neben der Lehne und sammelt das heruntergefallene Papier auf. Sie reicht es mir, doch ich weiche zurück.

Stirnrunzelnd sieht Jada auf das Blatt hinab, dann zu mir. »Dein Text ist echt gut«, sagt sie und nickt anerkennend. Ehe ich erwidern kann, dass es nicht mein Text ist, sagt April neben mir: »Auf die Szene mit dieser knisternden Süßigkeit hättest du aber verzichten können, kommt mir unnötig vor. Das Spannungslevel war davor so hoch und ein offenes Ende wäre meiner Meinung nach interessanter gewesen.«

Ich schaudere. Der letzte Abschnitt ist wirklich unnötig für die Spannungsaufgabe, aber notwendig, damit ich erkenne, dass irgendjemand aus meiner Schreibfamilie mehr über mich weiß, als ich bis jetzt freiwillig preisgegeben habe. Mein Blick irrt von Jada zu April, hinüber zu Peyton, Lydia und Andy, die ebenfalls von ihren Sesseln aufgestanden sind und mich anstarren. Hat jemand von ihnen den Text verfasst? Wer schreibt gezielt über mich, weiß mehr, als er oder sie wissen sollte? Und aus welchem Grund? Ich kann ja schlecht nachfragen. Wer solche Psychospielchen spielt – und offenbar schon im Vorfeld über mich recherchiert hat –, wird wohl kaum wahrheitsgemäß darauf antworten.

Mein Kopf brummt wie bei einem fiesen Kater. Und mir ist ungefähr genauso übel. Ich dachte, ich kenne diese Menschen, nachdem ich mich mehr als ein Jahr lang mit ihnen über alles Mögliche ausgetauscht habe. Wir haben gechattet, gejammert und uns gegenseitig aufgebaut. Die Gruppe hat mir mehr bedeutet als so manche belanglose Freundschaft. Doch gerade online ist es verdammt schwer, jemanden einzuschätzen. Der Schleier des Internets verhüllt weit mehr als jede Maske, die man sich im realen Leben aufsetzen kann. Internet-Stalking wird zurecht inzwischen strafrechtlich verfolgt.

Krimi-Plot. Der Fall: Cyberkriminalität. Die Ermittlerin sammelt Indizien, scheitert, findet dann die Lösung, die so naheliegt.

Ich springe auf, Jada weicht zurück, landet auf dem Hintern und beschwert sich lautstark. Ich murmle eine Entschuldigung, renne dann ohne eine weitere Erklärung aus der Bibliothek, die langen Flure entlang direkt zum Arbeitszimmer von Professorin Seymour. Ich klopfe, öffne dann aber ungeduldig die Tür.

Natalia sitzt bleich vor Schreck am Schreibtisch vor dem geöffneten Laptop, der mit Superheldenstickern zugekleistert ist. Das irritiert mich so sehr, dass ich vergesse, etwas zu sagen.

»Ms Madows, so stürmisch heute?«, fragt sie mich und klappt peinlich berührt den Laptop zu, als hätte sie darauf Netflix geschaut, anstatt zu arbeiten. Ich kenne das nur zu gut.

»Einer der eingereichten Texte … Ich muss wissen, wer ihn geschrieben hat«, keuche ich. Erst langsam komme ich wieder zu Atem.

»Das ist unmöglich.« Natalia sieht mich mit großen Kulleraugen an. »Die Bewertung ist anonym und …«

»Kann ich mit Professorin Seymour darüber sprechen?« Ich sehe mich um, als hätte sich die Professorin hinter einem Schrank versteckt.

»Sie hat das Anwesen gerade verlassen.«

Wenn das Karma ist, habe ich offenbar etwas Schlimmes angestellt, verdammt!

»Wann kommt sie denn wieder?«

»Sie ist auf dem Weg nach London zu einer Besprechung der *British Writers' Association* und kehrt erst morgen zurück.«

So lange kann ich nicht warten. Schnell reibe ich die Gänsehaut auf meinen Unterarmen weg. »Können Sie sie irgendwie kontaktieren?«

»Das schon, aber …«

»Bitte sprechen Sie mit Professorin Seymour darüber. Vielleicht könnte sie für mich eine Ausnahme machen. Es …« *geht um Leben und Tod? Unter uns ist vielleicht ein irrer Stalker und ich habe Angst?* »… ist sehr wichtig«, sage ich mit hoffentlich genug Nachdruck.

Natalia nickt. »Ich werde sehen, was ich tun kann.« Es klingt nicht gerade überzeugend, aber sie weiter zu bedrängen würde sicher auch nicht mehr bringen.

Ich schließe die Augen, atme tief durch und lasse Hoffnung in mich strömen. »Vielen Dank.«

Sie nickt mir zum Abschied zu und ich wende mich zum Gehen. Jenseits der Tür höre ich Schritte, doch als ich auf den Flur trete, ist niemand zu sehen.

Ich werde verrückt! Zahlreiche Google-Ergebnisse tauchen in meinem Kopf auf. Ich hätte das Thema nie recherchieren sollen. Wahnvorstellungen, Verfolgungswahn …

Am erschreckendsten waren die Fälle, in denen es keinen ersichtlichen Auslöser gab, der das Gehirn durchdrehen ließ. Mit geschlossenen Augen lehne ich mich neben der Tür an die Wand und überlege, was ich nun tun soll, tun kann. Ich beschließe, in meinem Zimmer zu warten, bis Natalia mit Professorin Seymour gesprochen hat – und mir hoffentlich eine positive Rückmeldung gibt, damit ich weiß, wer mir hier so übel mitspielt.

Ich sehe auf den weichen Teppich, der im Flur ausgelegt ist und mich in die Eingangshalle führt. Das Design irritiert mich, weil ich in den leicht dunklen Schnörkeln kein Muster, keinen Rhythmus erkennen kann.

Noch bevor der Teppich endet, höre ich Lydias Stimme: »Wenn ich es euch doch sage! Ich habe Riley selbst gehört.«

Ich bleibe stehen, egal, wie unhöflich Lauschen ist. Offenbar waren es Lydias Schritte, die ich durch die Bürotür wahrgenommen habe. Doch die Erleichterung, dass ich nicht verrückt bin, hat keine Zeit, sich auszubreiten.

»Riley hat um Offenlegung gebeten, weil sie manipulieren will.«

Was? Warum sollte ich das tun?

»Warum sollte sie das tun?«, spricht Andy meine Gedanken aus.

Lydia muss mir gefolgt sein und hat mich dann belauscht.

»Das weiß ich doch nicht«, ätzt sie.

Ich wage es, in die Eingangshalle zu spähen. Nicht nur die Gruppe aus der Bibliothek sitzt auf den Sofas und Sesseln verteilt, sondern alle. Aber wer von ihnen hat die Texte über mich verfasst?

»Sie hätte doch keinerlei Vorteil davon, wenn sie wüsste, wem die anderen Texte gehören. Ihre eigenen kennt sie und kann sie mit der Höchstpunktzahl bewerten wie wir alle. Mehr *Manipulation* ist im Wettbewerb nicht möglich.« April spricht wie immer ruhig und gelassen, ihr Schluss klingt logisch, auch wenn sie mir damit unterstellt, nicht objektiv zu sein.

»Dann vielleicht zur … Sabotage?« Ezras Stimme klingt rau. Er muss nervös sein, wenn er ins Stocken gerät. Hat er bereits mit den anderen gesprochen? Oder fällt es niemandem auf? »Sie k… könnte dir absichtlich keinen Punkt geben, um sich einen Vorsprung vor dir zu sichern.«

Das würde ich nie machen!

Sag es ihr, April!

Doch April schweigt. Genau wie die anderen. Lydia gibt nicht auf, bittet nun Peyton und Andy um ihre Meinung zu meiner »gelungenen Selbstinszenierung« und dem »gezielten Flirt mit der Jury«.

Killian.

»Wo steckt eigentlich Jackson?«, fragt Peyton, anstatt auf die Vorwürfe zu reagieren, und ich bin ihr dankbar für die Ablenkung.

»Er hat in die Gruppe geschrieben, dass er zurück zu Chelsea fährt«, antwortet Andy. Ich kann seine Enttäuschung praktisch vor mir sehen, die auch auf mich überschwappt. Jackson war so freundlich, ein Ruhepool – oder gut darin, sich zu verstellen? Abgesehen davon, dass Jackson alleinerziehender Vater ist, weiß ich seit Kurzem nur, was er beruflich macht. Wie sehr ich es auch versuche, ich kann meinem Hirn keine weiteren privaten Details entlocken. Ich kenne seinen Schreibstil gut, der sehr jugendlich klingt und – wie er heute Morgen selbst gesagt hat – oft in eine kindliche Erzählweise rutscht, aber ansonsten? Mein Gehirngoogle spuckt keine weiteren Ergebnisse aus, aber etwas in mir sperrt sich dagegen, ihn zu verdächtigen.

»Jackson ist weg?«, fragt Lydia, obwohl sie sich ständig mit ihm in den Haaren hatte. »Dann bekommt er wenigstens nicht mit, wie hier sabotiert wird.«

»Lass es gut sein, Lydia«, meint Jada. Es klingt aber eher, als würde sie es aus Prinzip sagen, nicht, weil sie vom Gegenteil überzeugt ist.

Was mich wütend macht. Und gleichzeitig traurig. Ich habe die YTA-Bewerbung für unsere Gruppe initiiert, nachdem uns Oscar darauf aufmerksam gemacht hat. Ich habe alles dafür getan, dass wir es hierher schaffen, habe die Textproben von den anderen gesammelt, korrigiert und eingereicht.

Gleichzeitig schleicht sich die Überlegung ein, wie ich eigentlich online rüberkomme. Ich mache weder aus meinen Helikoptereltern ein Geheimnis noch aus anderen privaten Details – wie meinen Schlafgewohnheiten. Wie kann mir meine Schreibfamilie dann so etwas unterstellen? Wie können die anderen ausgerechnet Lydia glauben, die vom ersten Tag an nur stichelt? Passt das tatsächlich in das Bild, das sie von mir haben?

Feige, wie ich offenbar bin, ziehe ich mich völlig verunsichert zurück, gehe zur Bibliothek, um die Manuskripte für die Bewertung zu holen. Jemand – vermutlich Jada – hat sie sorgfältig in die Mappe gesteckt und auf den Beistelltisch neben meinen Sessel gelegt. Ich lasse mich darauf sinken, kann mich aber kaum auf die Sätze konzentrieren. Die Vorwürfe kreisen in meinem Kopf herum und meine Gedanken driften immer wieder ab. Jacksons Text ist leicht zu identifizieren, er klingt wie eine Gruselgeschichte für Kinder im Vorlesealter. Einfache Beschreibungen, ein zarter Spannungsbogen, für Erwachsene zu vorhersehbar. Aber egal, wie oft ich die anderen Texte durchgehe, ich kann sie nicht zuordnen. Der Stil in den spannenden Szenen ist oft gleich. Kurze Sätze, die das Tempo beschleunigen. Abgesehen von Jacksons Text könnten alle von ein und derselben Person stammen, was mir kein bisschen weiterhilft. Technisch sind alle gut, auch die Kindergruselgeschichte. Ich gehe also nach meinem Bauchgefühl, gebe mir selbst zuerst keine Punkte – streiche dann jedoch alles durch und bewerte realistisch. Ich habe es verdient! Nur weil mir jemand ein schlechtes Gewissen einreden will, bin ich nicht wirklich schlecht und muss mich zurückhalten. Zwei Punkte für mich.

Ich lasse die Manuskriptmappe in der Bibliothek zurück und werfe den Bewertungsbogen in die Sammelbox. Natalia ist nicht da, ich kann weiterhin nur hoffen, dass sie die Professorin kontaktiert.

Weil die anderen immer noch in der Eingangshalle sitzen und ich nicht an ihnen vorbeigehen will, folge ich dem langen Flur zurück. Von jedem Flügel aus gibt es einen Ausgang in den Garten und ich beschließe, nach draußen zu gehen, um dort vielleicht etwas zur Ruhe zu kommen.

Wie konnte dieser Wettbewerb, ein Schritt in Richtung der Erfüllung meines Traums von einer Veröffentlichung, nur derart eskalieren?

Wandlung

Literarische Hauptfiguren haben einige Hürden zu meistern, ganz gleich, wie sehr sie dem »Ruf des Abenteuers« zu entkommen versuchen, der die Geschichte in Gang setzt. Sie rennen oft in die falsche Richtung, voller Angst und Unglauben über das, was von außen auf sie eindringt – ob sie es wollen oder nicht. Sie müssen den Druck akzeptieren, der ihnen auferlegt wird, müssen ihm standhalten und erkennen, wie stark die Gegenseite ist, um die eigenen Schwächen auszumachen und den Tatsachen ins Auge zu sehen. Das gilt sowohl für die Heldinnen und Helden als auch für die antagonistische Kraft.

Mein Blick gleitet ein letztes Mal über die Gruppe, über diese Einheit, die sich geschlossen immer weiter von Riley distanziert. Sie ist allein, fühlt sich isoliert. Worte können um so vieles verletzender sein als Waffen.

Schnell wende ich mich ab, damit niemand das unwillkürliche Lächeln auf meinen Lippen sehen kann.

Es ist Zeit für den nächsten Schritt.

18

Ich atme zum ersten Mal an diesem Tag tief durch. Das konstante Sirren der Bienen, der betörende Geruch der blühenden Rhododendren, meine gleichmäßigen Schritte auf dem weichen Mulch … Ich komme endlich zur Ruhe, habe Zeit, zu reflektieren und ohne das Korsett aus Sorge und Mums Ängsten über meine Situation nachzudenken. Apropos Mum. Ich bleibe an einer Weggabelung vor einem ausladenden Gebüsch stehen und ziehe mein Handy aus der Tasche. Die Nachrichten in meinem Posteingang wurden im Laufe des Tages immer drängender, weil ich meiner Mutter auf ihre Rückfrage nicht geantwortet habe, ob das Essen geschmeckt hat, von dem ich ihr berichtet habe. Die letzte lautet:

Schatz, melde dich bitte oder ich drehe hier durch. Ist etwas nicht in Ordnung?

Kurz frage ich mich tatsächlich, ob Mum einen sechsten Sinn hat, aber vermutlich kommt sie nur zu diesem Schluss, weil ich mich nicht noch einmal gemeldet habe. Also tippe ich eine Antwort.

Es ist alles okay. Wir haben nur viel zu tun. <3

Eine Lüge, aber ich kann mich jetzt nicht auch noch mit ihren Sorgen herumschlagen. Seufzend sende ich die Nachricht ab. Ein Rascheln direkt vor mir lässt mich vom Display aufschauen.

»Geht es dir gut, Riley?« Paul tritt zwischen den Büschen hervor, in der Hand einen gigantischen Bolzenschneider.

»Was machst du im Gebüsch?«, stelle ich die Gegenfrage. Ich hatte ihn nicht einmal bemerkt. »Und wo willst du einbrechen?« Ich deute auf das Werkzeug.

Paul lacht auf. »Der Riesen-Rhabarber wuchert zu schnell. Ich musste ein paar der Blätter abschneiden, damit er den anderen Pflanzen nicht das Licht nimmt«, sagt er und deutet über seine Schulter auf die riesigen grünen Blätter, die ungefähr so groß wie mein Torso sind. »Ich bin hier zwar nicht verantwortlich, kann aber nicht anders.« Sein Lachen wärmt mich, er ist voller Begeisterung dabei und so motiviert, wie ich es auch gern wäre. »Dahinter gibt es ein paar besonders empfindliche Orchideen und es wäre schade, wenn sie eingehen.«

Ich habe keine Ahnung, was er als Antwort erwartet, aber es tut gut, auf jemanden zu treffen, der mir nicht mit Vorsicht oder gar Ablehnung begegnet.

Sein Begeisterungssturm geht weiter. »Soll ich sie dir zeigen?«

»Sehr gern.« Ich klinge nicht gerade euphorisch, weshalb er zurückrudert und sein Gesicht ernst wird.

»Ich will dich zu nichts drängen. Tut mir leid, wenn das so rüberkam.«

»Nein, schon in Ordnung. Ich bin froh über jede Ablenkung.«

»Na dann, darf ich bitten?« Er macht eine halbe Verbeugung und deutet auf das Gebüsch. Mit einem Lächeln verlasse ich den Mulchweg.

»Hier ist es am besten.« Paul drückt vorsichtig ein Blatt beiseite und ich trete in den kleinen Dschungel. Hinter dem Riesen-Rhabarber wächst Bambus, den sogar ich erkenne. Paul hält mir auch hier den Weg frei und erklärt: »Die meisten Gärten in Cornwall wurden Mitte des 19. Jahrhunderts angelegt, von Adligen – wie der Familie Masters – oder Geschäftsleuten. Sie haben damals Pflanzenjäger in alle Welt ausgesandt, um Rhododendronsamen aus dem Himalaja oder Baumfarn aus Neuseeland nach England zu bringen.« Er deutet auf etwas, das ich als Palme bezeichnet hätte.

Wir umrunden die Nicht-Palme und mein Blick wird automatisch von den purpurroten Blüten angezogen, die neben einem Stapel abgetrennter Riesen-Rhabarberblätter wachsen.

»Das ist die Pyramiden-Hundswurz«, erklärt er stolz. »Eine der Orchideenunterarten, die hier im Garten gedeihen.«

»Wirklich wunderschön.« Ich gehe in die Hocke und streiche über die unzähligen kleinen Blütenblätter.

»Willst du mir erzählen, was los ist?«, fragt Paul in die erholsame Stille.

Ich erhebe mich und drehe mich zu ihm um, dabei wandert mein Blick über dieses kleine Ökosystem, das, umrundet von Baumfarn und Bambus, von außen nicht zu erahnen war. Irgendwie gleicht dieser Ort unserer Schreibgruppe. Ich blicke den geschäftigen Bienen nach, die von Blütenkelch zu Blütenkelch fliegen, dann auf den Stapel abgeschnittener Blätter des Riesen-Rhabarbers, dem man Einhalt gebieten muss, damit er nicht alles überwuchert und damit zerstört. Paul wartet geduldig.

»Ich habe mir das alles anders vorgestellt«, sage ich und ernte von Paul ein wissendes Nicken. »Die anderen waren über ein Jahr lang wie eine Familie für mich, sie waren immer da, wir haben einander geholfen und uns gegenseitig unterstützt, um besser zu werden.« Ich stoße meine Frustration in einem lauten Seufzen aus.

»Und jetzt?«

»Jetzt ist alles anders ... extremer«, überlege ich laut. »Es geht nicht einmal um den erwarteten Konkurrenzkampf, sondern um das Drumherum. Lydia zum Beispiel war auch online immer eine Diva, aber jetzt ist sie eine missgünstige ...« Ich schlucke das Schimpfwort hinunter, um mich nicht auf ihr Niveau zu begeben, aber Paul fischt es aus meinen Gedanken.

»Zicke?«, schlägt er vor und grinst.

»Ja«, grummle ich. »Sie behauptet tatsächlich, dass ich betrügen will.«

»Hast du das denn nötig?«, fragt Paul ohne jegliche Missbilligung und schafft es damit, dass ich mich viel tiefer auf mich selbst fokussiere. Die oberflächlichen Gedanken, die Wut über die haltlosen Vorwürfe sind hier und jetzt nicht wichtig.

»Nein«, antworte ich nach kurzem Nachdenken. »Und ich würde es auch nie tun. Aber es tut verdammt noch mal weh, dass die anderen so etwas überhaupt denken.«

»Hast du ihnen das gesagt?«

»Nein, habe ich nicht«, erwidere ich frustriert. »Ich bin gegangen und habe mich hier versteckt.«

Seine einzige Reaktion ist eine erhobene Augenbraue.

»Ja, ich weiß. Ich sollte reden und mich nicht einigeln. Das sagt Bree auch ständig.«

»Wer ist Bree?«

»Meine kleine Schwester.« Ich streiche Paul von meiner imaginären Liste der Verdächtigen, obwohl ich dachte, ihn bereits aussortiert zu haben. Aber es sind ja noch genügend Namen übrig.

»Du guckst so finster. Woran denkst du?«

Drei Herzschläge lang überlege ich, ob ich ihn einweihen kann, ihm erzählen soll, dass eine Person aus der Gruppe Texte über mich schreibt, aber ich entscheide mich dagegen. Vorerst. Ich hoffe noch immer, dass Natalia Professorin Seymour erreicht und die Erlaubnis bekommt, mir den Urheber oder die Urheberin des Höhlen-Textes zu nennen, damit ich die Person darauf ansprechen und gegebenenfalls wegen Stalkings anzeigen kann. Wobei mir Letzteres zu extrem vorkommt und eher nach Mum klingt als nach mir.

»Lydia sieht sich als Stimme der Gruppe, weil sie schon ausgeschieden ist«, sage ich stattdessen.

»Und vertritt sie denn die Meinung der anderen?« Paul hat ein Talent für die richtigen Fragen, um Klarheit zu schaffen.

»Ich weiß es nicht«, gebe ich zu. »Sie lässt die anderen zumindest zweifeln. Vom ersten Moment an hat sie mir unterstellt, dass ich mich bei Killian einschleime, weil er Juror ist. Dabei kannte ich ihn nicht einmal – im Gegensatz zu ihr.«

Auch wenn Paul versucht, seine Meinung über Killian zu verbergen, kann ich den missgünstigen Zug um seine Lippen erkennen, als sein Name fällt.

»Woher kennt sie ihn denn?« Paul tritt näher zu den Orchideen und zupft verblühte Pflanzenteile ab.

»Lydia kennt vermutlich jeden reichen Menschen in Großbritannien«, sage ich seufzend. »Zuletzt hat sie ihn angeblich auf der Siren, diesem Luxus-Kreuzfahrtschiff, bei einem Schreibworkshop getroffen.«

Paul wendet sich mir wieder zu. Nun steht unverhohlene Abneigung in seinem Gesicht. »Grandpa hat mir davon erzählt. Ms Masters konnte der Einladung nicht selbst folgen und hat Killian gebeten, mitzufahren und sie zu vertreten.« Er lacht bitter. »Den Job hat er nur gut gemacht, falls Ms Masters vorhatte, sich auf der Kreuzfahrt jede Nacht einen Gast mit in die Suite zu nehmen. Killian hat nicht ein einziges Mal beim Workshop vorbeigeschaut.«

Die bissige Frage, ob Pauls Grandpa denn auch dabei war, liegt mir auf der Zunge, doch ich verkneife sie mir.

»Du klingst wie Lydia.« Die Enttäuschung schwingt eindeutig in meinen Worten mit. Paul ist in allen Aussagen so neutral, fast tiefgründig. Aber sobald es um Killian geht, legt sich bei ihm ein Schalter um.

»Sorry«, er seufzt schwer. »Der noch geheime Gastjuror war übrigens einer der Vortragenden des Kurses«, lenkt er ab und packt mich gekonnt bei meiner Neugier.

»Du weißt also, wer es ist?«, frage ich und halte mein *»Sagst du es mir?«* gerade noch so zurück.

»Natürlich weiß ich das. Ich habe sogar sein Buch gelesen.« Paul zuckt herausfordernd mit den Brauen, will mich reizen, doch ich möchte den anderen nicht erneut um wichtige Informationen voraus sein. Das würde nur zu noch mehr Stress in der Gruppe führen und davon habe ich schon genug. Also bemühe ich mich, meine Neugier zu verbergen und zucke gelassen mit den Schultern.

»Wir werden ihn auch bald treffen.«

Paul nickt. »Morgen Abend beim Picknick.«

»Picknick? Habe ich etwas verpasst?«

»Der Empfang morgen Abend. Es ist nicht wirklich ein Picknick, niemand sitzt auf Decken am Boden und es gibt vermutlich mehr Servicepersonal als Gäste, aber Rose nennt es trotzdem so und verteidigt ihre Meinung vehement.« Er schüttelt lächelnd den Kopf, als erinnere er sich an etliche solcher Diskussionen mit der resoluten Hausoma Rose.

Mir hingegen graut schon davor, erneut zahlreiche fremde Menschen anlächeln zu müssen. Ich fühle mich zurzeit ganz und gar nicht nach lächeln, solange jemand weiterhin anonym Texte über mich schreibt.

Die Stille zwischen uns ist kein angenehmes Schweigen mehr. Paul reibt sich den Nacken.

»Ich sollte dann mal drin nach dem Rechten sehen.«

»Und ich sollte mich an die aktuelle Aufgabe setzen.«

Paul hält für mich die Pflanzen zur Seite, damit ich kratzerfrei zum Mulchweg komme, begleitet mich entgegen meiner Erwartung jedoch nicht zurück zum Haus.

»Ich muss noch die abgetrennten Blätter entsorgen«, sagt er. »Viel Erfolg beim Schreiben.«

Der Erfolg lässt leider auf sich warten. Ich habe mehrere Ideen verworfen, welche meiner antagonistischen Figuren ich zu Wort kommen lassen soll, weil mir einerseits ständig die Frage durch den Kopf geistert, wer die Geschichte über die Höhle verfasst hat. Auch die gedrückte Stimmung beim Mittagessen davor klebt noch an mir wie

Spinnweben, die man nicht abschütteln kann. Lydia hat ganze Arbeit geleistet und mich von der Gruppe abgeschnitten. Mit Blick über die Balkonbrüstung hinaus in den Garten sitze ich vor der klassischen leeren Seite und starre sie nieder, als könnte ich ein Blickduell gewinnen, bei dem im Siegesfall die Buchstaben von allein erscheinen.

Brees Klingelton kürt den Laptop zum Gewinner, denn ich sehe hinüber zum Bett, wo mein Handy am Ladekabel hängt.

»Hi, allerbeste Schwester der Welt!«, begrüßt sie mich, nachdem ich mich bäuchlings auf die Matratze geworfen habe. Sie ist der Facecam so nah, dass ich den Glanz in ihren Augen erkennen kann.

»Was brauchst du von mir?« Ich kenne meine Schwester, und ihr breites Grinsen – nun weiter weg von der Kamera – sagt mir, dass sie das weiß.

»Hier ist ein Päckchen für dich angekommen und ich will es auspacken.« Direkt wie immer.

Ich schüttle lachend den Kopf. »Von wem ist es denn?«

Dass sie nun so herumdruckst, lässt mich vom Schlimmsten ausgehen und ich richte mich alarmiert auf. »Bree?«

»Von Archie«, murmelt sie. »Das Kontaktverbot gilt doch noch, oder?« Sie schaut verwirrt vom Paket auf. Ich habe keine Ahnung, ob das Kontaktverbot, das meine Eltern aufgrund seiner penetranten Anrufe erwirkt haben, überhaupt für Pakete gilt. Es kamen ständig welche, aber ich konnte sie ignorieren. Ich war einfach nur froh, dass er mir nicht mehr auf dem Campus auflauern konnte, um mir seine falschen Entschuldigungen aufzuzwingen.

Ich schließe die Augen und atme tief durch, um die Videos von ihm und dieser Frau aus meinem Kopf zu vertreiben.

»Öffne es.«

Ich sehe nur die Decke ihres Zimmers, während es laut raschelt. Dann nimmt sie das Handy wieder auf und wechselt die Kameraperspektive. Das Cover von Archies zweitem Roman springt mir entgegen. Bree klappt das Buch auf und landet direkt auf der Seite mit der Widmung.

Für Riley, ohne die es dieses Buch nicht gäbe.

Darunter hat Archie in seiner sauberen Handschrift ergänzt: *Ich denke jeden Tag an dich.*

Auch während deine Zunge im Hals einer anderen steckt? Meine Linke ballt sich zur Faust, ich bohre absichtlich die Fingernägel so fest in die Handflächen, dass es wehtut. Diese Sorte Schmerz ist mir lieber.

»Er ist so eine mistige Mistbiene!«, schimpft Bree, klappt das Buch zu und wechselt wieder die Kameraperspektive, sodass ich ihr wütendes Gesicht sehe. »Wie kann er dir das antun, nach allem, was vorgefallen ist?«

Ich blinzle immer noch das Brennen in meinen Augen weg, atme gegen den Schmerz in der Brust an, die Wunde, die er dort hinterlassen hat.

»Wie läuft es auf Masters' Castle?«

Ich weiß, dass Bree mich ablenken will, aber im Moment ist das die wohl schlechteste Frage dafür. Meine Stimmung ist schon auf dem untersten Level angekommen, daher treibt mir der Gedanke an das, was gerade um mich herum passiert, Tränen in die Augen.

»Riley, was ist los?« Bree holt das Handy näher heran und kneift die Augen zusammen.

»Es ist alles doof«, lasse ich den Frust endlich raus, der Rest ergießt sich wie ein Wasserfall. »Lydia unterstellt mir zu schummeln, jemand hat einen Charakterbogen über mich angelegt und schreibt seine Texte über mich, gespickt mit Details, die ich nie irgendjemandem erzählt habe. Und ich komme mit der aktuellen Aufgabe nicht voran, aus der Sicht einer antagonistischen Figur zu schreiben.« Ich schlage auf die Matratze ein, ehe ich mich auf den Rücken fallen lasse.

»Lass das, mir wird schwindel…«, beschwert sich Bree, hält dann aber inne. »Jemand schreibt Texte über dich und weiß Dinge, ohne dass du dir erklären kannst, woher?«

Ich nicke. »Über Grandmas Süßigkeiten zum Beispiel.«

Brees Augen leuchten auf. Auch ich sehe uns beide vor mir, wie wir als kleine Mädchen die Päckchen aus Deutschland gar nicht schnell genug öffnen konnten – und höre Mums Rufe, mit der Schere vorsichtig zu sein.

»Ich will jetzt nicht wie Mum klingen«, Bree verzieht das Gesicht, »aber …« Sie schüttelt den Kopf. »Bist du dir sicher, dass es kein Zufall ist oder so?« Ich sehe ihr an, wie stark sie gegen die Ängste unserer Mum ankämpft.

»In der letzten Aufgabe verabschiedet sich die Protagonistin – kurz bevor sie *stirbt* – von ihren Eltern und ihrer Schwester und findet dann ein Ferrero Rocher in der Tasche. Das kann kein Zufall sein!« Sosehr ich auch daran glauben will.

Bree schaudert und reibt sich wie beiläufig über den Arm. Die Übertragungsqualität ist jedoch zu schlecht, als dass ich ihre Gänsehaut sehen könnte.

»Und von wem sind diese Texte?«

»Das versuche ich gerade, in Erfahrung zu bringen. Aber unsere Professorin ist derzeit nicht auf dem Anwesen«, erkläre ich frustriert.

»Aber warum sollte jemand über dich schreiben? Ich verstehe das nicht.«

Ich zucke mit den Schultern. »Wenn ich das wüsste.«

Bree richtet sich samt Handy auf. »Dann finde es doch heraus.«

Ich sehe sie nur fragend an.

»Nutze doch die neue Aufgabe dafür. Mit der antagonistischen Figur. Schreib aus der Sicht der Person, die über dich schreibt. Boah, klingt das kompliziert.« Sie schüttelt den Kopf.

»Ich habe nicht mal den Hauch einer Idee, welche Motivation dahinterstecken könnte.« Meine Stimme klingt nach jammerndem Kleinkind.

»Liebe. Liebe ist immer gut.« Bree reibt sich die Denkfalten von der Stirn.

»Aber doch nicht als antagonistisches Motiv.« Ich verdrehe die Augen.

»Da hast du vermutlich recht. Wie wäre es mit Rache?«

»Jemand aus meiner Gruppe will sich an mir rächen? Wofür?«

»Was weiß ich! Du bist doch die Kreative in der Familie. Vielleicht hast du irgendwann mal jemanden bloßgestellt?«

»Danke, dass du mich für so eine empathische Null hältst, Schwesterherz.«

»Das hab ich doch gar nicht gesagt!« Sie stößt einen genervten Laut aus. »Wenn deine Stimmung so im Keller ist, bist du schrecklich.«

»Sorry.«

»Dann vielleicht … um die Konkurrenz zu verunsichern?«, schlägt sie vor.

»Das hieße ja, die Person traut mir zu, dass ich gewinnen könnte.«

Die Theorie baut wenigstens mein Selbstbewusstsein etwas auf, während mein Gehirn die Idee bereits weiterspinnt. »Vielleicht stecken auch in den anderen Manuskripten irgendwelche Details, die mir nur nicht auffallen, weil ich nicht darauf geachtet oder keinen Bezug dazu habe?«

»Das klingt doch gut! So was wie die Süßigkeiten zum Beispiel.« Bree ist Feuer und Flamme. Sie redet unablässig weiter, aber ich höre ihr gar nicht mehr zu, sondern tippe wie eine Irre auf die Tastatur ein, aber nicht aus der Sicht der Person, die über mich schreibt. Stattdessen befinde ich mich im Kopf einer Stalkerin, die es sich zur Aufgabe gemacht hat, ihrem Opfer jeden Tag einen Schritt näher zu kommen. Jeden Schritt hält sie in einer Liste fest, die sie mit einem Häkchen versieht. Inzwischen steht sie vor der Haustür des Opfers. Ich habe selbst Herzklopfen, so sehr steigere ich mich in die Perspektive hinein.

»Riley!«, ruft Bree irgendwann – vermutlich nicht zum ersten Mal. »Wer ist das?«

Ich tauche aus dem Text auf und blinzle hinüber zum Handy. »Wer ist was?«

»Das Klopfen. An … der Tür?«

Tatsächlich. Es klopft an der Tür.

»Wer ist da?«, frage ich mit piepsiger Stimme, weil ich die Stalkerin noch nicht loslassen kann, sie mir auf der anderen Seite vorstelle, eine dämliche Challenge mit sich selbst im Kopf.

»Ich bin's, Killian«, dringt seine Stimme samtweich durch die Tür.

»Wer ist Killian?«, fragt Bree, ich höre sowohl ihr breites Grinsen als auch ihre Neugier. Wenn sie könnte, würde sie aus dem Bildschirm klettern wie das Mädchen aus *The Ring*.

»Ich muss auflegen. Bye!«

»Nei–«

Schon drücke ich meine Schwester weg. Das letzte Bild zeigt sie mit vor Empörung weit aufgerissenem Mund. Aber dafür habe ich jetzt keine Zeit.

Was will Killian hier? Ich muss ihn loswerden, bevor Lydia mir noch mehr Bestechungsversuche anhängt. Ich springe vom Bett, durchquere das Zimmer und reiße die Tür auf, als Killian gerade meinen Namen sagt.

»Riley?« Die Unsicherheit in seiner Stimme wirkt wie eine Abrissbirne auf meine Entschlossenheit.

»Ja?«

»Du bist nicht zum Abendessen gekommen …« Er sieht den Flur hinab, anstatt den Satz zu beenden.

Von sämtlichen Fragen nach dem Warum und Wieso kommt aus meinem Mund die unwichtigste: »Ist es schon so spät?«

Wie schafft dieser Mann es nur, mich so aus dem Konzept zu bringen und jegliche Fassung wegzuschmelzen wie mit einem Flammenwerfer?

»Es ist kurz nach zwanzig Uhr.« Killian schürzt die Lippen, sein Adamsapfel springt auf und ab, was im Profil deutlich zu sehen ist, ehe er wieder zu mir schaut. Seine Schultern sind angespannt, auch wenn eine Hand gespielt lässig in der Hosentasche steckt.

»Du solltest nicht hier sein«, sage ich und trete einen Schritt zurück. Meine Hand ruht noch immer auf der Türklinke, aber ich schaffe es nicht, sie zu schließen.

»Es gibt keinen Ort, an dem ich gerade lieber wäre.« Er klingt so überzeugend, dass er mich damit vollkommen entwaffnet. Meine

Hand rutscht von der Klinke und baumelt neben meinem Oberschenkel. Er hat mich nach unserer Rückkehr aus der Höhle kaum anschauen können, geschweige denn das Gespräch gesucht, als wir uns bei der Abgabe meiner Arbeit begegnet sind, und jetzt überfällt er mich mit einem Spruch, der in jedes romantische Manuskript passen würde?

»Ich habe keine Zeit für deine Spielchen. Du kannst mich nicht fast küssen, davonrennen und danach nichts mehr von dir hören lassen!«

Eigentlich trägt er keinerlei Schuld an meiner miesen Laune – die geht auf die Kappe der Person, die mich ausspioniert hat –, aber Bree hat ein Ventil geöffnet, aus dem es nun unentwegt heraussprudelt. Vielleicht hoffe ich auch nur, dass er mich für vollkommen hysterisch hält und geht, damit mir nicht noch mehr Beeinflussung oder Einschleimerei vorgeworfen werden kann.

Killians Augen weiten sich mit jedem Wort, er hebt die Hand, doch ich weiche zurück. Unsicher fährt er sich durch die Haare. »Es … sind keine Spielchen, Riley.« Er macht einen Schritt auf mich zu. Dieses Mal bleibe ich stehen, gefangen von seinen dunkelblauen Augen, in denen so viel Ernsthaftigkeit liegt, dass mein Puls in die Höhe schießt. »Und ich glaube, nein, ich weiß, dass wir reden müssen. Aber nicht hier.« Er sieht erneut den Flur entlang.

Ich kaue an meiner Lippe, hin- und hergerissen zwischen dem, was ich tun sollte – mich von ihm fernhalten, weil er mich durcheinanderbringt und die anderen nur noch schlechter über mich denken werden –, und der absolut dämlichen Idee, seine dargebotene Hand zu ergreifen und meine Neugier zu befriedigen. Endlich zu erfahren, warum ich dieses emotionale Schleudertrauma habe. Natürlich entscheidet nicht mein Hirn, sondern mein Körper und meine Hand gleitet in seine. Das strahlende Lächeln, das sich nun auf Killians Gesicht ausbreitet, ist es allemal wert.

Wir huschen durch Flure, von denen ich mir sicher bin, sie nie zuvor betreten zu haben, und meine Neugier wächst proportional zu meinem Herzschlag. Denn mit jeder Faser meines Körpers bin ich mir mehr als bewusst, dass er noch immer meine Hand hält, dass sein Daumen sanfte Kreise auf meinen Handrücken malt, die mich ablenken, weil sich alle Nervenenden nur auf diese Stelle konzentrieren.

Killian wirkt irgendwie verändert. Als hätte er sämtliche Masken fallen lassen, mit denen er seine Persönlichkeit im Minutentakt gewechselt hat.

Am Ende eines weiteren Flurs halten wir vor einer schwarzen Metalltür, die so gar nicht zu den anderen passen will, und Killian wartet, bis ich mich zu ihm drehe.

»Bereit?« Er lässt meine Hand los, um nach der schweren Klinke zu greifen.

Im ersten Moment ist das Verlustgefühl größer als die Neugier und ich starre seine Hand an, will sie zurückhaben. Daher murmle ich mit einiger Verzögerung ein zittriges »Ja« und Killian öffnet die nachtschwarze Tür vor mir.

19

Hinter der Tür existiert nichts als Dunkelheit, die mich umhüllt, nachdem Killian mich vorangeschoben hat. Gruselige Gedanken zischen in meinem Kopf hin und her, mein Puls beschleunigt sich, je kleiner der Lichtfächer vor mir wird, bis er ganz verschwindet, als die Tür mit einem Klicken ins Schloss fällt.

Ich stehe allein in absoluter Finsternis. Nicht die vertraute nächtliche Dunkelheit, wenn irgendeine Diode oder der Schalter eines Steckers mit seinem Leuchten alles weniger dunkel macht – sondern die totale Abwesenheit jeglichen Lichts. Es ist beängstigend und faszinierend zugleich. Beängstigend, weil eine Stimme in mir laut »Hinterhalt« schreit, aber auch faszinierend, weil ich noch nie zuvor eine solche alles durchdringende, wahre Finsternis erlebt habe.

Egal, ob ich die Lider schließe oder öffne, es macht keinen Unterschied, selbst wenn sich meine Augen inzwischen daran hätten gewöhnen müssen, jede noch so kleine Lichtquelle längst hätten erfassen sollen. Dafür arbeiten Ohren und Nase auf Hochtouren. Es riecht hier leicht … künstlich, wie Plastik, das zu lange in der Sonne lag. Ein leises Surren liegt in der Luft, vielleicht von einer Belüftungsanlage. Unter mir muss ein Teppichboden sein, ich hatte zuvor nicht darauf geachtet, aber wenn ich jetzt mein Gewicht verlagere, spüre ich, wie der Boden minimal unter meinen Füßen nachgibt.

Ein leises Rascheln hinter mir, ein raues Schaben. Stoff auf Stoff, vielleicht Haut auf Stoff. Killian bewegt sich und erinnert mich daran, dass ich doch nicht allein bin und die Situation nicht nur faszinierend ist. Ein Schaudern rast über meinen Rücken, mein Autorenhirn fährt Sonderschichten und ich sehe die Bilder nicht vor meinem inneren Auge, sondern direkt vor mir, weil in der Schwärze, die uns umhüllt, beides dasselbe ist.

Killian könnte Francis' Claymore-Schwert in der Hand halten – und ich hätte keine Chance, es herauszufinden, bevor es zu spät ist. Vor mir könnte ein Loch im Boden sein, ich könnte in etliche Messer hineinlaufen, sobald ich mich bewege. Meine Muskulatur verkrampft sich, das Atmen fällt mir immer schwerer. Die Tür hat sich erst vor ein paar Sekunden geschlossen und doch kommt es mir so vor, als wäre ich bereits seit Stunden hier.

Als ich eine Berührung am Rücken spüre, schreie ich auf und mache einen gewagten Schritt nach vorn.

»Riley, ich bin es«, sagt Killian leise und doch wahnsinnig laut. »Ich finde den verdammten Schalter nicht.«

Ein weiteres Rascheln, ein Schaben. Dann ein kaum hörbares Klicken.

Nun vergesse ich aus ganz anderen Gründen das Atmen.

Über mir funkeln Abertausende Sterne. So scharf und detailliert, wie sie dank Lichtverschmutzung am echten Nachthimmel nie zu sehen sind. Meine Panik verschwindet samt Sorgen und Ängsten irgendwo über mir in der deutlich erkennbaren Milchstraße. Ich bin überwältigt, mache ein paar wacklige Schritte auf dem dunklen Teppichboden in den kuppelartigen Raum hinein und drehe mich um die eigene Achse. Die Sterne reichen bis auf Schulterhöhe – zum Anfassen nah – und dennoch fühle ich mich winzig klein. Im Vergleich zu dem öffentlichen Planetarium, in dem ich als Kind oft zu Besuch war, gibt es hier jedoch keine Sitze, die nur Erwachsene mit mehr Körpergewicht in die liegende Position bringen können. Der Raum ist absolut leer – bis auf Killian und mich.

Er tritt zu mir, ein Lächeln auf den Lippen und die Spiegelung der Sterne in den Augen.

»Hat es funktioniert?«, fragt er so leise, als könnte er sonst die Sterne aufscheuchen.

»Hat was funktioniert?«, flüstere ich zurück.

Er kommt noch etwas näher. »Die Ablenkung.«

»Ich bin … überwältigt«, sage ich ehrlich. »Ich wusste nicht, dass es hier ein Planetarium gibt.«

»Es wurde auch niemandem gesagt.«

»Und wieso … zeigst du es mir?«, wage ich zu fragen. Er wollte mit mir reden. Mein Herz hämmert voller Ungeduld gegen den Brustkorb.

Killian schließt die Lider, die unverschämt langen nachtschwarzen Wimpern fächern sich auf. Dann beißt er auf seine Unterlippe und öffnet die Augen, in denen ich so tief versinke, dass ich mich ihm automatisch nähere.

»Ich habe mitbekommen, wie dich die anderen behandeln«, sagt er und atmet laut aus. Das war es nicht, was ich hören wollte. »Es tut mir leid, was du wegen mir durchmachen musst.«

Mein Herz zieht sich zusammen, schubst mich einen Schritt nach hinten, weg von Killian und seinem Mitleid. Ich lege den Kopf in den Nacken und versuche, gleichmäßig zu atmen, mir die Enttäuschung nicht anmerken zu lassen.

Was ist das nur zwischen ihm und mir? Bei der ersten Begegnung schafft er es, sämtliche Schutzmauern zu zertrümmern, die ich seit Archie aufgebaut habe, und seither komme ich mir vor wie im Schleudergang der Waschmaschine. Ich weiß nicht, ob ich ihn anbrüllen oder ihn küssen will, davonlaufen oder ihn an mich reißen soll – und wenn ich damit nur sein stoisches Auf-und-ab-Gehen unterbinden könnte.

»Verdammt, ich kann das nicht!«, zischt Killian plötzlich und ich sehe wieder zu ihm. Mit drei Schritten ist er bei mir, legt mir eine Hand in den Nacken, die andere auf den Rücken und zieht mich zu sich.

Ich keuche vor Schreck auf, dann spüre ich schon seinen Atem auf meinen Lippen. Keine Berührung, kein Kuss, sondern ein wortloses »Darf ich?« – gehauchte Bitte und Flehen zugleich.

Ich überbrücke die letzten Millimeter und mit einem leisen Stöhnen treffen unsere Lippen aufeinander. Mein Körper stellt alle Funktionen ein, die nichts mit Küssen und Fühlen zu tun haben. Killians Finger graben sich in meine Haare, er presst mich fester an sich, während wir uns unter den Sternen küssen, wie es kitschiger nicht sein könnte. Die Milchstraße wandert mehrere Male über uns hinweg, bevor mein Körper seinen Neustart beendet hat und mein Magenknurren unsere hektischen Atemzüge übertönt.

Killian grinst an meinen Lippen. »Muss ich Angst haben, dass du mich gleich auffrisst?«

Diese Stimme! Noch rauer als sonst zeichnet sie etliche nicht jugendfreie Bilder in meinen Kopf und lässt mich erschaudern. Killian legt seine Stirn an meine, fährt sanft mit seiner Fingerspitze meine Schläfe entlang und schiebt mir eine widerspenstige Haarsträhne hinters Ohr. Noch immer reflektieren seine dunkelblauen Augen die Sterne und er sieht besser aus als je zuvor.

»Schließ die Augen«, verlangt er dann. »Bitte«, schiebt er hinterher, weil ich auf die Sternschnuppe starre, die gerade neben seinem Gesicht verglüht.

Ich schließe lächelnd die Augen, erwarte eine weitere Berührung an meinen Lippen, doch nichts geschieht. Ein leises Rumpeln ist zu hören und ich linse neugierig unter den Wimpern hervor, kann Killian auf den ersten Blick jedoch nicht entdecken. Also drehe ich mich langsam um.

»Du schummelst«, erklingt seine Stimme neben mir. »Du guckst ja doch.«

»Ich gucke genauso wenig, wie wir eben *geredet* haben«, gebe ich zurück.

Sein Lachen hallt von der Sternendecke wider. »Ich hatte vor zu reden, während ich dafür sorge, dass du nicht umkippst.«

Ich reiße die Augen auf und sehe ihn an. »Du hast eine sehr hohe Meinung von deinen Küssen.«

Das schiefe Grinsen, während er träge den Kopf schüttelt, fühlt sich in meinem Magen an wie Brausepulver.

»Vielleicht habe ich das tatsächlich«, sagt er in dem mir schon bekannten arroganten Tonfall. Weil sich sein Blick gleichzeitig aber bis in meine Seele brennt, bringe ich keine schlagfertige Antwort zustande, was bei ihm für ein siegesgewisses Lächeln sorgt. »Aber eigentlich habe ich eher an Essen gedacht.« Er deutet neben sich, und ich entdecke einen Korb, der randvoll mit Köstlichkeiten gefüllt ist. Daneben liegt ein Quilt aus zig verschiedenen Stoffen, alle mit Sternenmuster.

»Darf ich bitten?«, fragt Killian galant, schnappt sich den Korb samt Quilt und reicht mir den freien Arm.

»Ein Picknick unter Sternen.« Keine Ahnung, ob sich die Autorin oder das Mädchen in mir mehr freut.

»Und ohne die Gefahr, dass es regnet«, stimmt Killian nickend zu. Er geht mit mir eingehakt fünf Schritte weiter, breitet die Steppdecke aus und stellt den Korb darauf.

»Setz dich!«, fordert er mich auf und ich lasse mich auf die Decke sinken, ziehe ein Bein an mich und beobachte, wie er sich hinkniet, bevor er eine Köstlichkeit nach der anderen aus dem Korb nimmt: Teller mit Scones und Cornish Split, Schalen mit Erdbeeren, Marmelade, Clotted Cream und winzige Pralinen. Er baut alles vor mir auf und wirkt dabei so geschäftig, so hoch konzentriert, dass ich lächeln muss.

Was Killian offenbar sehr irritiert. Er hält mitten in der Bewegung inne, eine Schale mit Erdbeeren schwebt über einem Flicken des Quilts, in den feine silberne Sterne eingestickt sind.

»Du siehst … entspannt aus, irgendwie glücklich«, versuche ich, mein Lächeln zu erklären.

»Und das freut dich?«

Ich nicke. Aber weil ich es selbst nicht verstehen, geschweige denn begründen kann, zucke ich gleichzeitig mit den Schultern. Killian verdreht die dunkel umrahmten blauen Augen, was eine besondere Wirkung auf mich hat. Himmel, Riley!

Inzwischen hat er alles ausgepackt und vertieft sich nun darin, die

Schalen und Teller hin und her zu schieben, als wollte er den eigentlichen Grund für dieses Picknick hinauszögern. Ich werde einfach nicht schlau aus ihm. Immer wieder hält er kurz inne, als wäre er nun bereit – nur um dann weiterzumachen. Ich lasse ihm die Zeit, die er braucht, versuche währenddessen, mir den Ablauf der Projektion rund um uns herum zu merken. Eine Ablenkung, um gar nicht erst darüber nachzudenken, was er mir sagen will. Es wäre gefährlich, zu sehr zu grübeln.

Ein tiefer Atemzug und Killian ist offenbar bereit. Er setzt sich entschlossen in den Schneidersitz und mir entgeht nicht, dass er mit dem Essen eine Mauer zwischen uns gebaut hat. Eine leckere Mauer, die meinen Magen erneut knurren lässt, weshalb ich zu einem Scone greife und abbeiße, während ich Killian erwartungsvoll ansehe.

»Rede!«, fordere ich ihn zwischen den Bissen auf und er schürzt die Lippen.

»Ich weiß, dass ich dir …«

»… ein emotionales Schleudertrauma verpasst habe?«, biete ich an. Meine Stimme klingt zurückhaltend, ich bin mir nicht sicher, worauf dieses Gespräch hinauslaufen wird. Erneut ist da die unausgesprochene Gewissheit, dass es besser wäre, mich von ihm fernzuhalten – aber die Angst, etwas zu verpassen, es nicht einmal versucht zu haben, drängt sich in den Vordergrund.

»… dass ich dir sehr verschiedene Signale gesendet habe«, fährt er mit zusammengekniffenen Augen fort. »Es tut mir wirklich leid, Riley. Du hast mich … in einem schlechten Moment erwischt. Auf dem Empfang, meine ich.« Er streicht sich durch das nachtschwarze Haar, das vom Sternenlicht einen leicht silbernen Glanz hat. »Ich bin alles andere als freiwillig hier«, stößt er mit einem Seufzen aus.

Ich warte darauf, dass er weiterspricht, doch er schweigt. Drei Sternschnuppen und ein Biss von meinem Scone später hake ich nach.

»Es gab einen Streit zwischen Mum und mir«, sagt er dann ergeben, lehnt sich nach hinten und stützt sich mit den Händen ab. »Das letzte Jahr … ist etwas … eskaliert.«

Ich hebe fragend die Brauen, während ich eine Erdbeere kaue. Pauls Worte drängen sich in meinen Kopf. *»Den Job hat er nur gut gemacht, falls Ms Masters vorhatte, sich auf der Kreuzfahrt jede Nacht einen Gast mit in die Suite zu nehmen.«*

»Ich dachte, ich mache einfach dort weiter, wo ich in Whitefield aufgehört habe. Und auf dem letzten Trip mit den Jungs …« Er schüttelt den Kopf. »Du hast deine Rolle an dem Abend echt verdammt gut gespielt.« Er setzt sich wieder in den Schneidersitz und fährt die Nähte zwischen den einzelnen Flicken des Quilts mit den Fingerspitzen nach. »Als ich gecheckt habe, dass du am Wettbewerb teilnimmst, hab ich mich betrogen gefühlt. Ich war enttäuscht, wütend. Auf dich, auf mich selbst, auf meine Mutter, die mich dazu gezwungen hat, ihren Platz in der Jury einzunehmen, um ›endlich einmal etwas Positives für den Ruf der Familie zu tun‹ …« All die aufgezählten Gefühle spiegeln sich auf seinem Gesicht wider, während er die Worte seiner Mum auf beeindruckende Weise imitiert.

»Hey!« Ich fange über die Essensmauer hinweg seine rastlosen Hände ein und umschließe sie sanft mit meinen. Es war eine intuitive Geste, erst im Nachhinein bin ich mir des Körperkontakts mehr als bewusst. Das Knistern, der Rausch der Hormone, die mich an eine ganz andere Berührung nur wenige Minuten zuvor erinnern. Minuten – und doch ist jetzt alles anders.

»Es ist okay«, sage ich leise und warte, bis er mit unergründlichem Blick zu mir aufsieht. »Es ist okay, Gefühle zu haben, die guten wie die schlechten. Unser Start war …«

»… unkonventionell?«, schlägt er vor und zumindest ein halbes Lächeln zeichnet sich auf seinen Lippen ab.

Ich nicke. »Aber was danach war … das war falsch.«

Er verzieht das Gesicht, legt dann den Kopf in den Nacken, als würde er es nicht ertragen können, mich anzusehen. Aber er entzieht mir nicht seine Hände. »Glaubst du, das weiß ich nicht?« Verzweiflung färbt seine Stimme zu einem Grollen. Das finstere Auflachen hallt von den Sternen wider.

Es tut mir weh, ihn so zu sehen, es berührt mich auf einer tiefen Ebene, die weit unter Berührungen und Küssen liegt. Jeder hat seine Backstory. Ein Rucksack voller Erfahrungen und Erlebnisse, die einen prägen, jede Entscheidung, jede Reaktion beeinflussen. Ich weiß nicht, ob er bereit ist, diesen Rucksack vor mir auszupacken.

»Willst du es mir erzählen?«, biete ich ihm an. Ich würde ihn so gern verstehen.

Sein Mund ist schmerzhaft verzerrt, als er mich wieder ansieht und langsam den Kopf schüttelt.

»Das ist okay.«

Ein schwaches Nicken von ihm ist die einzige Reaktion. Wir sitzen da, schweigen, atmen, über uns ziehen die Sterne im Zeitraffer ihre Bahnen. Es ist nicht unangenehm, aber unbequem. Irgendwann meldet sich mein gekrümmter Rücken und ich zerstöre den entspannten Moment, lasse Killian los und strecke mich.

Er hat nur ein belustigtes Grinsen für mich übrig. Der tiefgründige Killian ist wieder verschwunden. Keine Ahnung, ob ich ihm nachtrauern soll oder nicht.

»Ich habe mich tatsächlich schon gefragt, wie lange du die unbequeme Position halten kannst.«

Ich schnaube. Dann fällt mir etwas ein. »Ich habe dich übrigens für einen meiner Schreibbuddys gehalten.«

Überrumpelt sieht er zu mir.

»Beim Empfang«, erkläre ich. »Ich dachte, du spielst auch eine Rolle.«

Während ich kaue, denkt er darüber nach.

»Du bist ein wandelndes Klischee«, lege ich nach und verberge mein Grinsen im nächsten Bissen.

Ruckartig fährt sein Kopf herum, doch er bemerkt offenbar, dass ich mir das Lachen kaum verkneifen kann, denn er funkelt mich übertrieben aus verengten Augen an. »Ist das so?« Pure Herausforderung, die ich mit einem übereifrigen Nicken annehme.

»O ja. Du erfüllst alle Kriterien für den Bad Boy.«

Mit einem filmreifen Grinsen erwidert er: »Wird der denn nicht in der Regel zum Love-Interest?«

Keine Ahnung, wie lange sich unsere Blicke duellieren, während mein altes Ich in meinem Kopf schreit, dass Killian nicht Archie ist, dass sich nicht alles wiederholen wird, dass ich weiterhin meine eigenen Entscheidungen treffen kann. Um dem Wirbel aus schlechten Gedanken zu entkommen, breche ich den Blickkontakt und greife zu einem weiteren Scone.

»Moment!«, hält mich Killian auf. »Wenn, dann machen wir das richtig.« Er nimmt mir das Gebäckstück ab, teilt es mit einem Messer aus dem Korb in zwei Teile und streicht eine dicke Marmeladenschicht auf die eine Hälfte. Ich will mich schon beschweren, weil zu Hause die Erdbeermarmelade erst zum Schluss kommt und ich ein Ritualmensch bin, aber Killian lässt sich nicht beirren.

»Hier in Cornwall ist es so herum richtig.« Er gibt eine Schicht Clotted Cream auf die Marmelade, die genauso dick ist wie die untere Hälfte des Scones. Mit einer präsentierenden Geste und einem ehrlichen Lächeln reicht er mir den Teller.

»Ist es nicht eigentlich zu spät für Cream Tea?« So lautet die offizielle Bezeichnung für die lokale Teezeit mit der falsch aufgetragenen Marmelade.

»Siehst du irgendwo Tee?«, fragt er zurück, während ich grinsend in meinen Scone beiße. »Ich musste mir in der Küche etwas zusammensuchen, auch vom Abendessen war schon alles weggeräumt. Was läuft da eigentlich zwischen dir und den anderen?«, wechselt er abrupt das Thema und die entspannte Atmosphäre ist mit einem Schlag vorbei.

»Lydia wirft mir Betrug vor«, sage ich, was ich bereits Paul erzählt habe. Aber wie auch ihm verheimliche ich Killian die Texte über mich.

»Wegen … mir?«, zieht er zumindest die richtigen Schlüsse.

»Unter anderem.«

»Es tut mir leid, Riley. Ich wollte dich nie in eine blöde Lage bringen.« Er kaut nervös auf der Unterlippe.

»Paul hält dich für einen schlechten Umgang.« Ich warte gespannt seine Reaktion ab. Seine Kiefermuskulatur zuckt, dann schluckt er.

»Das habe ich wohl verdient.« Er schließt die Augen und seine Nasenflügel beben.

»Was ist nur zwischen euch vorgefallen?«

Killian reißt die Augen wieder auf. »Das hat Paul dir nicht erzählt?«

Ich schüttle den Kopf.

»Das ist eine … lange Geschichte.«

»Das hat er auch gesagt.«

»Eine Geschichte, die ich endlich vergessen will.« Sein Blick fleht mich an, es dabei zu belassen.

Ich will ihn nicht drängen, obwohl mir das wegen meiner Neugier schwerfällt. So manches Kapitel meiner Vergangenheit schweige ich auch lieber tot. Das mit Archie beispielsweise, auch wenn er ständig versucht, sich aus dem Sarg zu erheben wie ein Zombie. Daher nicke ich nur und wage mich an die entscheidende Frage. »Was machen wir jetzt?«

»Wir packen das Essen ein, legen uns auf den Rücken und beobachten die Sterne.«

Ich blinzle ihn an, glaube, mich verhört zu haben. Doch Killian stellt bereits alles wieder in den Korb, schiebt ihn zur Seite und legt sich dann tatsächlich auf den Rücken, den Blick starr zur Kuppeldecke gerichtet. Erst sein Klopfen neben sich macht mir klar, dass er es ernst meint, und ich lege mich ebenfalls hin. Als Autorin dachte ich immer, ich könnte Menschen gut einschätzen, ihre Taten vorhersehen – was mir übrigens schon oft den Spaß beim Lesen verdorben hat –, aber Killian ist undurchschaubar, erfrischend überraschend. Vielleicht ist es gerade das, was mich über vieles andere hinwegsehen lässt und mich so unfassbar neugierig macht.

»Erkennst du die einzelnen Sternbilder?« Seine Stimme schwebt zu mir.

»Den Großen Wagen, mehr wohl nicht«, gebe ich zu, während ich vergeblich versuche, die entsprechenden Sterne zu finden.

Killian rückt unerwartet mit dem Kopf näher, seine Haare kitzeln mich an der Schläfe. Dann zeigt er mir die einzelnen Sternbilder, streckt dabei den Arm aus, und ich folge seiner Fingerspitze, bis ich die Punkte endlich zuordnen kann.

»Und irgendwo da drin«, er deutet auf eine Sternenwolke etwas weiter rechts, »ist Killian712.«

Ich kneife die Augen zusammen, aber ich kann in dem Sternhaufen rein gar nichts erkennen.

»Gib dir keine Mühe, wir müssten weit in die Projektion hineinzoomen, um ihn zu sehen. Aber er muss atemberaubend sein.« Ich höre das Lächeln auf seinen Lippen und wende ihm mein Gesicht zu. Er ist so nah, dass ich mich kaum bewegen müsste, um seine Wange zu küssen, wie es der Silberglanz bereits tut. Er sieht weiter nach oben, ich höre, wie er schluckt. Seine Lider flattern und er lässt die Hand sinken, findet zielgerichtet meine und bettet sie sanft darauf.

»Der Kuss«, setzt er an, ohne zu mir zu schauen, und in meinem Kopf laufen Tausende Szenen ab, die genau so beginnen. Mein Magen ballt sich zusammen. »Ich wollte dich nicht überfallen.« Nun dreht er den Kopf zu mir, befeuchtet mit der Zunge seine Unterlippe. »Zumindest nicht vor dem Essen.«

Ich lache auf. Ob vor Erleichterung, weil er es nicht als Fehler bezeichnet oder so offen zugibt, dass es nur der falsche Moment war, kann ich nicht sagen.

»Sondern?« Mein Blick tastet jeden Millimeter seines perfekten Gesichts ab, streift von seiner Kieferlinie weiter bis zu den Lippen und ich muss unwillkürlich an den Überfallkuss denken.

»Genau hier«, sagt er schlicht, begleitet von einem wortwörtlich atemberaubenden Lächeln mit einem spitzbübischen Funkeln in den Augen. Als wäre ich die Erfüllung all seiner Träume.

»Hier wäre … gut«, erwidere ich, weil er keine Anstalten macht, es auch zu tun. Meinen Herzschlag kann man sicher bereits hören, mein Puls rast vor Erwartung und meine Lippen werden trocken.

»Denkst du? Wirklich?« Sein dunkles Timbre vibriert bis unter meine Haut, lässt meinen ganzen Unterleib kribbeln, ein Gefühl, das weit über Schmetterlinge im Bauch hinausgeht.

»Hm-hm«, bringe ich hervor, weil ich meiner Stimme nicht traue.

Seine Hand entfernt sich von meiner, hinterlässt Kälte, ehe er seine Finger zwischen meine schiebt und sie sanft drückt. Ich drücke zurück, gefangen von seinen dunkelblauen Augen, diesem Moment der Zweisamkeit unter dem Licht der Sterne.

»Ich will dich nicht noch einmal überfallen, Riley«, sagt er ernst und ich frage mich, wie lange ich das Kribbeln auf meinen Lippen noch ertragen kann, bevor ich losschreie.

Offenbar nicht länger.

»Jetzt küss mich einfach!«, sage ich und seine Pupillen verschlingen die Farbe seiner Augen, als er meinem Befehl endlich nachkommt.

20

»Folge einfach dem Flur, biege am Ende rechts ab und du kommst in deinen Flügel«, weist mich Killian an und stiehlt noch einen letzten Kuss von meinen Lippen.

Ich habe ihn gebeten, nicht gemeinsam irgendwo aufzutauchen, wo uns die anderen über den Weg laufen könnten.

»Wir haben nichts Verbotenes getan«, hatte Killian in mein Ohr gehaucht und damit für die nächste Gänsehaut gesorgt. Dennoch hatte er eingewilligt, und nun stehen wir hier, am Ende des privaten Flügels, wie April ihn genannt hat. Diese Heimlichtuerei kann ich nicht ausstehen, aber ich will die anderen nicht noch weiter herausfordern – vor allem nicht die Person, die mich auf dem Kieker hat und zu viel über meine Vergangenheit weiß. Keine Ahnung, was die Person tun würde – tun könnte –, wenn sie sich weiterhin von mir provoziert fühlt. Ich kann absolut nicht nachvollziehen, wie man an anderer Leute Gefühle – nein, einem Flirt oder irgendwas dazwischen? – derart Anstoß nehmen kann. Aber Lydia hat bereits bewiesen, dass es nicht so leicht ist. Mir wäre es egal, ob beispielsweise Finley etwas mit Natalia anfängt. Es hat nichts mit dem Wettbewerb zu tun. Ich will einfach, dass alles wieder so ist, wie es online war.

Aber das wird wohl nicht passieren.

Mein Orientierungssinn lässt mich mal wieder im Stich, denn obwohl ich am Ende des Flurs rechts abbiege, lande ich vor einer verschlossenen Tür und muss umkehren. Als ich endlich wieder mir bekannte Tapetenabfolgen erkenne, springe ich beschwingt vom Endorphinschub die Treppen in die Eingangshalle hinunter, wo ich Aprils Blick auffange. Sie unterbricht ihr Gespräch mit Peyton, die neben Finley und Ezra auf dem Sofa sitzt. Auf dem Sessel gegenüber thront Lydia, Jada hockt auf der Lehne. Erst folgt Peyton Aprils Blick, dann wenden mir alle die Gesichter zu. Die antike Standuhr an der Wand gegenüber zeigt kurz nach zweiundzwanzig Uhr.

Ich grüße mit einem Lächeln, will mir die gute Laune nicht verderben lassen, noch ein wenig an den Momenten unter dem Sternenhimmel festhalten. Doch niemand grüßt zurück. Erst dann bemerke ich, dass sie nicht mich ansehen, sondern einen Punkt über mir. Ich drehe mich um.

Hinter mir steht Killian und murmelt ein nur für mich hörbares »Sorry«.

Hätte ich mich nicht verlaufen, wäre ich in meinem Zimmer gelandet, wo ich hinwollte, und er wäre allein hier angekommen. Aber für meinen unterirdischen Orientierungssinn kann er nichts. Kurz überlege ich, ob ich den anderen eine miese Ausrede präsentieren soll, lasse den Gedanken aber fallen, warte, bis Killian zu mir aufgeschlossen hat, und frage ihn, ob wir gemeinsam auf die Terrasse gehen.

Obwohl bereits wieder die ersten Gespräche begonnen haben, spüre ich noch immer Blicke auf mir. Peyton und Lydia sind der Ursprung. Ich straffe die Schultern und greife nach Killians Arm, den er mir anbietet.

Die Blicke folgen uns, bleiben an mir kleben wie die unzähligen geflüsterten und unausgesprochenen Fragen oder Vorwürfe, die scheinbare Enttäuschung der anderen über mich. Sie haften an meinen nackten Armen, sodass ich nur schwer dem Drang widerstehen kann, darüberzureiben. Erst auf der Terrasse hole ich endlich wieder Luft. Das Licht der Lampe neben der Terassentür schafft es auf dieser Gebäudeseite kaum durch den Efeubewuchs an der Mauer. Über den Bäumen jenseits des Parkplatzes breitet sich ein schwacher Abklatsch der Sterne aus dem Planetarium aus.

»Ich werde mit der Professorin sprechen«, sagt Killian und bleibt stehen. Ich kann seine Mimik kaum deuten, weil sich meine Augen noch an die Dunkelheit hier draußen gewöhnen müssen.

Ich fahre erschrocken zu ihm herum. »Warum?«

»Das hier ist Mobbing, Riley.« Er sieht mich an, sucht in meinem Gesicht nach etwas, das er offenbar nicht findet. »Das ist gegen die Regeln der *Association.* Ich muss das melden.«

Vor meinem inneren Auge sehe ich die Reaktion der anderen. Sie werden denken, dass ich sie auch noch verpetze. Ich schüttle schnell den Kopf. »Nein, bitte nicht. Du darfst es ihr nicht erzählen.«

»Sie grenzen dich aus, das ist eindeutig.«

»Das ist … mir egal«, lüge ich und balle meine Linke zur Faust, sodass Killian es nicht sehen kann. Meine andere Hand ruht immer noch auf seinem Arm.

»Bist du dir ganz sicher?« Killian hebt mein Kinn an und sieht mir in die Augen, erkennt eindeutig die Lüge, folgt aber meinem Wunsch. »Wenn du das wirklich möchtest, werde ich nichts sagen. Aber Riley, glaub mir, es wird nicht einfacher werden.«

Ich nicke. Dessen bin ich mir bewusst. Aber ein warmes Glühen in meiner Brust schmilzt dennoch ein paar der negativen Gedanken fort. Killian ist so anders als Archie, der mich bevormundet hat, alles besser wusste, sogar wenn es darum ging, wie ich mich zu fühlen hatte.

Killians Hosentasche vibriert. Er zieht das Handy heraus und ich erkenne das Wort *Mum*. Unwillkürlich muss ich den Kopf schütteln. Nur auf einem Anwesen wie diesem muss man anrufen, um miteinander zu reden.

»Sorry, ich …«, setzt Killian an, sieht von mir zum Display und wieder zu mir.

»Schon okay«, sage ich. »Ich sollte sowieso noch an meiner Aufgabe arbeiten. Sehen wir uns morgen zum Frühstück?«

Killian nickt, während er den Anruf entgegennimmt. Ich wende mich bereits ab, als er nach meiner Hand greift und mich an sich zieht, um mir einen schnellen Kuss auf die Stirn zu drücken.

Berauscht von der Hoffnung, dass sich doch noch alles zum Guten wenden könnte, gehe ich durch den Personaleingang wieder hinein, ziehe mich in mein Zimmer zurück und mache mich an die Arbeit.

Als mein Wecker am nächsten Morgen klingelt, habe ich gefühlt gerade erst die Augen geschlossen. Mein Laptop liegt neben mir auf dem Bett, und als ich ihn aufklappe, erinnere ich mich daran, dass ich nur eingeschlafen bin, weil ich es nicht mehr geschafft habe, mich aufzuraffen und das Ladekabel zu holen. Der Bildschirm meldet, dass der Laptop sich in fünf Minuten herunterfahren wird, wenn ich ihn nicht an eine Stromquelle anschließe. Ich folge seinem Wunsch und betrete anschließend das Badezimmer. Das kühle Wasser im Gesicht hilft nur kurzfristig, weshalb ich mich unter die Dusche stelle und abwechselnd warmes und eiskaltes Wasser über meinen Körper rinnen lasse. Mit geschlossenen Augen gehe ich noch einmal durch, was ich bis vor wenigen Stunden geschrieben habe, und denke, dass ich die Motivation der Stalkerin gut herausgearbeitet habe. Nachdem ich die Haare geföhnt und meine Zähne geputzt habe, mache ich mich auf den Weg nach unten, um zu frühstücken. Kurz bevor ich den Speisesaal betrete, hält Xander mich zurück.

»Mr Masters hat mich beauftragt, Ihnen mitzuteilen, dass er es leider nicht zum Frühstück schafft. Möchten Sie dennoch hier speisen oder soll ich Ihnen Ihr Essen aufs Zimmer bringen?«

Das positive Gefühl, das offenbar wie ein Schutzschild gewirkt hat, verpufft, und ich weiche einen Schritt zurück, will – oder kann – mich nicht den anderen stellen.

»Ich nehme das Frühstück am besten gleich selbst mit«, erwidere ich und bemühe mich um ein Lächeln. Dem Mitleid nach, das sofort auf Xanders Gesicht erscheint, habe ich mich nicht genug bemüht.

»Das kommt gar nicht infrage. Rose würde … Was darf ich Ihnen aufs Zimmer bringen?«

»Viel Kaffee, bitte. Und bloß keinen Hog's Pudding«, füge ich hinzu und lache schwach auf, werde dafür aber mit einem ehrlichen Grinsen belohnt.

»Kommt sofort«, sagt Xander, verabschiedet sich schnell und verschwindet hinter der Tür, die dem Speisesaal gegenüberliegt.

Kurz stehe ich unentschlossen da, gehe dann jedoch langsam den Flur zurück Richtung Lobby und bin froh, dass mich niemand außer Xander gesehen hat. Vor dem Arbeitszimmer von Professorin Seymour und Natalia halte ich inne und klopfe leise an. Leider antwortet niemand. Ich öffne die Tür – offenbar misstraue ich inzwischen allen –, aber das Zimmer ist tatsächlich verwaist. Vermutlich ist Natalia ebenfalls beim Frühstück. Hoffentlich erwische ich sie, wenn ich meine Aufgabe abgebe. Ich muss endlich Klarheit haben.

Geschlagen kehre ich zurück in mein Zimmer, vor dem schon ein Tablett mit dem bestellten Essen und eine Thermoskanne mit Kaffee steht – wie auch immer Xander es so schnell hier hochgeschafft hat, ohne an mir vorbeizukommen.

Ich schließe die Tür auf, nehme das Tablett, stelle es auf den Schreibtisch und sperre vorsorglich hinter mir ab. Erst als ich den Kaffee eingieße, entdecke ich ein kleines Kärtchen mit einer Handynummer und den schnell hingekritzelten Worten: *Mr Masters hat mich gebeten, Ihnen seine Nummer weiterzugeben.*

Ich speichere sie ab und tippe eine Nachricht, damit Killian auch meine Nummer hat.

Guten Morgen, hier ist Riley.

Ich starre auf das Display, bis es ausgeht, aber er antwortet nicht.

Aufgeputscht vom ungewohnten Kaffee überarbeite ich mein derzeitiges Romanprojekt rund um meine Protagonistin Liv. Sie ist Bestsellerautorin prickelnder Fantasy und verzweifelt auf der Suche nach neuer Inspiration. Dabei wird sie unerfreulicherweise in den Wahlkampf ihrer Mutter hineingezogen und begegnet ihrem Ex Blake wieder, der einst als Vorlage für ihre männliche Hauptfigur diente. Ohne dass ich es mitbekomme, sind drei Stunden vergangen und die Abgabe für die aktuelle Aufgabe – und das Mittagessen – rücken näher.

Von Killian habe ich bislang keine Antwort bekommen, er hat die Nachricht noch nicht einmal abgerufen. Also bereite ich meine Stalkergeschichte in der Vorlage auf und gehe mit meiner Laptoptasche und einem braunen Umschlag unter dem Arm in die Empfangshalle. Dort drucke ich das Dokument aus, stecke es in den Umschlag und werfe es in die Sammelbox.

Der Geruch von Gebratenem zieht durch den Flur und mein Magen entscheidet für mich. Gewappnet für weitere Blicke betrete ich den Speisesaal. Doch ich werde nur beiläufig wahrgenommen, während die Gespräche weitergehen. Offenbar hat sich die aufgeheizte Stimmung gegen mich beruhigt. Das warme Lächeln von April und Peyton lässt mich vermuten, dass ich ihnen diesen Umstand zu verdanken habe. Mit jedem Schritt, den ich näher komme, löst sich der Knoten aus Sorge etwas auf, doch ich nehme mir vor, aufmerksam zu bleiben. Irgendjemand in diesem Raum hat in meiner Vergangenheit herumgeschnüffelt und über mich geschrieben. Das darf ich trotz der guten Stimmung nicht vergessen. Am Tisch dreht sich fast alles um das heutige Picknick am Abend und welche Gäste anwesend sein könnten. Lydia versucht, uns zu extravaganter Kleidung zu überreden, aber alle sehen sie nur entsetzt an.

»Immerhin lernen wir heute Abend den geheimnisvollen Gastjuror kennen«, sagt Ezra und sieht zu Andy. »Wir haben den ganzen Abend überlegt, welcher Bestsellerautor es sein könnte, damit wir uns ein paar buchspezifische Fragen überlegen können.«

»Weißt du es, Riley?«, fragt mich Lydia und ihr Blick sagt eindeutig, dass sie nicht im Geringsten daran zweifelt, sondern es nur freundlicherweise als Frage formuliert hat. Dass dies vermutlich an Jadas gutem Einfluss liegt, erkenne ich daran, dass sie mit nicht wenig Stolz in den Augen zu ihr sieht. Was aber nichts am Vorwurf selbst ändert.

»Nein, ich weiß es nicht«, gebe ich bissiger zurück, als ich wollte. Lydia schmollt sofort.

»Die beiden hatten sicher Besseres zu tun, als sich über den Stargast zu unterhalten«, wirft Andy ein und sieht mich auffordernd an.

»Definitiv«, gebe ich nur knapp zurück, noch immer genervt von der Unterstellung, aber auch davon, dass ich trotz allem gut genug wäre, ihnen das Geheimnis weiterzuerzählen. Frustriert pike ich in meine gebratene Ente und kaue lieblos darauf herum.

Noch während wir den leckeren Apfel-Crumble zum Nachtisch essen, rauscht Natalia in den Speisesaal und verteilt die inzwischen schon gut bekannten schwarzen Mappen. So dünn, wie sie heute sind, haben sich alle daran gehalten, die Spannung so schnell und kurz wie möglich aufzubauen. Als sie mir meine Mappe reicht, frage ich leise nach, ob sie die Professorin erreicht habe. Natalia nickt knapp und flüstert mir zu, dass Professorin Seymour sich später mit mir persönlich darüber unterhalten will. Als ich mich mit zusammengepressten Lippen zurücklehne, fange ich Aprils fragenden Blick auf. Ich schüttle den Kopf, um ihr zu signalisieren, dass alles okay ist.

Kaum hat Natalia Jadas Mappe abgelegt, schnappt Lydia sie sich, weil Jada noch isst, und blättert grob durch die Texte.

»Hey«, beschwert sich Jada sofort. »Das sind meine Manuskripte und ich will keine Fettflecken darauf haben!«

Lydia ist empört. Sie bekommt nicht einmal mit, dass alle in ihre Richtung grinsen, weil Jada sie nur wie immer neckt.

Es herrscht nach wie vor eine beinahe entspannte Atmosphäre, weshalb ich trotz Laptop in der Tasche nicht gleich nach oben gehe, sondern gemeinsam mit Peyton und Andy noch einen Tee auf der Terrasse trinke, bevor ich Professorin Seymour aufsuchen werde. Wir beobachten die herumwuselnden Angestellten, die eifrig damit beschäftigt sind, das Picknick für den Abend vorzubereiten. Weil es heute leicht bewölkt ist, kann man die Tausenden kleinen Lichter in den Bäumen rund um den gepflegten Rasen seitlich des Mulchpfads schon erahnen.

Peyton erzählt, dass Oscar uns sehr vermisst, weshalb ich sofort ein schlechtes Gewissen bekomme, weil ich gar nicht mehr auf dem Server vorbeigeschaut habe. Das werde ich später auf jeden Fall nachholen. Ich möchte nicht, dass Oscar sich ausgeschlossen fühlt. Die Sonne senkt sich dem Horizont entgegen und die zuvor trüben Wolken werden zu einem Flammenmeer. Ich kann gar nicht genug davon bekommen, das Farbenspiel zu bewundern.

»Wenn ich noch alle Texte bewerten will, sollte ich mich langsam mal dransetzen«, sagt Peyton unvermittelt, schnappt ihre Mappe und verabschiedet sich.

Andy schließt sich ihr an. Ich bleibe noch sitzen, genieße die von Betriebsamkeit erfüllte Umgebung unter dem Feuerhimmel. Sie schenkt mir auf eine besondere Art Energie, weshalb ich die Mappe aus der Tasche hole und aufklappe. Obenauf liegt meine Geschichte über die Stalkerin, die ich sofort unter den Stapel einsortiere. Dabei sticht mir ein Wort aus dem Manuskript, das nun oben liegt, ins Auge: *Rittessin.*

Ich will den Text gar nicht erst lesen, denn eins ist sicher: Irgendjemand hier im Haus muss in meinem Zimmer an meinen persönlichen Sachen gewesen sein und weiß deshalb alles über mich.

Ich klappe die Mappe zu, renne durch die Eingangshalle Richtung Speisesaal, klopfe heftig an die Tür der Professorin und werfe mich praktisch in den Raum.

»So stürmisch heute, Ms Madows?«, fragt mich Professorin Seymour mit einer stoisch erhobenen schmalen Braue unter dem akkurat geschnittenen Pony mit den grauen Strähnen.

»Jemand hat in meinem Zimmer meine Sachen durchwühlt«, bringe ich atemlos hervor.

»Ich hoffe doch nicht, dass …«

»Ich habe Beweise«, sage ich und wedle mit der schwarzen Mappe. »Jemand schreibt seine Texte über mich und benutzt dabei Informationen, die nur in meinem Notizbuch stehen.« Ich ringe nach Luft, aber der Sauerstoffmangel ist nicht der Grund für meinen rasenden Puls.

Professorin Seymour sagt nichts, sondern bittet mich mit einer Geste, mich zu setzen. Dann schließt sie die Tür, umrundet in Seelenruhe den Tisch und setzt sich aufrecht – nahezu einschüchternd – mir gegenüber.

»Jetzt erzählen Sie ganz in Ruhe«, bittet sie mich.

Ich komme der Aufforderung nach, hole am Ende das neueste Manuskript aus der Mappe und deute auf das aus dem Text herausstechende Wort *Rittessin.*

»Ich habe Natalia bereits gebeten herauszusuchen, wer den letzten Text abgegeben hat, der in der Höhle spielt«, beende ich den Monolog.

»Ja, davon habe ich gehört und deshalb wollte ich Sie sprechen. Ihre Vorwürfe sind sehr ernst, Ms Madows.«

»Das ist mir bewusst. Deshalb möchte, nein, muss ich wissen, wer diese Texte schreibt.« Gänsehaut breitet sich auf meinem Rücken aus, während die Professorin ihren Laptop aufklappt, einen kurzen Blick auf die Nummer des Manuskripts wirft und dann im Bildschirm versinkt. Ihre Brauen ziehen sich immer weiter zusammen, Falten graben sich in ihre Stirn und ihre Unterlider zucken.

»Wer ist es?«, frage ich ungeduldig.

Die Professorin schürzt die Lippen, seufzt dann schwer und sieht mir tief in die Augen. »Laut Abgabeprotokoll wurde das Dokument von Ihnen eingereicht.«

21

»Das … das kann nicht sein«, stammle ich. Meine Gedanken rasen, rauben mir sämtliche Energie, sodass mir eiskalt wird. Ich sitze Professorin Seymour gegenüber, die mir einen Blick zuwirft, als wäre mir gerade ein zweiter Kopf gewachsen, eine Mischung aus »Verschwinde, Dämon« und »Du armes Ding«. Beides fühlt sich nicht gut an. Ich habe diese verdammten Texte nicht eingereicht!

»Ms Madows«, Professorin Seymour stößt erneut ein tiefes Seufzen aus, schließt in Zeitlupe den Laptop und legt ihre verschränkten Finger darauf ab, »mir ist bewusst, dass ein Wettbewerb wie dieser die Teilnehmenden stark unter Druck setzen kann, was sich auf vielfältige Weise äußert.« Das *Aber* hängt lange zwischen uns, während auf ihrem Gesicht die unterschiedlichsten Gefühlsregungen zu erkennen sind. Mit eindeutigem Bedauern wiegt sie langsam den Kopf. »Ich bin von Ihrem Einsatz absolut begeistert«, wagt sie einen neuen Einstieg, vielleicht weil ihr eingefallen ist, dass man immer mit etwas Positivem beginnen sollte. Mir jedoch wird in diesem Moment klar, was dieser *besondere Einsatz* wirklich bedeutet: Er setzt das Lob für die vergangene Aufgabe herab. Denn woher soll ich wissen, ob nicht noch weitere Manuskripte unter meinem Namen abgegeben worden sind? War ihr positives Feedback, das mich regelrecht beflügelt hat, auf einen dieser Texte bezogen?

Selbstzweifel, die Nemesis aller Schreibenden, nagen sich in Rekordgeschwindigkeit durch mein bereits angekratztes Selbstbewusstsein.

»Ms Madows?«

Verdammt, ich habe vor lauter Gedankenkreisel nicht gehört, was die Professorin gesagt hat. Panisch schaue ich hin und her, als könnte ich die Worte noch irgendwo im Raum herumschwirren sehen.

»Ist Ihnen die Bedeutung meiner Aussage bewusst?« Offenbar erkennt sie, dass ich gerade geistig nicht im selben Raum war wie sie. Ohne Aufforderung wiederholt sie, was ich verpasst habe. »Sie haben es nicht nötig, zusätzlich zu Ihren Texten für Aufmerksamkeit zu sorgen. Leider sehe ich mich gezwungen, Sie bei weiteren derartigen Auffälligkeiten zu disqualifizieren. Bewerten Sie einfach die Manuskripte, auch Ihre eigenen, als wären es fremde Texte. Es entspricht durchaus den Regeln dieses Wettbewerbs, Sie müssen sich keine Absolution von mir oder jemand anders einholen.«

Ich fasse es nicht. Sie hält mich tatsächlich für eine um Aufmerksamkeit buhlende … Sämtliche Worte dafür waren uns als Kinder verboten. Warum versteht niemand, dass es mir ernst ist, dass ich nicht getan habe, was mir vorgeworfen wird? Nicht einmal für einen Roman würde ich auf eine derart abwegige Idee kommen. Und ich bilde mir das alles ganz sicher nicht ein.

Es macht mich verrückt! Nein, korrigiere ich mich.

Ich. Habe. Angst.

Ich habe keinerlei Kontrolle und bin vollkommen überfordert. Alle hier auf Masters' Castle, die auf die Vorlage zum Einreichen der

Texte zurückgreifen können, kommen infrage, nicht nur die Teilnehmerinnen und Teilnehmer unserer Gruppe. Speichel sammelt sich in meinem Mund. Die Panik, die sich in meinem Magen zusammenballt, sorgt für Übelkeit.

»Konzentrieren Sie sich einfach auf das, was Ihnen wichtig ist«, redet die Professorin weiter, während das Chaos in meinem Inneren zu einem Tsunami wird. »Sie sind eine großartige Autorin, das kann ich Ihnen versichern, also verarbeiten Sie einfach alles in Ihren Texten.«

Großartige Autorin. Vielleicht wäre ich längst ausgeschieden, wenn nicht irgendjemand Texte unter meinem Namen eingereicht hätte. Ich bringe nur ein schwaches Nicken zustande, erhebe mich mechanisch und spüre meine Glieder kaum, als ich mich abwende und das Büro verlasse.

Während ich Stufe für Stufe erklimme, höre ich meinen Namen durch den Flur hallen, er könnte aber auch vom anderen Ende der Welt kommen. Vielleicht war ich nie gut genug, jemals ein Buch zu veröffentlichen. Vielleicht hat mich Mum zu viel gelobt. Sie ist meine Mutter, sie findet alles toll, was ich schreibe. Und die anderen in der Gruppe? Es gab durchaus Kritik an meinen Texten, aber nie unberechtigt. Ich habe mich mithilfe der anderen verbessert, konnte Livs und Blakes Geschichte mehr Tiefe verleihen. Aber was, wenn sie ebenso wenig ehrlich waren wie Mum? Wenn sie mich gelobt haben, während sie hinter meinem Rücken über mich lachen? Ich kann meine Onlinefamilie nicht mehr einschätzen. Und ebenso wenig mich selbst.

Nur widerstrebend ziehe ich mich in meinem Zimmer für das Picknick um, bei dem die vierte Aufgabe verkündet werden soll. Das Wissen, dass ich es gar nicht verdient, nicht aus eigener Kraft bis hierher geschafft haben könnte, quetscht auch die letzte Motivation aus mir heraus.

Nach einem Blick in den Spiegel, auf die weiße Dreivierteljeans, die unscheinbaren Ballerinas und die unauffällige zartrosafarbene Bluse wird mir klar, dass ich unbewusst versuche, mich zu verstecken, bloß nicht aufzufallen. Mit hängenden Schultern verlasse ich das Zimmer. Beim Abschließen bin ich kurz davor, wieder hineinzugehen und alles hinzuwerfen, einfach aufzugeben. Keine Ahnung, wie lange meine Finger auf der Türklinke liegen und mein Blick der Maserung des Holzes folgt, die trotz der Lackierung immer durchscheinen wird, genau wie man auch seine wahre Natur niemals komplett verbergen kann. Ob innere Schönheit oder das Gegenteil, Talent oder die Abwesenheit davon – man kann alles kaschieren, aber letztendlich schimmert die Wahrheit immer durch.

»Riley?«

Ich sehe den Flur entlang zu April, die gerade ihr Zimmer verlässt. Sie trägt ein schulterfreies weißes Kleid, dessen Ärmel aus transparentem Stoff bestehen, der nur mit schmalen Seidenbändern gehalten wird.

»Wollen wir zusammen zum Picknick?« Ihr Lächeln ist wie ein Sonnenstrahl im Dauergrau meines Gemüts. Sie verbirgt sich nicht unter einer Lackschicht, sondern ist ehrlich, egal, wie sehr es schmerzt. Ich bin mir sicher, dass sie nicht diejenige ist, die über mich schreibt, daher nicke ich.

Mit jedem Schritt, den ich stumm neben ihr den Gängen folge, festigt sich der Gedanke. Aprils Reaktion auf meinen haltlosen Vorwurf, ihr Geständnis nach meiner Entschuldigung, hat mir gezeigt, dass sie von denselben Ängsten und Zweifeln geplagt wird wie ich.

Nun erwäge ich, ob ich ihr alles erzählen soll, erzählen *kann*. Doch natürlich war der Buschfunk wieder schneller. Wir sind kurz vor dem Flur, der durch den privaten Flügel zum Fahrstuhl führt, als sie anhält und den Blick auf mich richtet. Ich mache mich instinktiv kleiner, wappne mich für die Vorwürfe.

»Ich glaube nicht, dass du zu manipulieren versuchst.« Der Einstieg kommt so überraschend, dass ich nicht weiß, was ich darauf antworten soll. »Aber ich möchte von dir hören, warum du noch einmal bei Professorin Seymour warst.«

Sie blinzelt nicht ein einziges Mal, sieht mich nur verständnisvoll an, während ich weiter mit mir ringe, aus Angst, dass sie mich danach für vollkommen verrückt halten wird. Aber für die noch so kleine Hoffnung, eine Unterstützerin in ihr zu finden, wage ich den Schritt.

»Jemand schreibt Texte über mich und ich wollte von der Professorin wissen, wer dahintersteckt.«

»Über dich? Wie meinst du das?«, fragt April, die Stirn in Falten gelegt. »Hast du deshalb gedacht, ich … würde dich ausspionieren?«

Ich nicke, bemühe mich um ein entschuldigendes Lächeln. Ich bin so furchtbar nervös, dass ich kaum stillstehen kann und April bitte, unseren Weg fortzusetzen, während ich ihr alles erzähle. »Als ich unsere erste Aufgabe, den Charakterbogen, ausgedruckt habe, lag im Drucker eine Charakterbeschreibung über *Riley Madows*, in der auch mein Schlafanzug genau beschrieben wurde.«

April will wieder anhalten und nachhaken, doch ich muss mich bewegen. Nachdem sie mich eingeholt hat, fahre ich fort. »Erinnerst du dich noch an das Manuskript über die Schmugglerhöhle?« Ich sehe zur Seite und warte Aprils Nicken ab. »Das ist nicht von mir. Das Ende, das du in der Bibliothek bemängelt hast, diente lediglich dem Zweck, mir klarzumachen, dass es um mich geht. Die erwähnte Süßigkeit ist aus Deutschland, ich habe sie immer von meiner Grandma zugeschickt bekommen, als ich klein war. Niemand hier kann davon wissen, es sei denn, die Person hat in meinem Notizbuch gelesen, das ich seit meiner Kindheit fülle.«

April keucht auf und greift nach meiner Hand, um mich zum Stehenbleiben zu zwingen. Ich sehe mich um, erkenne den Flur wieder, den Stuhl, gegen den ich gestoßen bin.

»Du denkst, jemand ist bei dir eingebrochen?«

»Es gibt keine andere Erklärung. Ich habe niemandem von meiner Rittessin erzählt und die –«

»Was ist eine Rittessin?«, unterbricht sie mich.

»Meine erste Romanfigur.« Die Erinnerung an die Rittessin schafft es, mir ein kleines Lächeln auf die Lippen zu zaubern. »Mit ihr hat alles begonnen, mit ihr habe ich als Zehnjährige alles verarbeitet, beinahe wie in einem Tagebuch.«

»Du hast auch nie erzählt, dass du so früh mit dem Schreiben begonnen hast.« Aprils Lächeln ist warm, drängt sich durch das Eis in meinem Herzen, dann fällt es jedoch wieder in sich zusammen. »Konnte dir die Professorin sagen, wer diesen Text geschrieben hat?«

Mein Blick verschwimmt, die Hilflosigkeit treibt mir Tränen in die Augen. »Laut Professorin Seymour ist mindestens der letzte von mir.«

»Wie bitte? Das heißt …«

Ich nicke und will ihr zuvorkommen. »Dass ich nicht einmal weiß, ob ich es verdient habe, weiterhin dabei zu sein.« Ein Schluchzen unterstreicht die Worte. »Dass ich vielleicht Punkte für eine Arbeit bekommen habe, die ich gar nicht geschrieben habe.«

April sieht mich entsetzt an und ich will mich schon abwenden, da sagt sie: »Das wollte ich damit nicht sagen. Ich meinte, dass es kein Wunder ist, dass du dich so zurückgezogen hast. Du musst dich ja die ganze Zeit fragen, wer von uns dir so etwas antun könnte.« Ihre großen Augen schimmern, als würde sie gleich mitweinen.

Ich zucke nur mit den Schultern, weil ich nicht weiß, was ich noch sagen soll.

»Du hättest früher mit mir reden sollen. Wir sind ein Team, wir helfen und unterstützen uns.«

Ich öffne den Mund, um mit einer großen Portion Sarkasmus zu erwidern, wie gut man das in den letzten Tagen gesehen hat, aber April hebt die Hand.

»Lydia meint es nicht so. Sie ist nur sehr unsicher, sodass sie unentwegt davon ablenken muss. In ihrem Alltag macht sie das mit Shoppen oder was auch immer, aber hier stürzt sie sich auf jeden Krümel Gossip, der ihr hingeworfen wird.«

»Über mich«, grummle ich zurück.

April lacht auf. »Nicht nur. Lydia ist eine Superspionin. Ich weiß schon nach den paar Tagen, wer auf Masters' Castle mit wem liiert ist oder war oder irgendwann Interesse an jemandem hatte.« April lacht freudlos auf und sieht mir offenbar an, was ich aus ihrer Aussage schließe. Zügig fährt sie fort: »Superspionin ja, aber nur, was Klatsch und Tratsch angeht. Ich bezweifle, dass sie in dein Zimmer einbrechen würde, um in deinem Notizbuch zu lesen. Dasselbe gilt für die anderen.«

»Dann hältst du mich für verrückt? Oder stimmst du Professorin Seymour zu, dass ich das alles mache, um Aufmerksamkeit zu bekommen?«

»Was? Nein, niemals. Ich kann mir nur nicht vorstellen, dass jemand von uns in der Lage wäre, so etwas Grausames zu machen. Wir sind eine Einheit, eine Familie«, wiederholt sie meine ehemalige Beschreibung unserer Gruppe. »Wir halten zusammen.«

Ich schlucke. »Aber wer ist es dann? Hast du nicht auch das Gefühl, dass niemand so ist, wie du dir ihn oder sie vorgestellt hast? Ich meine: Andy Turner, die für mich größte Romantikerin der Welt, ist ein Mann!« Vermutlich habe ich die Tatsache noch immer nicht verarbeitet, denn sie platzt einfach aus mir heraus.

»Bin ich froh, dass nicht nur ich ihn für eine Frau gehalten habe.« April bedeckt die Hälfte ihres Gesichts mit ihrer Hand und linst zwischen den Fingern hindurch, bevor sie sich die dunkelblonden Haare hinters Ohr streicht. »Das war mir so furchtbar peinlich, dass ich sogar alle möglichen Threads durchsucht habe, ob ich tatsächlich blind gewesen bin und es überlesen habe.«

Sie spricht mir damit aus der Seele, was einmal mehr zeigt, dass die Onlinewelt uns alles Mögliche vorgaukeln kann. »Aber genau deshalb kann ich mir nicht sicher sein, dass nicht doch jemand von uns …« Ich will es nicht erneut aussprechen. »Es gibt kaum eine andere Möglichkeit. Die Texte wurden wie verlangt eingereicht, in der Vorlage, mit meinem Namen auf dem Umschlag.«

April sieht zur Seite, in den Flur mit dem Stuhl. Dort habe ich begonnen, Francis' Geschichte zu schreiben. Laut Killian vor seinem Zimmer. Als sie zurücksieht, kaut sie auf ihrer Lippe, bevor sie ihren Verdacht äußert. »Killian wurde in den letzten Tagen mehrmals bei unseren Zimmern gesehen.«

Sie beschuldigt ihn nicht, lässt die Worte einfach zwischen uns hängen, doch sie zielen von selbst auf meinen Magen und wirken wie ein Schlag.

»Gestern hat er nach mir gesucht«, entschuldige ich ihn, während das dumpfe Gefühl im Bauch abebbt.

»Nicht nur gestern«, legt sie schnell nach.

»Du meinst, Killian würde in mein Zimmer einbrechen, um mich auszuspionieren?«

»Das muss er gar nicht. Er hat bestimmt einen Schlüssel, schließlich ist es sein Haus. Ich will ihn damit nicht verdächtigen, aber im Gegensatz zum Reinigungspersonal hat er definitiv keinen Grund, ständig bei uns herumzulungern.«

Bei der Vorstellung, dass Killian *herumlungern* könnte, lache ich auf. Es ist zu absurd.

»Ich möchte damit nur sagen, dass du niemanden ausschließen solltest. Er hat auf jeden Fall Zugriff auf die Dokumentvorlage.« Nach einer Pause greift sie nach meiner Hand und wartet, bis ich sie ansehe. »Wir werden zu dir halten, Riley. Du solltest aber allen davon erzählen, damit wir gemeinsam eine Lösung finden können. Du bist eine tolle angehende Autorin, du hast es nicht nötig, die Jury zu beeinflussen und mit einem Juror ins Bett zu gehen.«

»Ich bin nicht … Wir haben nicht …«

»Du musst es mir nicht erzählen, um dich zu verteidigen.« Sie wischt meinen Einwurf mit einer schnellen Geste weg. »Es ist okay und deine Privatangelegenheit. Jetzt lass uns keine Zeit mehr verlieren, damit wir endlich wissen, wer unser Gaststar ist. Oder bist du nicht neugierig?« Sie wendet den Rollstuhl und fährt los, ohne auf mich zu warten.

»Und ob ich das bin!«

Zweiter Druckpunkt

Alle, die aus dem Bauch heraus schreiben, hätten ihre wahre Freude an Riley.

Ich jedoch hasse Überraschungen, hasse es, wenn eine Figur vielschichtiger ist als vorgesehen und Beziehungen knüpft, Interesse an nicht plotrelevanten Nebenfiguren zeigt, die dringend das Eingreifen des Autors oder der Autorin erfordern.

Trotz allem, was ich unternommen habe, schlägt sie nicht meinen vorgegebenen Weg ein. Ich habe sie beobachtet, die Veränderung bemerkt. Doch manche Details sind unvorhersehbar. Ich muss schnell reagieren, bevor er meine Pläne durchkreuzt. Beinahe fieberhaft sehe ich mich um. Meine Gedanken rasen, die Zeit drängt. Unerwartet taucht die Lösung fröhlich plaudernd neben Professorin Seymour auf.

22

Leise Musik schwebt uns entgegen, kaum dass wir Masters' Castle durch den seitlichen Dienstboteneingang verlassen haben. Das Meer aus kleinen Lichtern ist schon von Weitem zu sehen und zaubert eine fast magische Atmosphäre. Das Gespräch mit April hat mich befreit, in mir die Hoffnung geschürt, dass sich alles zum Guten wenden würde, sodass ich den Kopfschmerz ignorieren kann, weil Mums Sorge gegen meine Schläfen pocht wie eine sich stets wiederholende Warnung.

Vereinzelt flanieren Grüppchen über die Gartenwege, einige Gäste tragen ein Buch in der Hand, was mir wie immer einen kurzen Glücksmoment beschert. Dennoch breitet sich in mir ein ungutes Gefühl aus. Etwas sorgt dafür, dass ich am Rand der Picknickwiese stehen bleibe. Nach einem Blick auf das Buch, das Lydia bei sich hat, während sie mit Jada, Andy, Ezra und noch jemandem zusammensteht, weiß ich definitiv, was ich unterbewusst bereits wahrgenommen habe.

Das Buch, das alle in der Hand halten, habe ich schon einmal gesehen: als Bree spontan Archies Paket ausgepackt hat. All die Überlegungen, wer von ihnen mich mit den Texten verunsichern will, verpuffen und ich schüttle träge den Kopf, hoffe bis zuletzt, dass es nur ein Zufall ist.

Doch natürlich hoffe ich umsonst. Meine eben noch ungute Vorahnung wird bestätigt, als Andy und Ezra zur Seite treten und meinen Blick auf die bislang verborgene Person hinter ihnen freigeben.

Archie aka Atticus Brooks, der neue britische Starautor – mein Ex-Freund. Sein Lächeln lässt sein ganzes Gesicht erstrahlen, ist einnehmend wie eh und je.

Lydia scheint regelrecht verzaubert, während sie sich mit ihm unterhält, und sogar Jada lacht so ehrlich, wie ich es nur selten gesehen habe.

Wie schon bei unserem Kennenlernen trägt Archie einen Hut, der Dreitagebart ist neu, steht ihm aber ausgesprochen gut und unterstreicht seine charismatische Ausstrahlung. Und ganz offensichtlich ist er sich seiner Wirkung auf andere noch immer mehr als bewusst. Dann bemerkt er mich, hält mitten im Gespräch inne, sodass Lydia und Jada seinem Blick folgen.

Archie ist schneller bei April und mir, als ich auch nur an Flucht denken kann. Ich komme nicht einmal dazu, ihn daran zu erinnern, dass er sich mir nicht nähern darf.

»Riley.« Nur ein Wort. Nur mein Name – und doch liegt unsere gemeinsame Vergangenheit darin. Unsere erste Begegnung, bei der ich ihn vor Angst und Nervosität ans völlig falsche Ende des Campus geschickt hatte, das Wiedersehen danach, als ich versucht habe, zu erklären, dass ich offener werden wollte, wie Zoe es nannte. Dann die weiteren *zufälligen* Treffen, die er einfädelte, wie er mir später gestand. Seine Hilfe beim Widerstand gegen Mums projizierte Ängste und die viel zu späte Erkenntnis, dass er mich mehr und mehr kontrolliert und von anderen ferngehalten hat, sodass ich nur durch Zufall …

Ich schlucke, versuche die Erinnerung daran zu verdrängen, doch das Video, mein zerbrochenes Herz, seine Erklärungsversuche, die Ausreden kommen mit aller Wucht zurück und überschwemmen mich. Ich drohe unterzugehen, ringe nach Luft, strample verzweifelt, um dem Schmerz zu entkommen. Es hat so verdammt wehgetan, ihn mit dieser anderen zu sehen – und trotz allem wollte ich es nicht wahrhaben, habe es nicht geglaubt, habe mehr an mir gezweifelt als an ihm.

Es waren Bree und ihre Freundinnen, deren Aussagen mir die Augen geöffnet haben, nachdem ich mich vollkommen anders verhalten hatte als sonst. Aber ich wollte es mit mir selbst ausmachen. Bree war zu der Zeit auf Klassenfahrt, hat jedoch ein aufmerksames Geschwisterradar – oder wurde von Mum überredet nachzuhaken, weil ich mich in meinem Zimmer verkrochen hatte.

Geht es dir gut, Riley?

Nicht wirklich. Ich habe Archie dabei ertappt, wie er mit einer anderen herumgeknutscht hat.

Dieses miese Stück … Dummhummel! Das ist … Mir fehlen die Worte. Was hast du nun vor? Soll ich seine Hinrichtung planen? Ich wette, ich habe genug Serien gesehen, um seine Leiche verschwinden zu lassen, ohne dass uns jemand verdächtigt.

Ich weiß nicht, was ich tun soll. Ich meine, wir waren nicht ewig zusammen, aber es hat mich doch verändert. Zum Positiven. Er hat mir sehr geholfen, mich von Mum abzunabeln, das hast du selbst gesagt. Vielleicht … war es ja wirklich ein Missverständnis?

Behauptet er das?

Ja. Er sagt, ich würde nur die eine Seite kennen, diesen einen Moment. Dass ich doch am besten wissen müsste, dass es immer ein Davor und Danach gäbe. Und irgendwie hat er recht. Ich hätte ihm so was auch nie zugetraut. Vielleicht sollte ich noch mal mit ihm reden. Im Moment herrscht Funkstille.

Du verteidigst ihn, weil du ihn liebst und die Schattenseiten verdrängst. Das ist normal, denke ich. Aber du musst es objektiv sehen, die Fakten sprechen lassen.

Du bist zu klug für dein Alter.

Ich bin nicht allein. Wir beraten dich alle gemeinsam.

Ist das dein Ernst? Du besprichst meine Probleme mit dem gesamten Mädchenschlafraum?

Wie in einem Think-Tank. Meine Bettnachbarin Lara hat sogar selbst Erfahrung mit toxischen Beziehungen und ihre Mum ist Psychologin. Du musst objektiv bleiben, die Sache von außen betrachten, sagt sie.

Objektiv? Ich bin involviert! Aber ich versuche es. Ich bin – war – wirklich glücklich mit ihm. Archie war mein erster richtiger Freund, hat mir so unglaublich viel gegeben, mir geholfen. Deshalb glaube ich einfach nicht, dass er mich betrügen würde.

Hattest du die Hilfe denn nötig?

Ich denke schon. Durch die Sache mit Mum bin ich anders, er hat mir da herausgeholfen. Er hat mich von meiner kleinen Welt in eine neue, viel größere geführt. Mum hat mir mit ihren Ängsten Scheuklappen aufgesetzt, es war … wie ein Käfig.

Und den hast du gegen einen neuen ersetzt?

Wie meinst du das?

Hi, Riley, Lara hier. Sorry, dass ich nicht gleich geschrieben habe, dass ich es bin. Aber hier zur Erklärung: Das Verhalten deines Freundes ... allein, dass er sich nicht einmal entschuldigt, sondern so tut, als wärst du nicht intelligent genug, um zu begreifen, was er getan hat, sagt einiges über ihn. Ich habe so etwas schon einmal gesehen, bei meiner Tante. Es sind für die Betroffenen eher Kleinigkeiten, die sie immer mehr von anderen und der Realität distanzieren und so den Anschein erwecken, nicht ohne den toxischen Part leben zu können. Es ist wie eine Sucht, hat mir meine Mum erklärt. Eine Sucht nach diesem Hoch, nach der Liebe, die aber nicht bedingungslos geschenkt, sondern gezielt eingesetzt wird wie eine Waffe. Meine Tante ist an dieser Manipulation beinahe zugrunde gegangen. Ich möchte nicht, dass dir dasselbe passiert. Du solltest dich von ihm lösen, auch wenn es dir im ersten Moment schmerzhaft und vollkommen unmöglich erscheint. Später kannst du dann mit hoffentlich genügend Distanz erkennen, ob er gut oder schlecht für dich war.

Dieser kurze Chat hat mich meine gesamte Beziehung zu Archie überdenken lassen. Ich habe mit Zoe darüber gesprochen und mit Bree nach ihrer Rückkehr von der Klassenfahrt. Wir haben jeden

Moment meiner Zeit mit Archie auseinandergenommen, und das hat mir die Augen geöffnet. Erst wenn man weiß, wonach man sucht, wird man fündig. Und trotz allem, was ich Archie bei unserem *aufklärenden Gespräch* entgegengeschleudert habe, war er vehement der Meinung, im Recht zu sein, nichts getan zu haben, wofür er sich entschuldigen müsste. Und er hat seine Meinung diesbezüglich nie geändert – weshalb es das Kontaktverbot gibt.

Als die ersten Geschenke von ihm eintrafen, haben Bree und Zoe mir auch immer wieder geholfen, wenn ich gezweifelt habe. Wie gern würde ich jetzt mein Handy aus der Tasche ziehen und eine von ihnen kontaktieren. Ich könnte auch die Polizei alarmieren und auf das Kontaktverbot pochen, weil das Recht auf meiner Seite ist. Aber ich will ihn nicht öffentlich demütigen und seinem Ruf schaden, ich will nur, dass er mich in Ruhe lässt. Ich greife in meine Tasche, kurz davor, Bree tatsächlich eine Nachricht zu schicken, ziehe die Hand jedoch wieder heraus, als April von mir zu Archie sieht und fragt: »Ihr kennt euch?«

Lydia, die Archie zusammen mit Jada gefolgt ist, hebt ihre Braue, wittert weiteren Tratsch.

»April, das ist Archie. Mein Ex-Freund vom College«, schiebe ich noch hinterher. Ich spüre seinen brennenden Blick auf mir und sehe zu ihm. Er senkt sofort den Kopf, aber ich habe das Flehen deutlich erkannt. Nein, ich werde hier keine Szene machen, werde mich nicht dazu hinreißen lassen, noch einmal negative Aufmerksamkeit auf *mich* zu ziehen. Dass ich über das Ende unserer Beziehung schweige, hat egoistische Gründe. Schnell sehe ich weg von ihm zu Jada und zu Lydia, die in Gedanken Purzelbäume zu machen scheint.

»Die Widmung«, sagt sie jetzt zu Jada und blättert das Buch in ihrer Hand auf.

Ich nicke ihr zu, die Lippen zusammengepresst. Von allen Autorinnen und Autoren, die mich inspirieren, die ich gern einmal getroffen und über ihre Arbeitsweise ausgequetscht hätte, muss die *Britsh Writers' Association* ausgerechnet meinen Ex-Freund Atticus Brooks anheuern? Was habe ich dem Universum nur getan?

»Da!«, ruft Lydia so laut, dass sich alle im Umkreis von mehreren Metern zu uns umdrehen. Sie tippt mit dem Finger auf die aufgeschlagene Seite in ihrer Hand und seufzt. »Für Riley, ohne die es dieses Buch nicht gäbe.« Geräuschvoll klappt sie das Buch zu. »Wir wollen jetzt natürlich die Geschichte dazu hören!« Sie sieht mich mit freudig leuchtenden Augen an, in denen sich die kleinen Lichter über uns spiegeln.

»Ausnahmsweise stimme ich Lydia zu«, murmelt Jada, sieht von Lydia zu mir und weiter zu Archie, der schon den Mund öffnet, um besagte Geschichte zu erzählen – garantiert ohne das Unhappy End.

»Du gibst Lydia recht?«, mischt sich Andy freundlicherweise ein. Er tritt gerade mit Ezra, Finley und Peyton näher. Na toll. Großes Publikum. Auf Peytons Stirn zeigen sich nachdenkliche Falten, als sie versucht, unsere Beziehung zu begreifen.

»Es gibt nichts zu erzählen.« Ich starre Archie nieder, so gut ich kann, verdränge die Momente, in denen er Zoe zufolge ganz klar für mich gesprochen, mich bevormundet hat. Sie war auf dem Campus schließlich oft dabei. Ich hatte keine Erfahrung, keine Vergleichswerte, wusste nicht, was normal war – wenn denn ein *Normal* überhaupt existiert. Ich sehe Archie an, dass er etwas sagen möchte, sich verteidigen will wie immer. Sein Mund schließt sich jedoch wieder. Vermutlich sieht er ein, dass es nicht die beste Promo für sich oder sein Buch wäre, wenn wir unsere gemeinsame Vergangenheit hier thematisieren würden.

Ein Klopfen auf das Mikrofon dröhnt aus den Lautsprechern, meine Rettung in letzter Minute.

»Wir sollten zur Bühne gehen«, sage ich schnell. Noch bevor mich jemand aufhalten kann, stürme ich meiner Vergangenheit davon, stelle mich zwischen die Zuhörenden vor das kleine Podest mit Rednerpult, hinter dem Ms Masters steht.

»Sehr verehrte Anwesende, ich freue mich, viele von Ihnen innerhalb so kurzer Zeit ein weiteres Mal auf Masters' Castle willkommen zu heißen.« Leiser Applaus mischt sich mit der Hintergrundmusik. »Natürlich war auch diese Einladung nicht ganz uneigennützig.« Sie wartet, bis das erwünschte Lachen abgeklungen ist. »Daher gebe ich das Wort direkt an Professorin Meredith Seymour weiter, die unseren verbliebenen Kreativen – und auch Ihnen allen – die Aufgabe für den heutigen Abend präsentieren wird.«

Begleitet von zurückhaltendem Klatschen betritt Professorin Seymour das kleine Podest und nimmt Ms Masters mit einem Lächeln das angebotene Mikrofon ab.

Peyton tritt neben mich und raunt mir ins Ohr: »Was ist das zwischen dir und unserem Stargast? Da steckt doch mehr dahinter als eine simple Ex-Beziehung.« Offenbar wittert sie eine Story.

»Wir sind nicht gerade im Guten auseinandergegangen«, sage ich und sehe demonstrativ wieder zur Bühne.

Doch Peyton lässt nicht locker. »Er hat dir sein Buch gewidmet, von seiner Seite aus …«

»Peyton, bitte«, sage ich und drehe mich zu ihr. Ohne eine weitere Erklärung nickt sie mit zusammengepressten Lippen und wendet sich endlich Professorin Seymour zu, die alle anlächelt und das Mikrofon zum Mund hebt.

»Auch ich begrüße Sie alle herzlich. Bevor ich Ihnen erläutere, wie genau Sie uns heute behilflich sein können«, sie nickt Ms Masters zu, die bereits angekündigt hat, dass die Einladung einen besonderen Grund hatte, »müssen Sie wissen, dass unsere Kreativen bislang ein Teil der Jury waren. Da immer mehr unserer Talente ausscheiden müssen, wollen wir nun Sie alle bei der heutigen Aufgabe involvieren.« Professorin Seymour sucht die Menge ab, fängt jeden Blick aus unserer Gruppe ein und bleibt an mir hängen, bevor sie weiterspricht. »Unsere Talente haben bis zweiundzwanzig Uhr Zeit, einen Pitch für eine ihrer aktuellen Romanideen zu entwerfen. Und Sie alle, verehrte Gäste und Gästinnen«, sie macht eine ausladende Handbewegung, um das gesamte Publikum einzuschließen, »gehören heute zu unserer Jury.«

Mein Herz trommelt los, Gedanken zischen durch meinen Kopf. Ich bin nicht gerade ein Fan von Pitches, die von Professorin Seymour gerade noch einmal erklärt werden, damit das Publikum die Aufgabe besser bewerten kann.

»Der traditionelle *Elevator-Pitch* ist so kurz und prägnant, dass man dem Gegenüber in wenigen Worten wie während einer Fahrstuhlfahrt alle wichtigen Details einer Idee und deren Einzigartigkeit aufzeigen soll. Unsere Kreativen können Ihre Pitches erst an Ihnen allen erproben, bevor sie in rund zwei Stunden bei Natalia abgegeben werden müssen.« Sie deutet zu ihrer Assistentin, die gerade hinter dem Podest hervortritt. »Die Pitches werden dann um Mitternacht hier beim Picknick ausgehängt. Jeder von Ihnen hat mit der Einladung einen Klebepunkt erhalten. Wir bitten Sie, diesen auf den Aushang mit Ihrem favorisierten Text zu kleben.«

Nach einer kurzen Pause, in der ein Applaus über die Wiese schwebt, wendet sie sich wieder an uns. »Meine verehrten Kreativen, sollten Sie Ihren Pitch bereits perfektioniert haben, wollen wir Ihnen auch die fünfte und letzte Aufgabe des Wettbewerbs bereits mitteilen: Sie lautet *Candle-Light-Dinner*. Wir wollen Ihre romantischste Szene. Und wirklich nur eine!«, fügt sie hinzu, während ich wie von selbst zu Andy schaue, dem Ausnahmetalent in Sachen Romantik.

»Es darf also nur ein Text abgegeben werden«, betont sie noch, bevor sie einen Schritt zur Seite tritt und Ms Masters das Mikrofon zurückgibt. Die beiden Frauen nicken einander zu, dann ergreift Ms Masters erneut das Wort.

»Wir haben uns dazu entschieden, dass auch alle Ausgeschiedenen an der vierten Aufgabe teilnehmen dürfen. Pitchen Sie Ihre einzigartigen Ideen und schaffen Sie es vielleicht sogar außerhalb des Wettbewerbs, einen unserer einflussreichen Gäste zu überzeugen.« Sie lächelt so ehrlich, dass ihre Worte nicht die erwartete Schleimspur hinterlassen. »Ihre Zeit beginnt jetzt.«

Natalia hält ihr Handy in die Höhe und startet den Countdown. Die ersten Sekunden vergehen, während sie es langsam herunternimmt. Ich sehe mich um, die Gäste verteilen sich bereits wieder auf dem weitläufigen Rasen. Ich muss meinen Pitch testen. Nein, ich brauche überhaupt erst einen.

Es gibt einige Schreibratgeber und auch Stimmen an der Uni, die empfehlen, den Pitch bereits vor Beginn eines Manuskripts auszuarbeiten. Aber ich kann das einfach nicht. Nun denke ich an Liv und Blake aus meinem aktuellen Romanprojekt und überlege, was ihr Alleinstellungsmerkmal ist.

Die erfolglose Fantasy-Autorin Liv sucht nach Inspiration, die sie dann in ihrem Ex-Freund Blake findet?

Der Gedanke klingt wie eine Frage, was allein schon zeigt, dass es nicht der richtige Pitch ist. Meine Synapsen feuern fleißig weiter, bis mich eine unerwartete Berührung aufschreckt. Eine Hand liegt auf meinem Unterarm, Tattoos schauen unter den langen Ärmeln des braunen Hoodies hervor, den Archie offenbar farblich passend zum heutigen Hut ausgewählt hat. Ich blicke den Arm entlang in sein Gesicht, das schon fast verträumt auf mich gerichtet ist, als wäre ich … ein Geschenk. Schnell entziehe ich mich seiner Berührung, indem ich einen Schritt zurücktrete. Er will mich doch nur wieder beeinflussen. Genau deshalb existiert das Kontaktverbot!

Er schlägt die Augen nieder, aber ich habe den Schmerz darin trotzdem gesehen, auch wenn ich ihn gar nicht sehen wollte. Er schluckt und räuspert sich, dennoch bleibt ein raues Kratzen in seiner Stimme hängen, als er fragt: »Wie lautet dein Pitch?«

Im Ablenken war er immer gut. Er hat mich von meinen Ängsten abgelenkt – und von der Tatsache, dass er mich betrügt. Ich blicke mich um, aber es sind zu viele Menschen in der Nähe, als dass ich ihm offen sagen könnte, dass er sich von mir fernhalten soll.

»Ich kann dir helfen. So wie du mir immer«, fügt er hinzu.

»Nein, danke«, erwidere ich schon fast schnippisch, weil ich genau weiß, was Lydia daraus machen würde. Ich kann sie beinahe hören, während ich die Menge nach ihr absuche. Doch sie unterhält sich gerade angeregt mit einer Frau im Kostüm, die ich nicht kenne. Jada steht etwas entfernt und beobachtet sie mit stolzem Blick.

»Wir haben uns immer gegenseitig geholfen, wenn es um unseren gemeinsamen Traum ging«, lenkt Archie meine Aufmerksamkeit wieder auf sich. »Ich habe meinen Erfolg unter anderem dir zu verdanken.«

»Ich habe bereits Hilfe von meinen Freunden«, erwidere ich knapp, sehe zur Seite und deute auf Ezra und Andy, die gerade mit Killian lachen, der es offenbar auch endlich auf die Party geschafft hat.

»Killian Masters?« Archies Stimme klang noch nie so frostig.

»Nein, ich meine …«, will ich mich verteidigen, schwenke dann jedoch um, missachte aus Neugier meine eigenen Vorsätze – und das Kontaktverbot. »Du hast Killian bereits persönlich kennengelernt?«

Sein finsteres Auflachen lässt mich erschaudern. Ich gebe ihm aber nicht die Genugtuung, nachzuhaken.

»Ja, ich habe ihn sogar schon vor dem Jury-Job *kennengelernt.* Vergangenes Jahr bei einem Workshop auf der *Siren.*« Die Worte triefen vor Spott. »Wenn man Kennenlernen mit unzähligen Gerüchten gleichsetzen kann, die man über eine Person hört, sie aber trotz des reservierten Seminarplatzes nie zu Gesicht bekommt, dann *kenne* ich Killian Masters seit rund einem Jahr.« Er sieht hinüber zu Killian und seine Nasenflügel beben, während seine Kiefermuskulatur unter dem Bartschatten zuckt. »Nachdem mir herausgerutscht ist, dass wir eine Beziehung hatten, war er in den Meetings der Jury auch eher daran interessiert, mehr über dich zu erfahren, als über die eingereichten Texte zu sprechen.« Er schiebt nervös seine Hände in die Tasche seines Hoodies. »Ich erkenne da ein Muster.« Sein Blick aus den so vertrauten hellen blauen Augen dringt tief in mich ein, während das Gesagte erst langsam in mein Bewusstsein sickert und sich mit Aprils Aussagen auf dem Weg hierher vermischt.

»Ich habe da noch ein Gerücht gehört …« Seine Hände gleiten aus dem Hoodie, er nimmt den Hut ab und fährt sich durch das kurze dunkelblonde Haar, bevor er ihn wieder aufsetzt. Währenddessen überlegt er offenbar, was er sagen soll. »Pass auf dich auf, Riley. Lass dich nicht von ihm manipulieren. Er ist ein Meister darin, ich habe es gesehen.« Er schürzt die Lippen, mustert mich unter halb gesenkten Lidern. »Wenn du jemanden … zum Reden brauchst, ich bin für dich da.«

Ich will mich bereits abwenden, doch ich kann nicht mehr einfach alles hinnehmen, daher drehe ich mich wieder zu Archie um und sehe ihm ins Gesicht. »Auch du hast mich manipuliert«, presse ich hervor. »Ich weiß bis heute nicht, was noch alles hinter meinem Rücken gelaufen ist.«

Archie greift unerwartet schnell nach meiner Hand und drückt sie. »Das ist nicht wahr, Riley. Und das weißt du genau. Du hast es mich nie erklären lassen.«

Schon wieder eine Manipulation, er glaubt, besser zu wissen, was *ich* weiß, als ich selbst. Weil er meine Hand nicht loslässt, entreiße ich sie ihm. Keine Ahnung, ob es Wut oder Enttäuschung ist, was sich da durch meine Innereien frisst – oder ob es an den Alarmglocken liegt, die in meinem Kopf immer lauter bimmeln. Aber ich kann ihn gerade nicht ertragen, werde garantiert nicht ausgerechnet mit ihm über Killian reden, daher drehe ich mich um und lasse ihn stehen.

»Ich sage es noch mal: Wenn du jemanden zum Reden brauchst, ich bin immer für dich da!«, ruft er mir hinterher.

Der akkurate englische Rasen unter meinen Füßen fühlt sich an, als wäre er voller Löcher. Aber vielleicht wollen auch nur meine Knie unter der Last der Bilder nachgeben, die sich mein Hirn zusammenspinnt.

Killian hat Archie über mich ausgefragt. Archie war meine erste ernsthafte Beziehung, er weiß vermutlich mehr über mich als Bree. Er könnte Killian von meinem Notizbuch erzählt haben, in dem alles über mich steht. Und wenn Killian es gelesen hat, weiß er von meiner Schwester, Omas Paketen – und von der Rittessin.

»*Lass dich nicht manipulieren.*« Archies Stimme folgt mir so penetrant wie sonst nur die von Mum und zeichnet ein neues Bild in meinen Kopf. Die Rettung in der Höhle. War sie gar nicht so zufällig, wie ich gedacht habe? Hat Killian den anderen vielleicht gesagt, dass sie schon vorgehen sollen? Er war laut April ständig in unserem Flur. Hat er … nach meinem Notizbuch gesucht? Könnte er die Texte über mich verfasst haben? Ich ziehe mein Handy aus der Tasche und sehe nach, ob er mir auf die Nachricht von heute Morgen geantwortet hat. Doch ich habe nur einen unbeantworteten Anruf von Mum, den ich ignoriere. Killian war heute den ganzen Tag verschollen und auch jetzt kann ich ihn nirgendwo mehr entdecken. Darüber hinaus weiß ich auch sonst nicht, was er während der letzten Tage gemacht hat, abgesehen von unseren wenigen beiläufigen Treffen und dem Picknick gestern Abend. Allein die Erinnerung daran zaubert ein Lächeln auf meine Lippen und sorgt für Schmetterlinge in meinem Bauch. Killian hat sich für mich eingesetzt, wollte mit der Professorin über das Verhalten der anderen mir gegenüber sprechen. Aber Killian hat auch Zugang zu jedem einzelnen Zimmer in diesem Haus. Das warme Gefühl in meiner Brust wird jäh von Kälte vertrieben und die Schmetterlinge zerspringen zu pikenden Scherben. Wäre es möglich, dass …?

»Hey, was lungerst du hier allein herum?«, unterbricht April die Flut an Gedanken, während sie mit Finley auf mich zukommt. In einem vergeblichen Versuch zu lächeln, schaue ich an den beiden vorbei und suche weiter nach Killian. Er hat sich nach seinem kurzen Auftritt in Luft aufgelöst – wie beim Empfang am ersten Abend, nachdem er herausgefunden hat, dass ich eine Teilnehmerin bin.

»Ist dein Pitch schon perfekt?«, fragt Finley ohne Umschweife. In seinem Gesicht steht pure Neugier und langsam löse ich mich aus den verwirrenden Gedanken über Killian. »Willst du ihn uns verraten?«

»Mein Pitch ist eine Katastrophe und mein Kopf hat gerade andere Probleme.« In meiner Stimme schwingt ein Schniefen mit – vermutlich dem Schock der Erkenntnis geschuldet –, obwohl ich es bisher geschafft habe, mir jegliche Tränen zu verkneifen.

»Daran lässt sich doch arbeiten. Hol die anderen!«, weist April Finley in bestem Befehlston an, der sich eifrig auf den Weg macht. Kurz darauf kommen Ezra und Andy zu uns, während Finley noch Peyton, Lydia und Jada holt.

Bevor sie bei uns sind, fragt April leise, ob ich darüber reden will. Ich schüttle den Kopf und kämpfe dabei gegen das Brennen in meinen Augen an. April nickt nur, als hätte sie diese Antwort erwartet.

Nachdem sich alle um uns versammelt haben, startet April ihre Ansprache. »Wir sind ein Team. Ezra hat die Gruppe gegründet, damit wir uns helfen und gegenseitig unterstützen.« Sie lächelt ihn an und er senkt schnell schüchtern den Blick. »*Offline* mussten wir uns vielleicht erst zusammenraufen, aber wir sind alle dieselben Menschen wie online. Also sollten wir uns auch alle weiterhin unterstützen. Mit der heutigen Aufgabe haben wir die Chance auf gute Kontakte. Jeder von uns. Also lasst sie uns verdammt noch mal wahrnehmen, ja?«

Verstohlene Blicke huschen umher. Offenbar sehen es nicht alle so wie April. In diesem Wettbewerb sind wir schließlich Konkurrenten und dass einige betreten zu Boden schauen, sagt alles.

»Einen Versuch war es wert«, meint Finley schließlich und klopft April auf die Schulter. »Aber wenn niemand –«

»Die erfolglose Fantasy-Autorin Liv sucht nach Inspiration, die sie dann in ihrem Ex-Freund Blake findet«, mache ich den Anfang und ernte gleich den ersten Kommentar von Jada, die den Kopf schüttelt. »Der Pitch ist zu austauschbar.«

»Was ist das Besondere an deiner Protagonistin und der Beziehung zu ihrem Ex?«, fragt April und plötzlich sind meine Schreibbuddys Feuer und Flamme. Ich höre bereits weitere Pitches und wie sich alle gegenseitig verbessern. Und genau deshalb sind wir hier: Weil wir das Schreiben lieben! Die Unterhaltung gleicht den stetig aufploppenden Benachrichtigungen der Discord-App, und vor Freude darüber schaffe ich es, die dunkle Wolke beiseitezuschieben, die Archie heraufbeschworen hat – und den Namen, der nun wie ein Damoklesschwert über mir und den vergangenen Tagen hängt.

Doch zuerst muss ich die Aufgabe bestmöglich bewältigen. Für mich. Um mir zu beweisen, dass ich es verdient habe, hier zu sein.

Wir testen unsere Pitches wie gewünscht an den Gästen. Archie hält sich in all der Zeit glücklicherweise von mir fern. Am Ende des Countdowns treffe ich die anderen an dem Tisch, hinter dem Natalia auf uns wartet. Ich habe Killian den ganzen Abend lang nur ein Mal bei meiner Schreibgruppe gesehen, als Archie sein Kontaktverbot gebrochen hat. Das mulmige Gefühl kehrt zurück, nachdem sich die Anspannung der Aufgabe löst und ich die zahlreichen Small Talks mit den Anwesenden überstanden habe.

Professorin Seymour tritt zu uns. »Es trifft sich gut, dass Sie alle versammelt sind, denn ich habe die Auswertung der dritten Aufgabe.« Sie sieht uns nacheinander in die Augen.

Deshalb konnte ich Killian nirgendwo entdecken, während wir unsere Pitches ausgetestet haben? Schnell konzentriere ich mich auf die Professorin.

»Mr Turner, Sie konnten mit Ihrem Antagonisten leider nicht überzeugen, aber ich wünsche Ihnen und auch den anderen Ausgeschiedenen viel Glück bei der heutigen Aufgabe. Vielleicht erreichen Sie mit Ihrem Pitch etwas bei den durchaus einflussreichen Anwesenden.« Wir können unsere Bestürzung über Andys Ende, das wie aus dem Nichts kam, nur mit unserer Mimik zeigen, denn sie fährt gleich fort: »Ms Masters hat übrigens dafür gesorgt, dass Ihnen allen eine Unterkunft auf St. Michael's Mount zur Verfügung gestellt wird, falls Sie mitreisen und die Finalistinnen und Finalisten am Wochenende unterstützen wollen.«

Ich habe nur Augen für Andy, der mit hängenden Schultern dasteht und Aprils Aufmunterungsversuche vermutlich nicht einmal hört. Die finale Aufgabe wäre wie für ihn gemacht gewesen. Es tut mir furchtbar leid für ihn. Peyton tritt zu ihm und legt ihm mit schon fast pflichtschuldigem Blick eine Hand auf den Unterarm. Sie wirkt irgendwie abwesend, starrt in meine Richtung, aber sieht mich vermutlich nicht.

»Lasst uns die Pitches abgeben und dann gemeinsam an die Bar gehen«, schlägt Ezra vor und klopft Andy auf den Rücken. »Der erste Toast geht an die Ausgeschiedenen.«

Ezra nimmt sein Ausscheiden inzwischen gelassen, was deutlich macht, wie sehr er sich vorher unter Druck gesetzt gefühlt haben muss. Er verhaspelt sich kaum noch, sodass ich nicht weiß, ob er den anderen von seinem Stottern erzählt hat.

Andy stimmt mit einem gequälten Lächeln zu.

Wir notieren unsere auf Hochglanz polierten Pitches auf das dicke Papier, das Natalia bereitgelegt hat. Ezra ist am schnellsten fertig und zieht Andy vom Tisch weg, kaum dass er den Punkt hinter seinem letzten Satz gesetzt hat.

Ezra lockt uns alle wie der Rattenfänger mit sich. Ich trotte der Gruppe hinterher auf den Bartresen zu, über dem weiße Papierlampions hängen, die warmes Licht verbreiten.

Im Gegensatz zu Jada, die sich gerade lautstark mit April unterhält, kann ich mich nicht wirklich darüber freuen, eine Runde weiter zu sein. Die Aufgabe ist erledigt und die fluffige Atmosphäre weicht mit jedem zähen Schritt, ballt sich wieder zu Wolken zusammen, die alles überschatten.

Mitten in meinem inneren Zwiespalt, ob ich es durch meinen eigenen Verdienst oder die Leistung einer anderen Person geschafft habe, tritt mir Killian in den Weg und streckt mir die Hand entgegen. Er drängt sich zwischen mich und die Gruppe, wie er es vom ersten Tag an getan hat. Sein strahlendes Lächeln weicht sofort einer fragenden Miene, als er in mein Gesicht sieht. Nach einer gefühlten Ewigkeit, in der er auf seine angebotene Hand hinabsieht, die ich nicht ergreife, lässt er sie sinken und runzelt die Stirn. Die Wolken über mir schwellen an, ballen sich zu einem Gewitter zusammen, das sich nicht unbedingt hier vor den Gästen entladen sollte. Es würde nur erneut negative Aufmerksamkeit auf mich lenken und so kurz vor dem Finale möchte ich auf keinen Fall einen Rauswurf riskieren.

Ich deute nur mit dem Kinn zum Rand des Rasens und gehe los, ohne seine Reaktion abzuwarten.

Zweiter Wendepunkt

Manchmal ergibt sich im Verlauf der Entwicklung zweier Figuren ein ungewollter Konflikt, viel größer als der ursprünglich geplante. Als guter Autor oder gute Autorin darf man diese Chance nicht ungenutzt lassen, um der Geschichte einen weiteren Höhepunkt zu schenken. Das Ende, das Ziel, auf das die Handlung und alle Figuren zustreben, ist natürlich gesetzt. Doch der Weg muss nun ein anderer sein.

Offenbar habe ich meine Figuren nicht ausreichend kennengelernt, ihre Vergangenheit nicht genug ergründet, was mir nun zum Verhängnis wird. Flexibilität ist gefragt, um die neu erkannten Beziehungen zu nutzen.

23

Fest entschlossen, mich nicht zu ihm umzudrehen, halte ich weiter auf die Bäume zu, die das Gelände säumen – obwohl ich seine Schritte nicht höre, nicht sicher sein kann, dass er mir folgt. Ich gehe immer weiter, steuere auf die Bank um den breiten Stamm zu, auf der wir uns das erste Mal begegnet sind. Bevor ich wusste, wer er ist.

Er hat mir bereits gestanden, wie entsetzt er war, dass ich mich als Teilnehmerin entpuppt habe. War das seine Motivation, mich vorzuführen, mich zu … stalken und mir Angst zu machen?

Gänsehaut überzieht meine Arme und ich schlinge sie um meinen Oberkörper, während Killian leise meinen Namen sagt, mit jener rauen Hörbuchsprecherstimme, die völlig falsche Gefühle in mir auslöst.

Vor der Bank bleibe ich stehen und drehe mich langsam zu ihm um. Mit fünf großen Schritten ist er bei mir, streckt mir die Hand entgegen, doch ich schüttle den Kopf. Er hält inne, sein Arm schwebt zwischen uns, eine eingestürzte Brücke.

»Riley, sag mir, was passiert ist.« Ein Flehen liegt in seiner Stimme, seine Augen sind voller Sehnsucht, was mir die Luft abschnürt. »Du bist … Wir sind … Ich verstehe nicht, warum du plötzlich so abweisend bist.« Sein verzweifelter Gesichtsausdruck trifft mich mitten ins Herz, rüttelt an meinen Vorsätzen, aber dieses Mal werde ich nicht einknicken.

»Du hast dich bei Archie, ich meine Atticus, nach mir erkundigt«, stoße ich gepresst hervor. Schon bei diesem kurzen Satz geht mir die Luft aus.

»Ich wollte wissen, wer du wirklich bist, bevor ich …« Er schließt langsam die Lider, die unverschämt langen Wimpern flattern wie Schmetterlingsflügel. Als er die Augen wieder öffnet, kann ich die Rötung darin selbst im zarten Schein der kleinen Leuchten am Wegesrand erkennen.

»Du hättest mich fragen können, anstatt meinen Ex auszuquetschen«, werfe ich ihm vor.

Er senkt betroffen den Kopf, hält dann aber in der Bewegung inne und presst die Zähne fest aufeinander. »Woher hätte ich wissen sollen, ob du mir die Wahrheit sagst oder nur eine weitere Rolle spielst?« Er schnaubt abfällig, während er den Kopf wiegt. »Wie hätte ich wissen sollen, ob du an mir oder nur an Jurypunkten interessiert bist?«, schmettert er mir ins Gesicht.

»Ich wusste doch gar nicht, wer du bist!«, verteidige ich mich, obwohl ich das nicht wollte. Ich habe nichts Falsches gemacht – im Gegensatz zu ihm. »Du bist derjenige, der meinen Ex-Freund über mich ausfragt, in mein Zimmer einbricht und Texte über mich schreibt. Wie kannst du mir das antun? Und warum?«

Stille.

Killian steht da wie schockgefroren, blinzelt mich träge an, ehe er wieder zum Leben erwacht. »Ich soll *was* getan haben?« Nichts als Verwirrung ist in seinem Gesicht zu sehen. Die Wut, die Enttäuschung, selbst die Röte in seinen Augen sind verschwunden.

»Du hast … Niemand kann das alles über mich wissen, wenn … Mein Notizbuch …« Nur Wortfetzen der herumzischenden Gedanken schaffen es über meine Lippen. Ein Schwindelgefühl packt mich und ich lasse mich auf die Bank sinken, weil ich befürchte, ohne Halt umzukippen.

»Riley, was ist los?« Killian klingt alarmiert. Er will näher kommen, mich berühren, verharrt dann jedoch einen halben Schritt vor mir und geht in die Hocke, um zu mir aufzusehen statt andersherum.

»Jemand schreibt seine Aufgabentexte über mich und gibt sie unter meinem Namen ab«, konfrontiere ich ihn mit seinen Taten. Oder war er es doch nicht? »Der Text über die Schmugglerhöhle war nicht von mir, auch wenn April und die anderen das vermuten. Er *handelt* aber von mir, es gibt Details aus meinem Leben, die ich nie jemandem aus der Gruppe erzählt habe.« Ich beuge mich nach vorn, stütze meine Ellbogen auf den Oberschenkeln ab und verberge das Gesicht in den Händen. Ich erzähle nichts von den Selbstzweifeln, die mich ebenso fertigmachen.

Auch ohne hinzusehen, bemerke ich, wie Killians Stimmung umschwingt. Von Sorge zu Ablehnung.

»Und du glaubst ernsthaft, dass ich diese Texte geschrieben habe?«

Verteidigung. Gegenangriff. Genau so hat Archie auf den Vorwurf des Fremdküssens reagiert. Keine Entschuldigung, keine Reue, sondern … Vorwürfe. Ich fühle mich wie in einem Déjà-vu. Schnell blinzle ich die Erinnerung weg und konzentriere mich wieder auf Killian, dessen Worte immer schneller herauspoltern.

»Ich habe kein Interesse am Schreiben. Ich habe dir doch erzählt, dass ich nicht einmal hier sein wollte und nur wegen meiner Mutter …«

Ein weiterer Punkt.

»Archie sagt, dass du auch gar nicht am Seminar auf der *Siren* teilnehmen wolltest und dich daher wohl anderweitig beschäftigt hast.« Ich hebe schnell den Kopf, um seine Reaktion nicht zu verpassen. Dass Paul dies ebenfalls erwähnt hat, behalte ich für mich, weil sich Killian sonst sofort auf ihn einschießen würde.

Er versperrt sich auch so weiter, schiebt den Unterkiefer nach vorn und seine Augen blitzen vor Wut auf. Mit jedem Herzschlag distanziert er sich mehr von mir, obwohl er sich nicht bewegt. Zwischen uns klafft ein tiefer Graben auf.

»Weder *Archie* noch du wissen, wie ich mich beschäftigt habe oder was überhaupt passiert ist.« Er erhebt sich, ohne den Blick von mir abzuwenden. Die Kluft zwischen uns wird größer. »Aber offenbar hast du dir deine Meinung schon gebildet.« Abfällig schüttelt er den Kopf. »Oder besser gesagt, sie *wurde dir vorgegeben* und du erkennst es nicht einmal.« Er macht eine kurze Pause, presst den Atem zwischen den Zähnen hervor. »Ich bin nicht stolz auf mein Verhalten, aber ich habe zu dieser Zeit etwas verarbeitet, was du offenbar noch vor dir hast.« In einer fließenden Bewegung dreht er sich um und geht davon, ohne ein einziges Mal zurückzublicken. Seine letzten Worte lässt er mit einem Hauch seines Aftershaves zurück: »Du bist offenbar noch nicht über ihn hinweg, wenn du ihm so blind vertraust, obwohl er dein Vertrauen bereits missbraucht hat.« Er verlässt den Pfad und taucht in den Schatten des Gebüschs ein.

Der Wind wird immer stärker und nimmt den letzten Rest Wärme von mir. Erst als ich fröstle, stelle ich das Grübeln darüber ein, wer von den beiden die Wahrheit sagt. Killian hat nicht geleugnet, Archie über mich ausgefragt zu haben, sondern nur, der Urheber der Texte zu sein. Aber der einzige Mensch, der all das wissen kann, ohne mich ausspioniert zu haben, ist erst seit heute auf dem Anwesen und kann deshalb keine Umschläge mit meinem Namen abgegeben haben. Die Gedanken hämmern mir inzwischen schmerzhaft gegen die Schläfen und doch komme ich nicht weiter.

Nur ein zarter Lichtstrahl lindert die Kopfschmerzen: Ab heute kann niemand mehr Texte einreichen, die angeblich von mir sind, weil nur noch eine Arbeit pro Kopf erlaubt ist. Ich kann allen – auch mir selbst – mit meinem Pitch und mit einer romantischen Szene beweisen, dass ich den Platz hier verdient habe. Ganz gleich, was die Person mit ihren Manipulationen unter meinem Namen bezweckt hat. Gestärkt von dem Gedanken stehe ich von der Bank auf, als mein Handy in der Hosentasche vibriert.

»Hi, Schwesterherz«, begrüßt mich Bree. »Ich finde es toll, dass du Mum ausnahmsweise mal zappeln lässt, aber weißt du, was du mir damit antust?«

Ihr Tonfall ist so übertrieben dramatisch, dass ich trotz der Umstände auflache.

»Es ist todernst, Riley. Mach dich nicht lustig. Mum ist am Durchdrehen und lässt mich keine Sekunde mehr aus den Augen. Sie will sich ständig mit mir *unterhalten.*« Sie klingt wie damals, als Mum sie eingeladen hat, mit ihr zum Yoga zu gehen.

»Worüber denn?«

»Über dich natürlich. Über früher. Sie hat mir irgendwie entlockt, dass wir auch nach dem Verbot ständig im Wald waren. Weißt du noch, kurz nachdem die Nachbarn weggezogen sind?«

Gibt es eine Verjährungsfrist für Ungehorsam? »Wie kommt sie denn jetzt darauf?«

»Frag mich doch nicht! Aber ich fürchte, du kriegst Hausarrest, wenn du zurück bist.«

»Bree, ich bin erwachsen und zu alt für Hausarrest.« Allein der Gedanke bringt mich zum Auflachen.

»Das kannst du dann Mum erzählen.« Sie schnaubt. »Sie hat mich auch nach der Nachbarin gefragt, diesem Mädchen, erinnerst du dich noch?«

»Brittany«, sage ich leise und nicke, obwohl Bree das nicht sehen kann. »Ich musste erst vor Kurzem an sie denken. Aber wieso interessiert sich Mum plötzlich für sie?«

»Frag mich nicht. Ich versuche, von ihrem Helikoptermum-Radar zu verschwinden, das auf hypersensibel eingestellt ist, seit du weg bist. Aber zum Trost darfst du mir jetzt erzählen, was da mit Killian läuft.«

Ich überlege, woher sie von ihm weiß, da fällt mir ein, dass er vor der Tür stand, während wir das letzte Mal telefoniert haben.

Die Ablenkung ist vorbei und ich kehre in meine derzeitige, vollkommen absurde Situation zurück. Ich berichte von dem Picknick mit Killian unter den Sternen, was sie zum Seufzen bringt. Und sie leidet mit mir, als sie erfährt, dass ausgerechnet Archie unser Stargastjuror ist.

»Wärst du nicht die beste Schwester der Welt, würde ich sagen, dass du sämtliche Karmapunkte verschenkt hast.« Sie lacht gezwungen. »Aber irgendwie ist es … schon heiß, dass sich zwei Typen um dich schlagen. Auch wenn mindestens einer davon eine kontrollsüchtige Dummhummel ist.«

Ich verdrehe die Augen. »Sie schlagen sich nicht um mich.«

»Nicht im wörtlichen Sinn«, erwidert Bree mit rechthaberischer Stimme. »Aber sie machen jeweils den anderen schlecht, um besser dazustehen.«

»Toller Charakterzug«, werfe ich mit so viel Sarkasmus ein, wie ich noch erübrigen kann. Aber irgendwie kann ich ihr nur zustimmen.

»Früher haben sich die Typen duelliert, und wenn sie Pech hatten, gegenseitig erschossen. Zeugt auch nicht vom besten Charakter, sondern von gewaltiger Dummheit.«

»Ich weiß einfach nicht mehr, was ich denken soll«, gestehe ich und bleibe bei den letzten Sträuchern stehen. Nur wenige Schritte vor mir endet der Mulchpfad und von der Terrasse hallen bereits Stimmen zu mir herüber. Offenbar haben sich nicht alle Gäste auf dem Rasen eingefunden.

Während ich überlege, Bree auch den Rest zu erzählen, damit sie alle Fakten kennt und vielleicht eine Lösung für mich hat, ein Detail bemerkt, das ich bisher übersehe, fragt sie schon nach.

»Das ist nicht alles, oder, Riley?« Nach einer Pause fügt sie hinzu: »Du weißt, du kannst mir alles sagen.« Ihre Stimme klingt viel zu erwachsen für einen Teenager, aber sie hat recht.

»Ich habe doch erwähnt, dass jemand über mich schreibt und ganz private Dinge weiß«, beginne ich und erzähle ihr, dass die Texte laut Professorin Seymour von mir sind und welche Zweifel mich seither quälen. »Nicht nur Zweifel an Killian, der vermutlich von Archie erfahren hat, dass er praktisch mein ganzes Leben in der Rittessin nachlesen kann und daher der Autor sein muss, sondern …« Ich schlucke. Es laut auszusprechen ist immer noch viel schwerer, als sich darüber Gedanken zu machen. »Was, wenn ich nur weitergekommen bin, weil ich Punkte für diese Texte mit meinem Namen bekommen habe?« Mit den letzten Silben verlässt auch der letzte Rest Atem meine Lunge und ich hole stockend Luft.

»Und was hätte Killian davon?«

»Wenn ich das wüsste«, presse ich hervor.

»Jemand will dich verunsichern. Egal, woher er oder sie all das Wissen hat, es dient nur dazu, die Konkurrenz auszuschalten. Deshalb glaube ich nicht, dass Killian dahintersteckt. Es wäre unlogisch.« Sie atmet so laut in ihr Handy, dass es als Sturm bei mir ankommt. »Du darfst dich nicht auf solche Gedanken einlassen, sonst ziehen sie dich nur runter. Du bist gut, Riley. Wirklich gut. Ich freue mich schon auf die finale Version von Liv und Blake und hoffe auf viele prickelnde Momente.«

Ich sehe praktisch vor mir, wie sie mit den Augenbrauen zuckt, und muss lachen.

»Danke, Bree«, sage ich schwach.

»Das klingt nicht, als hätte ich dich überzeugt. Schluss mit den Zweifeln. Du. Bist. Gut. Punkt.«

Ich erwidere nichts.

»Wiederhol es!«, fordert sie mich mit strenger Stimme auf. »Jetzt!«, fügt sie hinzu.

»Ich bin gut«, murmle ich und sehe mich dabei um.

»Lauter!«

»Nein!«, zische ich. »Hier sind Leute.«

»Das ist egal. Die können das ruhig alle wissen.«

Ich lache. »Du bist so …«

»… einzigartig liebenswürdig?«

»… verrückt, wollte ich sagen. Aber du hast mich aufgemuntert. Danke.«

»Nicht dafür. Es war mein totaler Ernst. Rede dir nicht ein, dass du nicht gut bist. Du hast es verdient, weiterzukommen. Vergiss das nicht.« Ich höre sie gähnen und das laute Rascheln könnte von ihrem Kopfkissen kommen.

»Ich werde jetzt auch schlafen gehen«, sage ich. »Und kleine Schwestern sollten schon früher im Bett sein.«

»Ich bin bereits im Bett, um vor Mum zu fliehen«, murmelt Bree. »Gute Nacht. Und denk daran …«, sie wird von einem weiteren Gähnen unterbrochen, »… du bist toll.«

»Und du bist die beste kleine Schwester der Welt.« Keine Ahnung, ob sie das noch hört oder bereits weggedämmert ist. Brees Supertalent: Sobald sie ihr Ohr aufs Kissen legt, schläft sie ein.

Ich gehe mit großen, tatsächlich selbstbewussteren Schritten auf die Terrasse zu und steige die Stufen hinauf. Bree hat mein Selbstzweifel-Level wieder auf ein erträgliches Maß gebracht und ich nehme mir vor, mein Bestes zu geben, um ins Finale zu kommen. Ich brauche weder Hilfe von Archie noch von Killian. Ich bin gut. Meine Arbeit ist gut, und das werde ich allen beweisen.

Ich kehre bewusst nicht zum Picknick zurück, obwohl ein Teil von mir neugierig auf die Klebepunkte und damit auf die Bewertung der Pitches ist. Ich kann sowieso nichts mehr am Ergebnis ändern, mich dafür aber schon jetzt in die finale Aufgabe stürzen.

In der Eingangshalle steht Archie mit dem Rücken zu mir und meine Schritte geraten ins Stocken. Dann entdecke ich hinter ihm Professorin Seymour, die mich anlächelt. Vermutlich führt sie Archie durch Masters' Castle und zeigt ihm seine Unterkunft.

Archie dreht sich um und folgt ihrem Blick. Als er mich entdeckt, lächelt er mich an. Er sieht irgendwie … zufrieden aus, der Abend muss für ihn ein voller Erfolg gewesen sein. Ich wende mich schnell ab und eile auf die Treppe zu. Dabei kann ich Archies Blicke wie Nadelstiche in meinem Nacken spüren. Um ein Haar hätte ich über die Schulter gesehen, ob sein Lächeln wirklich so raubtierhaft war, wie es mir mein Hirn weismachen will.

Konzentrier dich auf die Aufgabe!, ermahne ich mich selbst und nehme die erste Stufe. Auf dem Weg nach oben gehe ich die einzelnen Szenen zwischen Liv und Blake aus meinem Manuskript durch und überlege, welche davon ich vielleicht nutzen und ausbauen könnte.

Kaum bin ich in meinem Zimmer angekommen, sitze ich auch schon am Laptop und hämmere wie von tausend Musen geküsst auf die Tastatur ein.

Showdown

Worte. Aneinandergereihte Buchstaben.

Gestreute Häppchen hier und da, aufgegriffen und weitergetragen.

Die Macht der Worte ist faszinierend und beängstigend zugleich. Schnell verdränge ich das Wissen, was diese Macht in den falschen Händen bereits angerichtet hat, und atme tief durch.

Ich blicke ihr nach und sehe dann zu Boden, um zu verbergen, wie gut es sich anfühlt, wenn Pläne aufgehen. Ich lächle, als sie davongeht.

Die letzten losen Fäden verknüpfen sich und die Geschichte strebt unaufhaltsam auf ihr Finale zu. Den endgültigen Moment, in dem sich alles auflöst und der Pitch bewiesen wird.

24

Bei Sonnenaufgang wache ich auf, versuche, so lange wie möglich in diesem fluffigen Zustand zwischen Träumen und Wachsein zu bleiben, die letzten nebligen Traumfetzen von meinem Unterbewusstsein in mein Bewusstsein zu reißen. Andauernde Küsse, keuchender Atem, schweißnasse Haut. Natürlich nicht meine. Nein. Sondern Livs und Blakes in der Szene, die ich am Vorabend aus meinem Manuskript kopiert und noch etwas detaillierter geschildert habe.

In Gedanken gehe ich ihr nächtliches Treffen in Livs Garten noch einmal durch. Ich sehe die beiden praktisch vor mir – und stelle fest, dass Blake Ähnlichkeit mit Killian hat. Nein, verflucht. Es *ist* Killian. Livs nur schwach beleuchteter Garten, in dem sich die beiden unerwartet noch näherkommen, als Liv geplant hatte, weicht einem künstlichen Sternenzelt, einer Picknickdecke, Küssen und mehr …

Ich reiße die Augen auf, sämtliche nicht jugendfreien Gefühle verpuffen in den Sonnenstrahlen, die in mein Zimmer fallen. Selbst durch das geschlossene Fenster höre ich Vogelgezwitscher.

Die Hitze des Traums klebt noch an mir, als ich mich aus dem Bett schiebe, zum Schreibtisch trotte und mir den Laptop schnappe. Beim

Lesen der Szene stelle ich fest, dass Livs Emotionen, die ich gestern ergänzt habe, tief aus meinem Inneren kommen, aus den verwirrenden, wenn nicht sogar verfluchten Gefühlen für Killian Masters. Killian, der mit mir nur eines seiner Spielchen spielt – laut Archie wie mit den Frauen auf der *Siren*.

Ich reibe mir über die Augen, versuche, Liv von mir zu trennen, doch die Ergänzungen von gestern sind gut, machen die Szene viel greifbarer und authentischer als zuvor. Weil ich genau nachempfinden kann, wie zerrissen sich Liv fühlt, nachdem sie ihrer ersten großen Liebe wiederbegegnet ist. Ich entscheide mich dafür, ihr meine Gefühle zu lassen, mache das Manuskript für die Abgabe fertig und gehe nach einem Abstecher ins Bad hinunter in die Eingangshalle. Dort suche ich nach den erwähnten Aushängen der Pitches, bin dafür aber offenbar zu früh dran. Nach dem Ausdrucken meines Textes für die letzte Aufgabe begleitet mich Geschirrgeklapper auf dem Weg zur Sammelbox. Ich stecke rasch den Umschlag ein und drehe um, während mein Magen auf den Geruch nach gebratenen Würstchen antwortet, der aus der Küche durch den Flur zieht.

Der Speisesaal ist verwaist, aber kaum habe ich mich hingesetzt, huscht Cassy herbei, schenkt mir Tee ein und nimmt meinen Essenswunsch auf. Ich beobachte, wie die Sonne hinter den gigantischen Fensterscheiben aufgeht und viele schmale Lichtkleckse auf den Boden zeichnet, während ich mein Frühstück genieße. In all der Zeit taucht niemand auf, weshalb ich davon ausgehe, dass es gestern etwas länger ging und ich meine Schreibgruppe erst zum Mittagessen sehen werde – zumindest diejenigen, die pünktlich abgeben müssen. Auf unserem Schreibserver lese ich die Threads der letzten Tage, insbesondere den von Ezra, der Oscar und Jackson auf dem Laufenden hält und zusammen mit Andy sogar kleine Videos gedreht und hochgeladen hat. Eins davon ist ein Kurzinterview mit Archie, den er fragt, wie es ihm hier auf Masters' Castle gefällt. Archie antwortet, dass die Sonnenaufgänge an der Küste einfach fantastisch seien. Bei dieser Bemerkung zwickt etwas in meinen Gedanken, aber dann höre ich Schritte und schalte das Handy schnell aus.

»Gibt es weitere Wünsche?«, fragt mich Cassy.

Ich lehne dankend ab. »Noch ein Würstchen mehr und ich platze.«

Sie lächelt mir zu und während sie das Geschirr abräumt, stehe ich etwas unschlüssig auf, schnappe meine Tasche und gehe in die Eingangshalle. Um nicht völlig verloren herumzustehen, bediene ich mich an der Karaffe mit Zitronenwasser. Ich öffne erneut die Discord-App und sehe nach, ob irgendjemand online ist, aber selbst von Oscar ist nichts zu lesen, dabei ist er sonst immer extrem früh wach. Ich stecke das Handy wieder in die Hosentasche.

Mein Blick irrt ziellos umher, streift über die inzwischen so vertraute Einrichtung, bis ich oben auf der Galerie zahlreiche Staffeleien mit dem Rücken zum Geländer entdecke. Das könnten die Aushänge sein! In Windeseile trinke ich mein Glas aus, stelle es auf das Tablett für benutztes Geschirr und eile die Stufen hinauf. Ob mein Herz vor Aufregung oder vom Treppensteigen zu Höchstform aufläuft, kann ich nicht sagen.

Auf der ersten Staffelei thront hinter Glas und mit einem goldenen Rahmen in Szene gesetzt Aprils Pitch, auf dem es nur noch wenig freien Platz für weitere Klebepunkte gibt. Das nächste ist von Andy. Sein Pitch hat zwar einige Punkte, genau wie Peytons, aber nicht annähernd so viele wie der vierte. Meine Augen brennen, als ich sehe, dass nach April die meisten Gäste für Livs und Blakes

Geschichte gestimmt haben. Ich streife über ihre Namen hinter Glas, fahre über den Ornamentbilderrahmen und ziehe mein Handy aus der Tasche, um ein Foto für Bree zu schießen. Schnell tippe ich eine Nachricht dazu:

> Es gibt wohl einige, die gern mehr von Liv und Blake lesen wollen. Jeder Klebepunkt ist eine Stimme der Gäste auf dem Empfang gestern.

Ich schicke noch tausend Herzchen und das vor Freude weinende Emoji hinterher. Mit einer Antwort rechne ich um diese Zeit nicht, schließlich ist Bree in der Schule, daher stecke ich das Handy ein und will gerade zum nächsten Pitch gehen, als sich jemand hinter mir räuspert.

»Ist das deiner?«, fragt Paul mit einem traurigen Lächeln. Meine Glücksblase fällt sofort in sich zusammen und ich lande wieder in der Realität.

»Ja«, murmle ich.

»Können wir reden, Riley?«, fragt er und sieht verlegen an mir vorbei.

»Weshalb?«, frage ich und schlucke alles hinunter, was ich ihm gern an den Kopf werfen würde. Vermutlich stört es mich, dass er mit Killian offenbar recht gehabt hat, vielleicht stört mich aber auch, dass ausgerechnet Archie mir den entscheidenden Hinweis geliefert hat. Ich habe keine Ahnung.

»Mein Großvater wird heute aus dem Krankenhaus entlassen, es gibt eine Menge zu tun, damit er zufrieden mit allem ist, aber vorher muss ich unbedingt noch mit dir sprechen.« Er fischt mit weiten Armbewegungen nach den richtigen Worten. »Ich habe gestern Abend Killian getroffen und er … sah nicht gut aus.«

Paul fährt sich durch die blonden Locken, schaut nun über meine Schulter hinweg auf den Kristallkronleuchter über der Eingangshalle, als würde er den Schmerz, den der Name bei mir verursacht, gar nicht sehen wollen. Mit einem tiefen Atemzug saugt er offenbar den Mut ein, meinem Blick zu begegnen.

»Er hat mir erzählt, dass du offenbar noch an deinem Ex-Freund hängst, obwohl er dich betrogen hat.«

Ich verziehe nur das Gesicht. Keine Ahnung, welche Antwort er mir gerade zu entlocken versucht. Doch seine nächsten Worte ändern mit einem Schlag alles.

»Wenn ich gewusst hätte, dass Atticus Brooks dein *Ex-Freund* ist, hätte ich dir natürlich verraten, wer der geheimnisvolle letzte Juror ist, der um Stillschweigen über seine Ankunft am vergangenen Wochenende gebeten hat. Ich wusste nicht, dass ihr zusammen wart, Riley, das musst du mir glauben. Bitte.«

Es ist, als würde die Sonne plötzlich aufgehen und den Nebel in meinem Hirn auflösen. Endlich kann ich alles deutlich sehen. Der Gehirnknoten entwirrt sich innerhalb eines Herzschlags und nichts als Klarheit bleibt übrig.

»Er ist … schon die ganze Zeit hier?«, bringe ich atemlos hervor, während Paul die Stirn runzelt.

Archie wollte mich seit der Trennung zurück, beteuert auch jetzt noch seine Unschuld, leugnet die Beweise, die ich gesehen habe. Er hat mir immer wieder geschrieben, mich angerufen, bis ich seine Nummer auf Brees und Zoes Drängen hin blockiert habe und meine Eltern das Kontaktverbot erwirkten. Dann kamen die Geschenke.

Süßigkeiten, eine teure Pflegecreme, die er so gern an mir gerochen hat. Zuletzt das Vorabexemplar des neuen Romans, den er mir gewidmet hat. Natürlich hat er darum gebeten, hier auf dem Anwesen im Verborgenen zu bleiben – sonst hätte er das Kontaktverbot gebrochen und ich hätte jedes Recht der Welt gehabt, die Polizei zu informieren und seinen Psychospielchen ein Ende zu setzen, bevor er überhaupt damit beginnen konnte.

Ich denke an Archies zufriedenes oder eher raubtierhaftes Grinsen gestern Abend in der Eingangshalle. Er war sicher nicht gerade unglücklich über meinen Streit mit Killian, hat ihn praktisch durch seine Schilderungen provoziert und mir das vorsichtig aufgebaute Vertrauen entrissen, mich mit seinen gezielten Worten erneut von anderen distanziert.

Wenn er die ganze Zeit auf dem Anwesen war, *kann* er den Charakterbogen im Drucker hinterlassen, die Details in die Aufgaben eingeflochten und unter meinem Namen abgegeben haben. Vielleicht seine schräge Form von Hilfe, weil er gar nicht wirklich an mich glaubt, mir nicht zutraut, es aus eigenen Stücken ins Finale zu schaffen. Lag Bree mit ihrer Vermutung über Liebe als Motivation der antagonistischen Kraft in meinem Fall gar nicht so falsch? Beinahe hätte ich aufgelacht, aber mein Puls steigert sich proportional zu meinen rasenden Gedanken.

Wie weit würde Archie noch gehen?

Meine Tasche mit dem Laptop rutscht von meiner Schulter und wie in Trance bücke ich mich, um sie aufzuheben. Paul hatte wohl dasselbe vor, denn unsere Köpfe stoßen gegeneinander. Nicht sehr fest, aber es reicht, dass ich mich taumelnd erhebe und mir die Stirn reibe, während Paul eine Entschuldigung stammelt. Ich winke ab, schultere die Tasche mit etwas zu viel Schwung und da passiert es. Sie streift eine der Staffeleien, die daraufhin zusammenklappt. Mit einem für mich ohrenbetäubend lauten Klirren landet der Bilderrahmen jenseits des flauschigen Läufers auf dem Marmorboden.

Ich starre auf das gesplitterte Glas, das den eingerahmten Pitch verzerrt, und lese die mit drei Klebepunkten bewerteten Worte: `Eine Frau, die für das tragische Schicksal eines Menschen verantwortlich ist, muss erkennen, dass sie kein Glück verdient hat und dass ihr alles genommen wird, was sie liebt und glücklich macht.`

Eisige Kälte frisst sich durch meine Adern, breitet sich aus und hinterlässt eine Gänsehaut. Dieser Pitch stammt nicht von einem meiner Schreibbuddys. Wir haben uns alle gegenseitig bei unseren Ideen unterstützt. Mir ist auch keine Geschichte aus der Gruppe bekannt, die dazu passen würde.

Was nur eins bedeuten kann: Archie muss diesen Pitch verfasst haben und versucht damit zu rechtfertigen, was er mir angetan hat, noch immer antut.

Das *tragische Schicksal eines Menschen*?

Er hat *mich* betrogen, verdammt! Sonst hätte ich ihn nie verlassen. Weil ich – unerfahren wie ich war – nicht erkannt habe, was Brees Klassenkameradin vermutet und Zoe mir später bestätigt hat. Dass ich von ihm loskommen musste, dass unsere Beziehung nicht gesund war. Dass er mich immer weiter von allen distanziert hat, mich überbehütet hat – nur wesentlich subtiler als Mum.

Häppchenweise, mit scheinbar beiläufigen Aussagen, hat er mich immer mehr an mir zweifeln lassen, hat mich so von anderen abgesondert, um mich ganz für sich einzunehmen, ihn unabkömmlich für mich zu machen.

Mit den Texten, die er in den Wettbewerb eingeschleust hat, hätte er sein Ziel fast erreicht. Er hat mich nicht nur von meiner Schreibfamilie getrennt, Misstrauen geschürt und mit seinen Aussagen zuletzt sogar dafür gesorgt, dass ich in Killian das sehe, was er mich glauben lassen wollte – nein, er hat auch meine Selbstzweifel genährt, mir beinahe die Liebe zum Schreiben genommen.

Er ist gefährlich!

Erst als meine Fingerspitzen taub werden, bemerke ich, dass ich die Hände fest zu Fäusten geballt habe.

»Riley, es ist alles okay. Ich bringe das in Ordnung«, höre ich Paul durch das Rauschen in meinen Ohren hindurch.

Wenn er das nur könnte! Er bückt sich bereits nach den Scherben, doch die sind mir im Moment egal.

»Nichts ist in Ordnung!«, rufe ich und erschrecke, als das Echo durch die Eingangshalle dröhnt. Ich ziehe mein Handy aus der Tasche und wähle instinktiv den Notruf.

Alles bricht aus mir heraus, als ich der Dame am anderen Ende von meinem stalkenden Ex-Freund berichte, der mir mehr Angst macht, als ich je zuvor in meinem Leben empfunden habe und gegen den bereits ein Kontaktverbot besteht. Alle von Mum projizierten hypothetischen Ängste sind plötzlich klein und bedeutungslos angesichts einer echten Bedrohung, die aus der Frage resultiert, wie weit Archie noch gehen würde.

Paul ist entsetzt über die detaillierte Schilderung all der Erlebnisse und Ereignisse meiner Vergangenheit mit Archie – und der Geschehnisse der letzten Tage. Ich bemerke erst, dass er zwischendurch verschwunden ist, als er mit einem Glas Wasser zurückkehrt und es mir aufzwingt.

Weil ich nicht nach unten gehen möchte, holt er aus dem Flur einen Stuhl, auf den ich mich mechanisch setze, ehe er Ms Masters informiert. Gemeinsam warten wir, bis es an der Tür läutet. Rose eilt mit schnellen Schritten durch die Eingangshalle und tritt kurz darauf mit tiefen Sorgenfalten an der Seite einer Polizistin und eines Polizisten unter der Galerie hervor. Sie eilt auf Ms Masters Arbeitszimmer zu und wenig später führt die Dame des Hauses die Polizei die Treppe empor.

All is lost

In jeder Geschichte gibt es einen Moment, in dem alles verloren zu sein scheint, in dem es keine Hoffnung mehr gibt, keinen Ausweg.

Manche Entwicklungen, so heißt es, kann man nicht vorhersehen, ganz gleich, wie detailliert die Backstory einer Figur ausgearbeitet und recherchiert wurde. Ich habe meine Hausaufgaben gemacht, auf das grandiose Finale hingearbeitet, dem Scheitern der Antagonistin. Doch nicht immer sind die Heldin oder der Held siegreich.

Rileys Ängste sollten sie kontrollieren, nicht umgekehrt.

25

Mit von Gänsehaut überzogenen Armen sitze ich auf meinem Stuhl hinter dem Geländer, klammere mich daran fest und sehe zwischen den Streben hindurch nach unten.

»Ich will mir gar nicht vorstellen, was du durchmachen musstest«, sagt April neben mir, die ebenfalls von Paul informiert wurde und sein Angebot, sie zu mir zu führen, sofort angenommen hat. Genau wie ich richtet sie den Blick auf die Eingangshalle. Wir verfolgen gemeinsam, wie die Polizistin und der Polizist Archie flankieren und zum Ausgang führen. Er beteuert seine Unschuld bezüglich der Vorwürfe, aber das Recht ist auf meiner Seite. Er hat – am Vorabend sogar öffentlich – das Kontaktverbot gebrochen. Alles Weitere überlasse ich den polizeilichen Ermittlungen. Seit man ihn die Treppe hinuntergeführt hat, wehrt er sich zwar nicht körperlich, aber mit eindringlichen Worten. Einzelne Fetzen schweben zu uns empor.

»Missverständnis«, »keine Beweise«, »haltlose Vorwürfe«, »Manipulation«.

Letzteres lässt die Polizistin an seiner rechten Seite innehalten. Sie wendet sich Archie zu, ihre Miene ist bemerkenswert ausdruckslos, denn von hier oben kann ich deutlich erkennen, wie sie die Hand an ihrer Seite zur Faust ballt.

»Auf der Wache werden wir uns ausführlich über Manipulation unterhalten, Mr Brooks. Oder haben Sie Ms Masters und alle andere Beteiligten etwa nicht über das Kontaktverbot im Unklaren gelassen, um ihre Position als Juror in Bezug auf Ihre Ex-Partnerin hinterhältig ausnutzen zu können? Wäre ich nicht in offizieller Funktion hier, würde ich es armselig nennen.«

Archies Gegenwehr verstummt abrupt. Sein Mund steht offen und er blinzelt die Polizistin an, als wäre sie urplötzlich aus dem Nichts aufgetaucht. Oder als wäre er tatsächlich nicht einmal auf die Idee gekommen, dass er nicht nur mich manipuliert hat. Er hat mich Tropfen für Tropfen ausgehöhlt, wie Zoe es dank Psychologieseminar formuliert hat, hätte vielleicht immer weitergemacht, bis nichts mehr von mir übrig geblieben wäre. Ich sollte vermutlich dankbar sein, dass er mir mit seinem Treuebruch die Augen geöffnet hat.

Mit betretenem Gesicht senkt Archie den Kopf und lässt sich ohne weitere Diskussion nach draußen führen. In der Stille des Anwesens höre ich, wie ein Motor gestartet wird.

»Es ist vorbei.« April legt mir eine Hand auf den Unterarm.

Meine Finger fühlen sich taub an, sind noch immer um das Geländer geschlungen, als würde ich ohne Halt nach vorn in den Tod stürzen.

Aprils Finger streifen meinen Arm entlang, lockern meine verkrampfte Muskulatur, bis ich es schaffe, meine Finger zu lösen und mich zu ihr umzudrehen.

»Es ist nicht vorbei«, flüstere ich und fühle die Wahrheit in den Worten.

»Die Polizei hat ihn mitgenommen. Sie werden seinen Laptop durchsuchen, die Dokumente finden.« Sie strahlt eine solche Überzeugung aus, dass ich ihr so gern glauben will.

»Und wenn er keine Beweise hinterlassen hat?«

»Dann werden sie trotzdem etwas herausfinden. Alles wird gut.«

Könnte ich doch nur annähernd so sicher sein wie sie.

Ich hatte nie Angst vor Archie, war nur verletzt und enttäuscht, zuletzt genervt, weil er einfach überall war und versucht hat, sich zu rechtfertigen. Ich war glücklich, als wir zusammen waren, habe nicht bemerkt, dass Archie mich mit seinen wohlgemeinten Ratschlägen bezüglich meiner Helikoptermum von ihr distanziert hat. Ich habe nicht bemerkt, dass ich in einer toxischen Beziehung stecke, habe Zoes besorgte Kommentare immer als übertrieben wahrgenommen – genau wie Archie es mir eingeredet hat.

Doch selbst wenn die unmittelbare Bedrohung nun zu Ende ist: Archie hätte sein Ziel fast erreicht. Er hat mich wieder einmal ins Abseits gestellt, mich vor der Professorin wie eine Verrückte dastehen lassen, hat das Misstrauen meiner Schreibfamilie geschürt und … Der bittere Geschmack auf meiner Zunge lässt mich schlucken.

Killian. Ich habe Killian verdächtigt, ihm all die Dinge vorgeworfen, für die Archie verantwortlich ist. Wie soll ich ihm jemals wieder in die Augen sehen? Er muss mich für eine hysterische Kuh halten!

Ich vergrabe mein Gesicht in den Händen, bis sich jemand räuspert und April ungewohnt zögernd sagt: »Ich … muss noch etwas erledigen.«

Ich reibe mir über die Augen, ehe ich die Arme senke und zu ihr schaue. Paul steht hinter ihr, das Räuspern muss von ihm gekommen sein.

»Wenn du irgendetwas brauchst, wir sind gleich dort drüben«, sagt April und deutet auf das andere Ende der Galerie.

Ich gönne ihr die Zeit mit Paul, freue mich für sie, daher traue ich mich nicht, ihr zu sagen, dass ich gerade jetzt nicht allein sein möchte, nicht allein sein kann. Weil mich die Ereignisse dann wieder einholen wie eine Welle, die über mir zusammenschlägt, bis ich nicht mehr auftauchen kann. Ich beiße fest die Zähne zusammen und nicke, wende mich schnell ab und lasse die Tränen erst zu, als ich höre, wie sich Pauls Schritte entfernen. Das habe ich wohl verdient, nach allem, was ich April an den Kopf geworfen habe.

Ein Hüsteln lässt mich erschrocken aufspringen, so schnell, dass mir schwindelig wird und ich mich kurz am Geländer festhalten muss.

»Ich bin der allergrößte Arsch der Welt.«

Ich erschaudere angesichts der Stimme, die sich warm über mich ergießt. Mit tränenverschleierten Augen drehe ich mich um und schniefe. Killian steht nur eine Armlänge von mir entfernt. Er sieht aus wie durchgekaut und wieder ausgespuckt, ein Häufchen Elend, das nach Selbstvorwürfen müffelt. Seine Haare stehen in alle Richtungen ab, als wäre er ununterbrochen mit den Fingern hindurchgefahren.

Ich ziehe noch einmal unsexy die Nase hoch und wische mir mit dem Handrücken über die Wangen. »Du spielst die Rolle des Bad Boys etwas zu gut.«

Sein unerwartetes Auflachen vertreibt ein paar der tief hängenden Wolken, die seit Pauls Offenbarung, Archie sei die ganze Zeit über schon hier gewesen, immer dunkler geworden sind.

»Hat dir niemand gesagt, dass alle Leserinnen die Typen nur

mögen, weil sie wissen wollen, was unter der harten Schale ist?«, fahre ich fort und versuche vergeblich, genug Biss in die Stimme zu legen.

»Ist das so?«, geht er auf meine Ablenkung ein, als spüre er genau, dass ich nicht darüber reden will, was passiert ist. Dennoch beobachtet er aufmerksam jede meiner Regungen.

Ich nicke und bringe sogar ein halbes Lächeln zustande.

»Willst du … in den Garten, bis das Mittagessen serviert wird? Das Meeting für die Siegerbekanntgabe verschiebt sich, weil …« Er verkneift sich, Archie zu erwähnen. Natürlich werden die Punkte, die er bei der letzten Aufgabe vergeben hat, nicht gewertet. Ich verziehe den Mund. Denke an das Chaos, das er angerichtet hat.

»Es tut mir leid, Riley«, sagt Killian leise. Er will nach meiner Hand greifen, hält sich dann jedoch zurück und streift sie nur. Die Zeit der Ablenkung und positiver Stimmung ist wohl vorbei. Ich seufze.

»Meine Mutter ersetzt Atticus bei den Bewertungen der letzten Runde. Sie geht gerade die Texte durch, dann trommelt sie alle zusammen.«

»Mir tut es leid, dass ich dich verdächtigt habe. Ich …«

»Falsche Fährten sind für eine Geschichte wohl unerlässlich, oder?« Er bemüht sich um ein neckisches Grinsen, doch es gleicht eher einer verzerrten Karikatur davon.

Ich sehe ihn skeptisch an. »Ich dachte, du interessierst dich nicht fürs Schreiben?«

Killian hebt abwehrend die Hände. »Ich weiß aber trotzdem, worauf es bei einer Geschichte ankommt. Schließlich sitze ich in der Jury für den YTA.« Er wechselt so spontan zu diesem überheblichen Tonfall, den er auch bei unserer ersten Begegnung hatte, dass ich nur einen Laut ausstoße, der irgendwo zwischen Lachen und Schnauben angesiedelt ist.

Mit einem auffordernden Kopfnicken geht Killian los, sodass ich zu ihm aufschließen muss. Vom Ende der Galerie verfolgt mich Aprils Blick, obwohl sie sich gerade mit Paul unterhält, der auf einem Stuhl neben dem Geländer sitzt. Sie schenkt mir ein aufmunterndes Lächeln, bevor sie etwas zu Paul sagt und anschließend den Rollstuhl wendet. Kurz danach verschwinden die beiden im Flur Richtung Fahrstuhl.

Ich gehe an der Seite von Killian die Treppe hinunter. Mit einem Lächeln deutet Killian dann auf den Teil der Eingangshalle, den ich von oben nicht einsehen konnte. Fassungslose Gesichter blicken mir entgegen. Meine ganze Schreibfamilie ist hier und alle sehen mich so mitleidig an, dass ich es kaum ertragen kann und am liebsten sofort weggerannt wäre.

Ausgerechnet Lydia löst sich als Erste aus der Gruppe. Jada will sie zurückhalten, doch Lydia entzieht ihr die Hand.

»Ich … ich hätte es wissen müssen«, stammelt sie ungewohnt unsicher. »Ich habe herausgefunden, dass Atticus Brooks bereits hier ist, dass es aber sein Wunsch war, es vorerst geheim zu halten. Ich hätte nach dem Grund fragen müssen. Es … tut mir schrecklich leid, Riley. Wirklich.« In ihren großen, dunkel umrandeten Augen schimmern Tränen.

Jada kommt näher und legt eine Hand auf Lydias Rücken. »Du konntest nicht wissen, dass ein Kontaktverbot besteht und er hinter den Kulissen die Fäden zieht«, sagt sie mit sanfter Stimme. »Das ist zu … absurd.« Sie schüttelt den Kopf, dann wendet sie sich an mich. »Entschuldige, dass wir dir nicht geglaubt haben.«

Der Rest meiner Schreibgruppe kommt auf mich zu, beachtet den Juror nicht, der wie ein Bodyguard neben mir steht und so misstrauisch schaut, als würde er mich jeden Moment schnappen und wegbringen wollen. Alle äußern ihre Betroffenheit, sind ebenso entsetzt wie ich.

April und Paul verlassen gerade Seite an Seite den Dienstbotentrakt und kommen auf uns zu. Paul fällt schnell in seine Aufgabe zurück und fragt, ob er uns etwas bringen kann.

»Hast du jetzt nicht frei?«, fragt April und runzelt die Stirn. »Ich dachte, dein Großvater hält ab sofort wieder alle Zügel in der Hand.«

»Das tut er, junge Dame.« Ein grauhaariger Mann in Livree taucht wie aus dem Nichts auf. Das muss Mr Davenport sein. Er sieht Paul in Grundzügen ähnlich und entspricht so sehr dem Bild, das ich bei Rose' Worten, jemand würde meinen Koffer holen, im Kopf hatte, dass ich lächeln muss.

»Grandpa«, sagt Paul erfreut. »Darf ich dir Ms Masters' Gäste vorstellen, auch wenn sie uns heute bereits verlassen werden?«

Nach einem gediegenen Nicken stellt Paul uns alle vor. »Mr Ezra Phillips ist auf Instagram eine echte Berühmtheit«, beginnt Paul mit Ezra, der sofort den Blick senkt, weil ihm die Aufmerksamkeit unangenehm ist. »Mr Andy Turner hier hat im ersten Moment für Verwirrung gesorgt, weil offenbar alle der Meinung waren, bei *Andy* handele es sich um eine Autorin, wie mir Ms Thorne verraten hat.«

Während sich die Falten auf Mr Davenports Stirn vertiefen, färben sich Aprils Wangen in ein entzückendes Rosa und sie wirft Andy einen entschuldigenden Blick zu, der seinerseits nur mit den Schultern zuckt.

»Er wäre meine erste Wahl, sollte die Stelle des Gärtners einmal neu besetzt werden müssen«, ergänzt Paul. »Sein botanisches Wissen ist nahezu unerschöpflich.«

Mr Davenport schenkt Andy ein anerkennendes Nicken.

»Mr Finley Ward teilt meine Faszination für die hiesige Bewässerungsanlage.« Finley wirft Paul einen unergründlichen Blick zu. Hat April ihm das alles erzählt?

»Erinnerst du dich noch an Lady Viola Clarke?«, fragt Paul seinen Grandpa, der langsam nickt. »Ms Lydia Clarke ist ihre Enkelin.« Er deutet zu ihr.

»Die Dame an Killians Seite ist Ms Riley Madows.« Mehr sagt er nicht zu meiner Person, aber die Stille, die sich für wenige Herzschläge in der Eingangshalle ausbreitet, ist von genügend Wissen erfüllt, sodass nichts weiter gesagt werden muss.

»Ms Jada Evans hier kennt sich in jedem Winkel Großbritanniens besser aus als dein uraltes Navi.«

Mr Davenport schenkt seinem Enkel ein Kopfschütteln und ich bin mir sicher, dass er beinahe die Augen verdreht hätte.

»Ms Peyton Hughes«, übergeht Paul die Reaktion seines Großvaters, »ist als Journalistin mindestens genauso talentiert wie Ms Clarke, was das Aufdecken von Geheimnissen angeht«, beendet er die Runde mit Peyton, als die Standuhr anschlägt. Paul wollte offenbar noch etwas hinzufügen, schließt jedoch den Mund, weil sein Großvater das Wort übernimmt.

»Darf ich Sie nun alle in den Speisesaal bitten?« Mr Davenport tritt einen Schritt zur Seite und deutet mit einer ausladenden Armbewegung den Weg zum Mittagessen an.

Mein Magen antwortet mit einem Knurren und Lydia grinst mich breit an.

»Täter zu enttarnen macht wohl hungrig.«

Jada stößt ihr den Ellbogen in die Seite. Lydia will sich schon beschweren, runzelt dann mit offenem Mund die Stirn, bevor sie fragt: »Ist es zu früh, darüber zu sprechen?«

Jada nickt seufzend.

»Sorry«, sagt Lydia in meine Richtung und zum ersten Mal habe ich das Gefühl, dass sie es ernst meint. Ich erwidere ihr entschuldigendes Lächeln.

»Lass uns gehen.« Killian legt einen Arm um mich und dreht mich geschickt um.

Die Stimmung beim Essen war noch nie so locker. Und das, obwohl so viel vorgefallen ist – oder vielleicht genau deswegen? Nichts steht mehr zwischen uns, nicht einmal die Tatsache, dass ein Juror neben mir am Tisch sitzt und merkwürdige Fragen stellt, wenn wir uns auf Einzelheiten aus der Schreibgruppe beziehen, die er nicht nachvollziehen kann. Ezra, der auf Killians anderer Seite sitzt, spielt gern die erklärende Stimme aus dem Off, wann immer ich den Mund zu voll zum Sprechen habe. Nach den ersten Sätzen, die ihm nur stockend über die Lippen kommen, die Killian aber lächelnd abwartet, entspannt sich Ezra sogar so weit, dass er kein einziges Mal mehr hängen bleibt.

»Es ist unser letztes gemeinsames Essen hier«, sagt Finley irgendwann und die Stimmung schlägt doch noch um, wird drückend, beinahe melancholisch.

Peyton erhebt ihr Wasserglas. »Egal wer von uns ins Finale kommt, wir werden alle das Angebot annehmen und zur Insel fahren, oder?« Sie sieht von einem Gesicht zum nächsten. »Wir müssen uns weiterhin unterstützen, für die Ehre unserer Gruppe.« Sie versucht, nicht zu grinsen, aber das Zucken ihres Mundwinkels nimmt der feierlichen Ansprache jegliche Theatralik. Alle lachen und prosten sich zu, auch ich erhebe mein Colaglas.

Danach wird weiter viel gelacht und geplaudert, die Gesprächsthemen wechseln so rasant, dass vielleicht nur Schreibende die Gedankensprünge verstehen können.

Ich bin ihnen allen so dankbar für die Ablenkung. Wir müssen Jackson und Oscar, mit dem Peyton schon die ganze Zeit im Privatchat Kontakt hält, feierlich schwören, dass der Sieger oder die Siegerin des diesjährigen YTAs unter den Anwesenden ist und wir die Konkurrenz aus den anderen Vorentscheiden locker unter den Tisch schreiben. Ich habe so viel Spaß, dass meine Wangen vom ständigen Lächeln schmerzen. Genau so habe ich mir das erste Treffen mit meiner Schreibfamilie vorgestellt, und Killian neben mir macht den Moment nur noch perfekter.

Noch lange nach dem Essen sitzen wir im Speisesaal. Paul hat sich zwischen April und Peyton gequetscht und das Strahlen in Aprils Augen, als sich die beiden während ihrer Unterhaltung immer weiter zueinanderbeugen, sorgt nicht nur bei Andy für einen verklärten Blick und jede Menge Inspiration.

26

Die gute Stimmung hält an, bis wir von Natalia in den Konferenzraum gebeten werden. Es scheint, als existiere keine Missgunst mehr, kein Neid, der zuvor immer wieder von Lydia entfacht wurde – wofür sie sich unzählige Male entschuldigt hat. Lydia ist nicht böse oder missgünstig, sie sagt nur geradeheraus, was sie denkt. Sie hat uns gestanden, dass sie die Erfahrung gemacht hat, mit Klatsch und Tratsch gut von sich ablenken zu können. Die Tatsache, dass sie sich überhaupt dazu gezwungen fühlt, sorgt für einen dumpfen Schmerz in meiner Brust. Ich hatte ihre Taten offensichtlich immer missverstanden.

Trotz allem befinden wir uns in einer positiven Blase, was ich als sehr angenehm empfinde, auch wenn der Grund dafür das Gegenteil ist. Doch mit jedem Ticken der Wanduhr nimmt die Unruhe zu, bis Professorin Seymour an der Seite von Killian und seiner Mum den Raum betritt. Killian wirft mir ein Lächeln zu, das meine Nervosität durch ein warmes Prickeln ersetzt.

»Der diesjährige Vorentscheid hier auf Masters' Castle gleicht einem Thriller«, beginnt Professorin Seymour und Ms Masters nickt. »Nie zuvor mussten Juroren *entfernt* und Manuskripte aus dem Wettbewerb genommen werden.« Sie schüttelt den Kopf. »Mit großer Sorgfalt haben wir die von Mr Brooks verfassten Texte unter Ms Madows Namen von ihren eigenen getrennt, um die tatsächlich erreichten Punkte zu berechnen.«

Mir wird eiskalt und dennoch beginnen meine Handflächen zu schwitzen. April neben mir legt ihre Hand auf meinen Unterarm, eine Geste voller Wärme, die meinen Puls etwas senkt.

»Ich danke Ihnen allen, dass sie diesbezüglich behilflich waren.« Professorin Seymours Blick wandert durch die Runde, bleibt insbesondere bei Peyton und April hängen, denen sie zunickt. »Ms Madows«, nun sieht sie mir in die Augen, »die vermeintliche Hilfestellung Ihres Ex-Partners hatten Sie nicht nötig. Die zwei Punkte Differenz, die Ihnen für Mr Brooks' Texte abgezogen wurden, ändern nichts an ihrem Gesamtranking.« Sie lächelt, während ich so laut seufze, dass ich dafür ein paar Lacher ernte.

»Daran habe ich nie gezweifelt«, flüstert April mir zu.

»Kommen wir nun aber zu unseren glorreichen Finalistinnen und Finalisten.« Professorin Seymour atmet kurz durch und fährt mit feierlicher Stimme fort: »Die *British Writers' Association* freut sich, folgende Kreative im diesjährigen Finale des Young Talents Awards begrüßen zu dürfen: Ms April Thorne …« Sie macht eine Pause, während wir alle April beglückwünschen, die trotz ihres unglaublichen Talents offenbar nicht damit gerechnet hat. In ihren Augen stehen Tränen, die beim nächsten Blinzeln ihr fassungsloses Gesicht benetzen.

Ich beuge mich schnell zu ihr hinüber, umarme sie und flüstere ihr zu: »Und daran habe ich nie gezweifelt.«

April schnieft gerührt auf und lächelt über die Wiederholung ihrer eigenen Worte.

Erst als die gesamte Aufmerksamkeit wieder auf der Professorin liegt, rückt diese mit dem nächsten Namen heraus: »Finley Ward, herzlichen Glückwunsch.«

Finleys Reaktion ist die Steigerung von Aprils. Seine Ungläubigkeit lässt ihn erstarren, er blinzelt zu Professorin Seymour, die ihn anlächelt und aufmunternd zunickt, während Ezra ihm auf die Schulter klopft.

»Ich bin im Finale?«, fragt er noch immer zweifelnd.

»Absolut verdient«, bestätigt die Professorin.

»Ich … ich weiß nicht, was ich sagen soll«, stammelt Finley.

»Du musst gar nichts sagen, alles ist okay«, erwidert Andy.

Wir lachen und Professorin Seymour räuspert sich.

»Der letzte Platz im Finale geht an … Riley Madows. Gratulation!«

Nun bin ich es, die erstarrt. Die nicht glauben kann, dass ich es … wirklich geschafft habe. Ohne Hilfestellung, ohne Betrug. Ein Teil von mir, die biestige Zweiflerin, wartet instinktiv darauf, dass sich die Professorin korrigiert, einen Fehler einräumt – aber sie lächelt mich nur an, während mich meine Schreibbuddys bejubeln. Ich schaue zu Peyton mir gegenüber, die durch mein Weiterkommen das Finale knapp verpasst hat, wie wir der Gesamtbewertung entnehmen, die uns Ms Masters aushändigt. Ich werfe ihr einen entschuldigenden Blick zu, doch sie nickt nur mit einem schmalen Lächeln und sieht dann an mir vorbei.

Killian kommt auf mich zu und beugt sich zu mir. »Willst du dich nicht freuen?«, fragt er nur für meine Ohren bestimmt.

Die anderen sind schon in Plauderlaune, planen bereits die Reise nach Marazion und die Überfahrt auf die Insel.

»Ich … kann es nicht glauben«, erwidere ich und blinzle das Brennen in meinen Augen weg. »Und ihr habt alle Texte von Archie aus der Bewertung genommen?«, hake ich nach, weil ich das Gefühl immer noch nicht loswerde, nicht mit ehrlichen Mitteln gewonnen zu haben.

»Das haben wir.« Killian geht neben mir in die Hocke und wischt mit dem Daumen eine Träne von meiner Wange. Offenbar hat mein Körper ohne mein Zutun das Brennen gelöscht. »April wusste, wie viele Texte du abgegeben hast. Zwei von Atticus' Arbeiten hast du ja bereits selbst identifiziert. Sie waren aber schlechter als deine eigenen Manuskripte, weshalb sie weniger bis gar keine Punkte bekommen hatten.« Die Genugtuung, die in seiner Stimme liegt, könnte aus meinem Inneren stammen.

»Dann habe ich es … allein geschafft?« Warum ist es so schwer zu begreifen, dass es so ist? Warum brauche ich eine Bestätigung dafür, anstatt mich einfach zu freuen?

»Das hast du. Ich bin wahnsinnig stolz auf dich.« Killian haucht mir einen schnellen Kuss auf die Wange, bevor er sich wieder erhebt und zu seiner Mutter und der Professorin zurückgeht, mir über seine Schulter hinweg aber noch einmal zulächelt.

Ich bin glücklicher als je zuvor in meinem Leben, mein Herz scheint überzulaufen und ich möchte das Gefühl mit meiner Schreibfamilie teilen.

Ich räuspere mich und bekomme direkt die erwünschte Aufmerksamkeit. »Wir kennen uns inzwischen seit über einem Jahr«, beginne ich und blicke in die Runde. »Dass sich unser digitales von unserem echten Ich unterscheiden kann, haben wir alle in der vergangenen Woche live miterlebt.« Ich mache eine kurze Pause und erziele die gewünschten Lacher, auch wenn ich selbst nicht mehr als ein schmerzhaftes Lächeln zustande bekomme. »Wir waren mit Schubladendenken und Vorurteilen beschäftigt, haben versucht, die Vorstellungen in unserem Kopf mit der Realität abzugleichen, was manchmal nicht ganz einfach war.« Zustimmendes Nicken, verstohlene Seitenblicke.

»Ich weiß nicht, wie es euch geht, aber ich brauche euch, ihr seid meine Schreibfamilie. Ohne euch wäre ich mit diesem Traum allein, weil niemand außer euch so gut verstehen kann, wie es ist, in mehreren Welten gleichzeitig zu leben. Wir alle haben verschiedene Jobs, familiäre Hintergründe, Beziehungen und Erfahrungen.« Ich werfe April ein Lächeln zu, sehe dann weiter zu Lydia, Jada, Ezra, Finley, Peyton und Andy. »Und doch haben wir alle eines gemeinsam: die Liebe zum Schreiben. Ich bin so unglaublich froh, dass wir das erkannt haben.« Meine Stimme bricht, daher räuspere ich mich und warte.

Es herrscht absolute Stille, während mir Tränen aus den Augen rollen, die Emotionen überlaufen. Meine Worte haben offenbar alle umgehauen. Das Klatschen von Ms Masters hallt durch den Raum und wie ein Echo schließen sich weitere Hände an.

»Das haben Sie wunderbar gesagt, Ms Madows. Bessere Abschlussworte hätte ich nicht finden können«, sagt sie mit einem stolzen Lächeln. »Ich wünsche Ihnen dreien viel Erfolg im Finale und freue mich schon jetzt, Sie irgendwann für eine private Lesung auf Masters' Castle willkommen zu heißen.«

»Stell dir eine Lesung hier in der Bibliothek vor«, flüstert April. »Die Bücherwände, der knisternde Kamin im Hintergrund … Hach!«

Ihre Augen leuchten und in meinem Kopf sehe ich die passenden Bilder. »Ich werde hier sein – in der ersten Reihe – und dir zujubeln.«

Mit verträumtem Blick lächelt sie mich an. »Dann sollten wir vielleicht packen und uns auf den Weg zum Finale machen, hm?«

Ich rücke meinen Stuhl zurück, stehe auf und sorge dafür, dass April genügend Platz zum Rangieren hat, dann folgen wir den anderen auf den Flur. Neben der Tür steht Killian, der sich von allen mit einem »Bis morgen« verabschiedet, was mich irgendwie traurig stimmt. Meine Gefühle quellen offenbar noch immer über, einmal losgelassen, herrscht Überflutungsgefahr in sämtliche Richtungen.

Als ich bei ihm ankomme, zieht er mich mit einer schnellen Bewegung an sich und flüstert in mein Ohr: »Was hältst du davon, die anderen vorfahren zu lassen und die Ruhe hier zu genießen?«

So fantastisch der Vorschlag auch klingt und sich schnell andere Emotionen in mir regen, während ich mich an ihn schmiege, gewinnt doch die vernünftige Seite. »Ich kann ja wohl schlecht zu spät kommen, wenn ich eine der Finalistinnen bin.«

»Heute ist Anreisetag. Niemand aus den anderen Gruppen wird vor morgen Mittag erwartet, sie haben schließlich einen viel weiteren Weg. Aber wenn du lieber mit den anderen zur Insel fahren willst, kann ich das natür–«

»Sei still«, unterbreche ich ihn, lege meinen Kopf in den Nacken und sehe ihm in die Augen. »Du hast mich doch schon überzeugt.«

»Dabei habe ich mir noch so viele Gründe zurechtgelegt …«, sagt er mit gespieltem Vorwurf in der Stimme.

»Die da wären?«, hake ich nach.

»Allen voran natürlich das hier.« Er haucht mir einen Kuss auf die Lippen, dem ein Kribbeln am ganzen Körper folgt.

»Du denkst also, dass deine Küsse ein Grund zum Bleiben für mich sein könnten?«

Er nickt mit gespieltem Ernst, kann sich ein Schmunzeln jedoch nicht verkneifen.

»Welche anderen Gründe sprechen noch dafür?« Meine Stimme klingt bereits abgehackt, weil die Anspannung abflaut und Raum für andere Gefühle macht, die jedoch nicht weniger intensiv sind. Im Gegenteil.

»Du hast mein Zimmer noch nicht gesehen.« Killian tupft einen Kuss auf meine Stirn. »Ein entspannter Abend vor dem Kamin in der Bibliothek hätte auch seinen Reiz.« Seine Lippen berühren meine Schläfe, streifen sanft bis zu meiner Wange hinab und ich erschaudere. »Dann …«

Ich weiche einen hektischen Schritt zurück, meine Knie sind wie Butter. Wenn er so weitermacht, werfe ich mich ihm hier an Ort und Stelle an den Hals. Der brennende Blick, der mir aus dunklen Augen folgt, gepaart mit dem schelmischen Zucken seiner Mundwinkel, zeigt mir, dass Killian nichts dagegen einzuwenden hätte.

»Aber zuerst …« Er greift nach meiner Hand, zieht mich zu sich und verharrt mit seinen Lippen kurz vor meinem Mund. Ich schließe die Augen in Erwartung eines Kusses. »Zuerst verabschieden wir deine Schreibfamilie.« Er entfernt sich von mir und das Grinsen, das ich entdecke, nachdem ich meine Lider flatternd geöffnet habe, ist nahezu dämonisch.

»Ich sollte wohl doch gleich mitfahren«, sage ich bemüht emotionslos, obwohl mein ganzer Körper ein lautes Nein brüllt. Mit größter Anstrengung wende ich mich der Tür zu und mache einen ersten Schritt.

»Das ist nicht lustig«, brummt Killian und ich lächle so breit, dass er es vermutlich sogar an meinem Hinterkopf erkennen kann. Im nächsten Moment haucht er einen Kuss in meinen Nacken, der mich erschauern lässt. Ich seufze, dann gehe ich schnell los, um den anderen Bescheid zu geben, dass ich erst morgen anreisen werde – und um Mum zu informieren, dass ich es ins Finale geschafft habe.

Brees Kreischen im Hintergrund zerreißt beinahe mein Trommelfell, ein langes Fiepen übertönt Mums zahlreiche Anweisungen für den Aufenthalt auf St. Michael's Mount. Doch sie gehen mir nicht mehr so nah wie früher, ich habe mich in dieser einen Woche mehr von ihren Ängsten distanziert, als ich es in all den Jahren davor geschafft habe. Die räumliche Trennung tut mir gut.

»Pass auf dich auf, mein Schatz«, fleht sie mich an und ich nicke ihr über die Facecam zu.

»Immer.«

»Und erzähl mir beim nächsten Anruf alles über Killian«, säuselt Bree, die sich ins Bild drängt.

»Wer ist Killian?«, fragt Mum und schiebt meine Schwester beiseite.

»Die Verbindung wird schlecht, Mum«, lüge ich. »Hast du was gesagt?« Ich schwenke das Handy ein paarmal und lege grinsend auf.

Verräterin!, tippe ich dann eine Nachricht an Bree.

Als Antwort bekomme ich nur das Emoji mit dem Heiligenschein.

»Bereit?«, haucht Killian in mein Ohr und ich schrecke zusammen. Der Typ bewegt sich wie ein verdammter Ninja. Eben saß er noch auf meinem Bett, weshalb ich mich mit dem Rücken zu ihm vor das Fenster gestellt habe, um mich vom Ausblick auf den Garten ablenken zu lassen. Ich hätte Mum sonst unmöglich antworten können, weil all meine Sinne nur auf seine Anwesenheit gerichtet gewesen wären, die in meinem Zimmer für ein konstantes Knistern in der Luft sorgt.

Ich drehe mich zu ihm um und er legt seine Hände auf meine Hüfte. »Aber nur, wenn du es wirklich willst«, fügt er vorsichtig hinzu.

Ich schließe die Augen, atme tief durch und suche nach irgendeiner Gegenwehr in mir, aber da ist nichts. Also nicke ich.

»Dann los«, sagt er leise, drückt mir einen Kuss auf die Stirn und einen auf den Mund, bevor er einen Schritt zur Seite macht.

Ich sammle mit einem weiteren Atemzug allen Mut zusammen, öffne die Augen und trete auf die geöffnete Balkontür zu. Ich will dort hinaus, den Ausblick vom Balkon auf das Anwesen und das weit dahinterliegende Meer, das vom Sonnenuntergang rot gefärbt wird, ein einziges Mal genießen. Mir beweisen, dass mich Mums Ängste nicht länger beherrschen.

Killian berührt mich nicht, ich spüre seine Wärme jedoch dicht hinter mir. Meine Finger klammern sich am Türrahmen fest, mein Bein verharrt in der Luft, schwebt über der Türschwelle, bis mein Oberschenkel zu zittern beginnt. Ich atme die süß duftende Luft ein, will den Schritt machen – diesen einen kleinen Schritt –, schaffe es aber nicht. Mums Stimme übertönt noch immer die Vernunft, ganz gleich, was ich mir eingeredet und erhofft habe.

Ich ziehe das zitternde Bein zurück. Die Enttäuschung drückt auf meine Schultern, schmeckt bitter in meinem Mund.

»Es ist okay«, sagt Killian und es klingt nicht nach irgendeiner

Floskel, sondern ernster, schwerer. »Alles, was du tust, ist okay. Jeder kleine Schritt ist von Bedeutung.«

Ich glaube, ich habe nie zuvor derartigen Zuspruch bekommen, so voller Aufrichtigkeit, dass die Worte noch minutenlang in mir nachhallen. Killian schafft es, genau das auszudrücken, was ich hören muss.

Zunächst habe ich mit mir gehadert, ihm von meinen projizierten Ängsten zu erzählen, doch es gehört zu meinem Gesamtpaket. Es war sogar gut, dass ich es getan habe, denn erst danach hat Killian wahrhaft begriffen, warum ich mich trotz unserer Vorgeschichte auf Archies Meinung verlassen habe, auf seine Einschätzung. Killian hat kein einziges Mal gesagt, dass es ihm leidtut, wie es sonst alle tun, wenn sie meine Geschichte hören. Er hat mir nur zugeflüstert, dass er mir jederzeit zur Seite stehen würde, sollte ich mich dem lähmenden Einfluss meiner Mum stellen wollen. Und das waren die perfekten Worte.

Ein Klopfen an der Tür lässt mich die Stirn runzeln.

»Ja?«, rufe ich.

»Ms Madows, Mr Masters, Ihre Mahlzeit ist wie gewünscht serviert«, sagt eine kratzende Stimme, die ich Mr Davenport zuordne. Paul wollte Masters' Castle mit April verlassen, da sie »denselben Weg haben«. Er wohnt direkt in Marazion und hat angeboten, mit April noch eine kleine Führung über die Insel zu machen. Dem strahlenden Lächeln nach hätte sich April neben dem Platz im Finale wohl keinen besseren Start ins Wochenende vorstellen können und ich freue mich sehr für sie.

»Danke, Eli!«, ruft Killian der Tür zu. »Wir kommen sofort!«

»Tun wir das?«, frage ich mit erhobener Braue. Mein verräterisches Herz raubt mir den Atem – und macht sämtliche Schlagfertigkeit zunichte.

»O ja«, sagt Killian mit viel tieferer Stimme. »Schließlich habe ich heute Nacht noch einiges vor, bei dem dein Magenknurren nur stören würde.«

Ich verdrehe die Augen und schüttle lachend den Kopf, doch die Befangenheit greift nach meinen Stimmbändern, als ich nachhake: »Willst du mir erzählen, wobei genau?«

»Das werde ich.« Er küsst meine Schläfe. »Sogar jedes Detail.« Ein Kuss auf den Mundwinkel.

Ich will mich ihm entgegendrehen, doch er hält mich fest umschlungen.

»Ich werde dir von all meinen Plänen erzählen.« Warmer Atem streift meinen Nacken, seine gehauchten Worte sorgen für Gänsehaut. »Von jedem Seufzen, das ich dir entlocken werde.« Seine Zungenspitze glättet die Gänsehaut. »Von jedem Stöhnen, das meinem Namen folgen wird.«

Verdammt, diese Stimme! Ich bin jetzt schon kurz davor, mit dem Seufzen zu beginnen. In Erwartung weiterer Berührungen stehe ich da, jeder Zentimeter meiner Haut ist angespannt.

»Wo bleibst du denn?«, ruft Killian, und nachdem ich blinzelnd in die Realität zurückgekehrt bin, muss ich feststellen, dass er grinsend neben der geöffneten Tür steht. »Wir sollten Eli nicht so lange warten lassen.«

Auflösung

»Kill your Darlings«

Manchmal müssen geliebte und für den Plot wichtige Figuren geopfert werden, um den Druck auf die Hauptfiguren zu erhöhen. Je beliebter die geopferte Figur, je mehr sie mit den anderen verbindet und je tiefer die Beziehung war, desto stärker ist der Druck.

Die wenigsten wissen, dass es sich bei jenen »Darlings« nicht speziell um Figuren, sondern eher um Lieblingsideen des Autors oder der Autorin handelt. Szenen oder Dialoge, die für die Handlung nicht relevant sind, keine tiefere Bedeutung haben, keine Entwicklung zeigen und die Geschichte unnötig in die Länge ziehen. Dafür muss niemand getötet werden.

Ich blicke von dem geheimen Galeriebalkon hinab ins Foyer und lösche in Gedanken meine so detailreich geplante Szene voller Herzschmerz und Wiedersehensfreude, während ich verfolge, wie meine geopferte Figur abgeführt wird. Schnell ziehe ich mich zurück, damit ich nicht entdeckt werde.

Mein »Darling« ist nicht länger plotrelevant, doch das Ergebnis ist dasselbe. Zeit, der Geschichte wieder ihren Lauf zu lassen, die Fäden für den zweiten Teil der Handlung einzuflechten und meine Überzeugung zu beweisen: Wer andere ins Unglück stürzt, hat selbst kein Glück verdient.

27

»Wohin gehen wir?«, frage ich, als Killian und ich mein Zimmer verlassen.

»Wir machen einen kleinen Ausflug«, erwidert er knapp. Auf meinen finsteren Blick reagiert er nur mit einem verschwörerischen Grinsen, zieht dann etwas aus seiner Hosentasche und wedelt mir anschließend mit einem schwarzen Seidentuch vor dem Gesicht herum.

Ich ahne bereits, was er damit vorhat, und mich überkommt ein ungutes Gefühl, sodass ich einen Schritt zurückweiche.

»Vertraust du mir?«, fragt er mit samtweicher Stimme, während sein Blick bis in die Tiefe meiner Seele dringt.

Ich hätte ihm nicht misstrauen dürfen. Er hat nichts getan. Er ist nicht Archie, rede ich mir ein, ehe ich vorsichtig nicke und dann zulasse, dass er mit dem Tuch näher kommt, mir eine Haarsträhne hinters Ohr schiebt und mich aufmerksam mustert. Ich schließe die Augen, warte auf die Berührung des Tuchs, die allumfassende Dunkelheit wie im Planetarium. Ich spüre Killians Gegenwart als konstantes Prickeln auf meiner Haut, seinen warmen Atem in meinem Gesicht, werde in eine Szene von Liv und Blake katapultiert, ein Blind Date beim »Dinner in the Dark«.

»Es geht auch ohne«, haucht Killian und ein Luftzug lässt mich die Augen öffnen und in die Realität zurückkehren. Killian hat das Tuch wieder weggesteckt und erst die Erleichterung, die mich überkommt, macht mir klar, dass ich etwas zugesagt habe, das ich nicht wollte. Killian hat es vor mir erkannt. Er greift nach meiner Hand und drückt sie kurz.

Ich versuche zu erkennen, ob er enttäuscht ist, aber sollte das der Fall sein, lässt er sich nichts anmerken.

»Komm«, sagt er, deutet mit dem Kinn Richtung Haupttrakt und wir folgen dem Flur weiter bis zur Treppe.

»Wir gehen … in den Speisesaal?«, frage ich und die Enttäuschung ist mir offenbar anzuhören.

»Sicher nicht«, erwidert er geheimnisvoll, führt mich die Treppe hinunter und auf die Hintertür zu. Auf der Veranda macht er halt und deutet über die drei Stufen hinweg auf den inzwischen im Dunkeln liegenden Garten. Nicht einmal die Wegbeleuchtung ist an.

Ich kneife die Augen zusammen, um mehr zu erkennen – das zu sehen, was er offenbar von mir erwartet –, doch da ist nichts.

»Jeder Mensch hat eine Geschichte«, beginnt er und strebt auf die Stufen zu. »In dieser Geschichte gibt es etliche Wendungen, Personen tauchen auf, verschwinden wieder.«

Wir stehen jetzt am Anfang des Pfads, der in den Garten führt. Das Licht kommt von der schwachen Leuchte auf der Veranda und aus dem Inneren von Masters' Castle.

»Ich habe bisher keine guten Erfahrungen mit diesen Personen gemacht«, fährt er fort und ein Seufzen begleitet die Pause. »Dadurch bin ich skeptisch geworden, was neue Bekanntschaften angeht, wie du vielleicht bemerkt hast.« Sein freudloses Lachen macht mir jede

Erwiderung unmöglich. Ich spüre, wie schwer es ihm fällt, das zuzugeben, daher lasse ich ihm den Raum, den er braucht.

»Hier war ich fasziniert von *Amanda White*«, fährt er fort, nestelt an seiner Hosentasche herum und kurz darauf leuchtet es am Ende des Pfads vor uns auf. Eine Lichterkette aus Hunderten kleinen Dioden lässt *unseren* Baum beinahe magisch wirken. Vor der Bank versperrt ein runder Tisch den Weg. Vermutlich wartet dort das von Mr Davenport versprochene Essen – aber ein weißes Tuch bedeckt alles. Erst als Killian mir sanft ans Kinn tippt, merke ich, dass mein Mund offen steht. Ich schließe ihn hastig. Mit einem warmen Lächeln und einem viel zu amüsierten Funkeln in den Augen zeichnet Killian mit dem Finger meine Kieferlinie nach bis zum Ohr, dann den Hals hinab und ich erschauere. Seine Hand gleitet über meine Schulter, weiter den Arm entlang, bis er seine Finger mit meinen verschränkt und mich mit einem leichten Ziehen auffordert loszugehen.

»Ich war fasziniert von dieser strahlenden Person, die offenbar nicht wusste, wer ich bin. Die Vorstellung war so unglaublich befreiend, dass ich die teils abstruse Konversation genossen habe.«

Meine Wangen werden heiß, als ich an die bemitleidenswerten Versuche zurückdenke, ihn als Finley oder Jackson zu enttarnen. »Ich wollte …«, verteidige ich mich, doch er haucht nur ein »Sch!«, bevor er weiterspricht.

»Ich habe unentwegt versucht, dich zu durchschauen, und bin dabei nicht einmal auf die Idee gekommen, du könntest eine Teilnehmerin sein. Deshalb habe ich mich verraten gefühlt, als meine Mutter dich auf die Bühne gerufen hat.«

Wir sind an der Bank angekommen, über uns tanzen die Lichter in der abendlichen Brise. Wir setzen uns und Killian hebt das Tuch an. *Unser* Picknickkorb steht neben einem mit Eiswürfeln gefüllten Sektkühler mit Flasche und zwei Sektflöten, auf denen die Reflexionen tanzen.

»Mich hat beeindruckt, dass du dein Glas nicht einfach zur Seite gestellt hast, nachdem ich es aufgehoben hatte.« Killian öffnet die Flasche und gießt uns ein.

»Hätte ich es hier stehen lassen sollen?«, frage ich entsetzt. Meine Mum wäre enttäuscht von mir – nicht nur wegen der potenziellen Verletzungsgefahr, falls sich jemand aus Versehen daraufsetzt.

Killian zuckt mit den Schultern, reicht mir eins der Gläser und prostet mir zu. »Die meisten gehen davon aus, dass das Dienstpersonal so etwas erledigt. So jedoch wusste ich, dass dein Auftauchen meine Geschichte beeinflussen würde.«

Ich will etwas sagen, was dieser tiefgründigen Aussage irgendwie gerecht werden würde, aber ich kann es nicht, daher nehme ich einen Schluck und überlege, wie ich reagieren soll, während der Champagner in meinem Mund prickelt.

»Ich … Das ist vielleicht das Schönste, was je jemand zu mir gesagt hat«, gestehe ich ehrlich und Killians Wange zuckt.

»Gut«, erwidert er nur und nimmt nun ebenfalls einen Schluck.

Ob ich ihm verraten soll, dass ich bei unserer ersten Begegnung auch eine besondere Anziehung gespürt habe? Das, was er vielleicht als *Faszination* beschreibt?

Ich sehe zu ihm, betrachte sein Gesicht im Profil, er sieht in die Dunkelheit, ist in Gedanken offenbar weit weg. Ich will nach seiner Hand greifen, doch er stellt das Glas auf dem Tablett ab und springt auf.

»Wir müssen weiter.« Er nimmt mir auch mein Glas ab, positioniert es auf dem Tisch direkt neben seinem und schnappt sich den Picknickkorb.

Vollkommen verwirrt bleibe ich auf der Bank zurück und sehe zu ihm auf.

»Das war nur die erste Station unseres Ausflugs«, erklärt er, streckt mir die freie Hand entgegen und schleppt mich den Weg zurück zum Gebäude.

»Die Enttäuschung vom Empfang überspringen wir besser und auch mein unfreundliches Benehmen am nächsten Morgen.«

Ich erinnere mich an jenen ersten Morgen hier auf Masters' Castle, an den Buchcoververgleich, der mir beim Anblick von Killian vor dem Fenster im Speisesaal in den Sinn kam. Sofort presse ich die Zähne aufeinander, weil mir wieder einfällt, wie er eingeschnappt das Essen auf sein Zimmer bestellt hat.

Mit einem Picknickkorb in einem Gebäude herumzulaufen, sollte sich vielleicht seltsam anfühlen, aber an Killians Seite tut es das nicht. Ich bin gespannt auf die nächste Station und erahne, wo er mich hinführen wird, als ich den Stuhl erkenne, auf dem ich die Geschichte über Francis getippt habe. Mein Magen gerät in Aufruhr, weil ich weiß, dass am Ende des kurzen Flurs sein Zimmer ist, doch Killian führt mich daran vorbei.

»Irgendwo zwischen dort«, er deutet vage hinter uns zum Stuhl, »und der Höhle hast du etwas mit mir angestellt.« Sein Ton trieft vor gespieltem Vorwurf, sodass ich mich empört wehre.

»Ich mit dir? Wer hat mich in der Höhle denn beinahe geküsst?«

»Wer hat mich gezwungen, mich nackt auszuziehen?«, erwidert er mit herausfordernder Stimme, begleitet von einer erhobenen Augenbraue.

»Damit du nicht erfrierst!«, verteidige ich mich wie vor ein paar Tagen schon.

»Natürlich.«

Dieser Tonfall!

Ich verdrehe die Augen, was ihn nur zum Grinsen bringt.

»Dann ist der ganze Mist mit den anderen passiert, ich wollte mich von dir fernhalten, damit du nicht noch mehr ausgegrenzt wirst, aber es war ... unmöglich. Du hattest meine Geschichte bereits verändert.« Er schüttelt den Kopf, als könne er es selbst nicht glauben, während es in meiner Brust wärmer und wärmer wird. »Also wollte ich dich zumindest aufmuntern.« Er deutet mit einer Geste zu einer Tür, die ich nur allzu gut kenne. Er öffnet sie und heute empfangen uns bereits Sterne – über uns und auf dem Boden.

Wir treten ein, Killian schließt mit einem leisen Klicken die Tür und stellt den Korb neben der ausgebreiteten Patchworkdecke ab. Es wirkt alles genau wie beim letzten Mal. Und doch ist alles anders.

Killian legt die Hände an meine Hüfte, sein Blick unter halb gesenkten Wimpern lässt mein Herz schneller schlagen.

»Du glaubst nicht, wie sehr ich dich küssen wollte«, haucht er. »Es tat beinahe körperlich weh, mich zurückzuhalten, bis ich ... es nicht mehr konnte.« Er legt den Kopf in den Nacken und seufzt schwer.

»Auch Helden dürfen ihre schwachen Momente haben«, sage ich leise und doch füllen die Worte die Stille unter den Sternen. »*Jetzt* wäre übrigens perfekt für so einen Moment«, ergänze ich und er wendet mir das Gesicht wieder zu.

»Wäre es das?« Das raue Kratzen in seiner Stimme streift über meine Haut und richtet jedes Härchen einzeln auf. »Ich dachte, ich soll dir erzählen, was ich mit dir vorhabe.«

Ich erschaudere.

»Zunächst werde ich dich bitten, Platz zu nehmen.« Seine Stimme ist normal, beinahe … geschäftig, als er sich auf die Patchworkdecke voller Sterne setzt und neben sich klopft. Ich folge seiner Aufforderung und sehe ihn erwartungsvoll an.

»Dann biete ich dir etwas zu essen an.« Er deutet zum Picknickkorb neben uns.

»Ich habe keinen Hunger.« Das entspricht der Wahrheit. Mein Bauch ist voll von Schmetterlingen, da ist kein Platz für ein Hungergefühl.

»Wie du wünschst«, sagt er zwar, aber sein Gesicht schreit förmlich *zum Glück*. Er hat sich doch nicht so gut im Griff, wie er vielleicht denkt, und ich schmunzle.

»Dann …«, setzt er an, während er näher rückt und mir über den Handrücken streift, seine Stimme wird wieder weicher, hypnotischer, »… beginnt der interessante Teil des Abends.« Seine Finger streifen über meinen Unterarm. Die Berührung ist so leicht, dass ich sie mir vielleicht eher einbilde, als sie zu spüren.

»Ich will jeden Zentimeter deiner Haut verwöhnen, davon kosten, dich schmecken.« Killian rückt noch näher, setzt sich hinter mich, streift mein Haar zur Seite und beginnt, sein Versprechen einzulösen. Er tupft federleichte Küsse auf meinen Nacken und den Hals. Ich schließe die Augen und genieße.

»Du sagst mir, wenn ich aufhören soll, ja?«

»Hm-hm.« Ich seufze wenig überzeugend, will mich an ihn lehnen, ihm zeigen, dass er unbedingt weitermachen soll.

Sein raues Lachen sorgt für einen Extraschauer. Dann ist hinter mir nichts mehr als Luft. Ich reiße die Augen auf und drehe mich um.

Killian stützt sich eine Armlänge von mir entfernt auf den Händen ab. Eingetaucht ins Sternenlicht, das ihn wieder perfekt in Szene setzt, sitzt er da und beobachtet mich. Ich sehe an dem eng anliegenden T-Shirt unter dem geöffneten Hemd, dass sein Atem ebenso schnell geht wie meiner.

Erst zucken seine Mundwinkel, dann schüttelt er träge den Kopf. »Ich fürchte, ich kann das nicht.«

Sämtliche Körperwärme entweicht mit einem Herzschlag.

»Ich kann nicht nur erzählen, was ich tun will«, fährt er fort, die Stimme schwer vor Sehnsucht, die auch in seinen Augen leuchtet.

Mein Puls rast, ich rücke näher zu ihm, streife mit den Fingernägeln über seinen Nacken und werde mit einem leisen Stöhnen belohnt. Dann schlinge ich die Arme um seinen Körper, ziehe ihn zu mir und zeige ihm, was ich will.

»Show, don't tell«, hauche ich und entlocke ihm damit ein Schmunzeln, das ich mit meinen Lippen einfange.

Unsere Küsse beginnen beinahe zaghaft, gleichen einem sanften Kennenlernen, einem ersten Abtasten, das in mir einen Hunger schürt, der rein gar nichts mit den Köstlichkeiten im Picknickkorb zu tun hat. Ich verlange mehr, zerre unter immer gierigeren Küssen an seinem Hemd und streife es über seine Schultern.

Ich wollte nur kurz innehalten, um ihm das T-Shirt über den Kopf zu ziehen, genieße dann jedoch das Spiel der wohldefinierten Muskeln unter sternenlichtgetränkter Haut und das Aufblitzen des Piercings in seiner linken Brustwarze.

»Dieser Blick hat mich bereits in der Höhle um den Verstand gebracht«, raunt Killian. »Wäre mir nicht so furchtbar kalt gewesen, wäre ich vermutlich direkt an Ort und Stelle über dich hergefallen.«

»Ach ja?« Ich lächle und beiße mir auf die Lippe, verfolge seine Reaktion darauf genau.

»Wenn ich sicher gewusst hätte, dass du es auch willst, definitiv. Ich habe mir mehr als deutlich ausgemalt, wie ich dich ausziehe und jeden Zentimeter deiner vom Feuer erhitzten Haut mit meiner Zunge erkunde.«

Ich stöhne leise auf, schließe flatternd die Lider und lasse mich in seine Erzählung fallen, während erst seine Hand, dann seine Lippen den Worten folgen.

»Ich hätte hier begonnen, dich zu erkunden.« Seine Finger gleiten über meine Schläfe, weiter den Hals hinab, über das Brustbein bis zu meinen Brüsten. Seine dunkle Stimme, die schnellen Atemzüge in den Pausen steigern meine Sehnsucht ins Unermessliche.

Er setzt seine Erkundung begleitet von Worten fort, seine Hand wandert über meine Seite, kommt an der Taille zum Liegen. »Ich habe mir so sehr gewünscht, dich zu spüren, dir ein Stöhnen zu entlocken, dass ich dafür meine Seele verkauft hätte.« Er zieht meinen Körper mit einer schnellen Bewegung zu sich und wirft uns beide auf den sternenbedeckten Untergrund. Ich spüre seine Erregung, was mir ein leises Keuchen entlockt, das ihn ganz offenbar herausfordert, mehr zu wollen. »Ich hätte dich überall berührt«, er hinterlässt einen Pfad puren Feuers von meiner Hüfte bis zu meiner Mitte, »hätte getan, was immer du von mir verlangst, bis nur noch mein Name über deine Lippen kommt.«

Seine Beschreibungen bringen mich um den Verstand, meine Atemzüge werden zu einem rauen Stöhnen, als wir uns noch näher kommen. Die Hitze seiner Haut, jede seiner Bewegungen und jedes gehauchte Wort schüren mein Verlangen weiter, bis ich drohe, auseinanderzubrechen. Es existiert nichts mehr als unsere vereinten Körper, geteilter Atem und Gefühle, die mir den Verstand rauben.

Unsere Herzen schlagen noch immer viel zu schnell, als er später meinen Namen in meine Halsbeuge murmelt.

»Dass sich Worte wie Berührungen anfühlen können, war neu für mich.« Ich lächle ihn an, sehe, wie sich seine Mundwinkel erst kräuseln, dann zu einem strahlenden Lächeln werden, das bis in seine Augen steigt.

»Worte und Vorstellungskraft sind mächtige Waffen, aber wer baut schon auf Fantasie, wenn die Realität so viel besser ist.« Aus dem Lächeln wird ein teuflisches Grinsen, ehe er mir weitere Dinge ins Ohr flüstert, die damit enden, dass er sein Versprechen erneut einlöst.

Erst als es hinter meinen geschlossenen Lidern immer heller wird, bemerke ich, dass ich eingehüllt in Killians Wärme und eine flauschige Decke eingeschlafen sein muss. Über uns läuft ein Sonnenaufgang vom All aus in Dauerschleife. Ich beobachte Killians schlafendes Gesicht, das erst vom Licht der blauen Erde, dann vom Gold der Sonne geküsst wird. Obwohl er sich nicht bewegt, mit zerzausten Haaren entspannt daliegt, ändert die Beleuchtung seine Ausstrahlung von distanziert kühl zu heiß und sexy. Das wechselnde Licht schafft es, binnen Sekunden seine verschiedenen Seiten zu zeigen, die ich im Laufe der vergangenen Woche kennengelernt habe.

Killians gleichmäßige Atemzüge verstummen, er regt sich und blinzelt gähnend, um sich anschließend träge umzusehen. Ein Lächeln schleicht sich auf seine Lippen, als er mir das Gesicht zuwendet und mich näher zieht.

»Guten Morgen«, flüstere ich mit vom wenigen Schlaf rauer Stimme.

Erst zeitverzögert registriert er, dass nicht länger der Nachthimmel über unseren Köpfen vorbeizieht. »Es hat offenbar niemand den Timer der Aufnahmen geändert«, murmelt er, reibt sich die Augen und erkennt die Frage in meinen Augen, bevor ich sie stelle.

»Als ich klein war – und nicht mehr ganz so klein –, habe ich oft hier übernachtet, mit Paul auch gezeltet.« Ein leises Lachen lässt seinen Brustkorb unter meiner Hand erbeben und ich stelle mir vor, dass vermutlich sogar Mum damit vollkommen einverstanden gewesen wäre, wenn ich anstatt im Garten oder draußen im Wald in einem geschlossenen Raum gezeltet hätte. Beim Gedanken daran lache ich ebenfalls.

»Ich liebe dein Lachen.« Er streift sanft mit dem Fingerrücken meine Wange entlang. An genau der Stelle, die vom Lächeln angespannt ist.

»Ich liebe es, wenn du mich berührst«, erwidere ich ehrlich.

Er zieht mich wieder näher und vergräbt sein Gesicht in meiner Halsbeuge. »Die Sequenz läuft von sechs bis acht Uhr«, er drückt einen schnellen Kuss auf meine Haut, »wir haben also noch Zeit, bis wir aufstehen müssen.« Nach einem weiteren Kuss streift seine Zunge die schon empfindliche Stelle.

Wir nutzen unseren letzten gemeinsamen Moment aus, bis die Sterne wieder über uns auftauchen und wir uns endgültig der Realität dort draußen stellen müssen. Ich fühle mich geborgen und sicher, weit weg von allen Ängsten meiner Mum – und nehme mir fest vor, dieses Gefühl mit ins Finale nach St. Michael's Mount zu nehmen und mein Bestes zu geben.

Ms Seymour, ich habe einen Text ohne Kennnummer gefunden, wissen Sie vielleicht, warum er hier liegt? Natalia

Wie lautet der Titel?

»Eine Nacht unter Sternen«. Passend zur romantischen Aufgabe. Die Szene handelt von einer romantischen Begegnung in einem kleinen Planetarium.

Der Inhalt kommt mir nicht bekannt vor. Er kommt nicht von den Finalist*innen.

Vielleicht stammt er von den Ausgeschiedenen? Was soll ich damit machen?

Vermutlich. Aber ohne Kennung können wir auch kein Feedback geben. Leg ihn bitte trotzdem in die Mappe mit den Manuskripten des Vorentscheids, damit ich ihn später mitnehmen kann.

Erledigt.

Vielen Dank.

Nachwort

Ja, ich weiß, ihr wollt hier ein weiteres Kapitel lesen und kein Nachwort. Sorry. :-)

Aber wie unsere Stimme aus dem Off bereits gesagt hat: Die Geschichte ist noch nicht zu Ende, die Fäden sind bis zum Zerreißen gespannt und ich freue mich auf den Showdown (und eure Spekulationen!). Doch zuvor gibt es einiges zu sagen.

Über das Schreiben zu schreiben sollte jemandem, der das beruflich macht, eigentlich nicht allzu schwer fallen – und doch war das Gegenteil der Fall.

All die Sorgen, Zweifel und Ängste, die Riley begleiten, durchlebt wohl jede*r Autor*in. Es ist auch mein Alltag, daher war es verdammt schwer für mich, das alles nach draußen zu lassen, ohne nach einem Jammerthread in meiner Schreibgruppe zu klingen.

Dieses Buch hat mir einiges abverlangt, das ich nur durch den Zuspruch wundervoller Menschen kompensieren konnte: Danke an meine Agentin Franzi, die immer weiß, wie sie mich aufmuntern kann, an meinen Mann Kay, der sich zig Theorien anhören musste, ohne etwas dazu sagen zu dürfen, weil ich zum Denken eigentlich eher mit mir selbst rede als mit anderen. Auch der Austausch auf Patreon gehört für mich inzwischen zum Schreibprozess. Ein besonderer Gruß geht an dieser Stelle raus an Ann-Christin, Sabrina, Daphne und Nadine.

Dann muss ich gleich mehreren Kolleginnen danken, die mich mental immer gepusht haben: Julia Stein, die sich während des Schreibens auch in einem »Autoren-Manuskript« befand, und Julia Niederstraßer, der ich gleich doppelt danken muss. Sie hat mir nicht nur immer wieder versichert, dass »Master Class« nur toll werden kann, sondern hat mir auch in allen Fragen rund um April und ihren Rollstuhl zur Seite gestanden. Sie hat meine Zweifel zerstreut, ich könnte Riley mit der Empathie einer Kettensäge, wie Riley es ausdrückt, auf Aprils körperliche Behinderung reagieren lassen. Ich bin dir so dankbar dafür!

Dasselbe gilt für Jennifer Benkau, die mir besser verdeutlicht hat als die zig Videos und Beiträge, die ich recherchiert habe, wie Ezra stottern muss, um authentisch zu sein. Ich bin so dankbar dafür, euch als Kolleginnen zu haben.

Das, was ihr nun zu lesen bekommen habt, ist das Resultat einer großartigen Zusammenarbeit mit meiner Redakteurin Kathrin Becker bei Ravensburger, die schon vom ersten Pitch an meine Idee geglaubt hat, und meiner Lektorin Franziska Jaekel, die mir mit jedem Kommentar aufzeigt, dass nur ich in meinen Kopf schauen kann. :-)

Das wunderhübsche Äußere habe ich wieder einmal Anna, meiner Cover-Queen von Ravensburger, zu verdanken, die es auch bei *Master Class* wieder einmal geschafft hat, mich mit ihrer Kreativität vollkommen zu begeistern.

Das Erzählen von Geschichten wäre so einfach, wenn man in die Köpfe von Autor*innen schauen könnte! Wobei vermutlich niemand in meinen Kopf schauen will. Das Chaos dort zu entwirren fällt selbst mir manchmal schwer. Einen kleinen Happen davon habe ich Riley mitgegeben. Also wenn ihr irgendwann im Gespräch mit einem*r Autor*in feststellt, dass diese*r nicht ganz anwesend wirkt, liegt es nicht daran, dass ihr sie langweilt, sondern dass ihr gerade offiziell an der *Entstehung* einer Geschichte beteiligt sein könntet.

Dafür, diesen Geschichten Leben einzuhauchen, seid schon immer ihr zuständig. Denn ohne euch, ohne die Lesenden, würden meine Bücher nicht existieren. Danke, dass ihr immer wieder zu meinen Büchern greift, davon erzählt, sie rezensiert und in die Kamera haltet.

Ich danke euch von ganzem Herzen und hoffe so sehr, dass euch der Einblick in ~~meinen~~ Rileys Kopf gefallen hat.

Erzählt es mir, schreibt mir per E-Mail (kontakt@stefaniehasse.de) oder auf Instagram (@stefaniehasse). Ich bin euch auch dankbar über jede Bewertung in den Onlinekaufportalen. Ihr seid die Besten!

Wir lesen uns hoffentlich bei »Master Class 2« wieder – Riley und ich haben noch einiges mit euch vor.

Eure Steffi

WER HAT »EINE NACHT UNTER STERNEN« GESCHRIEBEN?

WER HAT ES WIRKLICH AUF RILEY ABGESEHEN?

WEM KANN SIE TRAUEN?

BAND 2
IST AB SOFORT
ERHÄLTLICH!

BITTE UMBLÄTTERN

Fieser Cliffhanger?
Kein Problem!
Der atemberaubende
Abschluss des Zweiteilers

Stefanie Hasse
Master Class, Band 1:
Blut ist dicker als Tinte
ISBN: 978-3-473-40226-7

Stefanie Hasse
Master Class, Band 2:
Mut kommt vor dem Fall
ISBN: 978-3-473-40227-4

Eine sturmumtoste Insel.

Eine Geschichte mit Konsequenzen.

Ein perfider Racheplan.

Zwei Sachen hat Riley auf Masters' Castle gelernt: dass nichts so sehr schmerzt, wie von einem Menschen verraten zu werden, dem man blind vertraut hat. Und dass eine Nacht reicht, um sich hoffnungslos zu verlieben ... Doch Rileys Gefühlschaos muss warten, denn die zweite Phase des Schreibwettbewerbs steht an: Bei einem Literaturfestival auf einer Insel vor der Küste Cornwalls sollen die angehenden Autorinnen und Autoren ihre Texte präsentieren. Erst als ein Sturm jede Verbindung zum Festland kappt, erkennt Riley, dass nichts so ist, wie es scheint, und dass sie auf der Insel nicht in Sicherheit ist ...

Entdecke mehr von Stefanie Hasse – unserer „Queen of Romantic Suspense“!

Das geheime Spiel der New Yorker Elite

Secret Game.
Brichst du die Regeln,
brech ich dein Herz
ISBN: 978-3-473-58600-4

Ivory ist überglücklich. Sie hat ein Stipendium für die New Yorker Eliteschule St. Mitchell ergattert und ist glücklich mit ihrem Mitschüler Heath. Doch dann beginnt an der St. Mitchell DAS SPIEL …

Es ist nicht alles Gold, was glänzt

Bad Influence.
Reden ist Silber,
Posten ist Gold
ISBN: 978-3-473-40221-2

Die Jungfernfahrt des luxuriösesten Kreuzfahrtschiffs der Welt wird zum Albtraum, als jemand die dunkelsten Geheimnisse der mitreisenden Influencer*innen veröffentlicht – und auch Tara ins Visier nimmt.

Drei Nächte bestimmen dein Schicksal

Matching Night.
Band 1: Küsst du den Feind?
ISBN: 978-3-473-40201-4
Band 2: Liebst du den Verräter?
ISBN: 978-3-473-40203-8

Am St. Joseph's College sind die Ravens und die Lions die mächtigsten Studentenverbindungen. Als Cara ein Platz bei den Ravens angeboten wird, muss sie an einem merkwürdigen Wettkampf teilnehmen und mit einem Wildfremden ein Paar spielen. Sie ahnt nicht, dass sie dabei mehr verlieren wird als nur ihr Herz.

Vorsicht, Spoiler für die ganze Reihe!

Auf der nächsten Seite findest du die **Triggerwarnung.**

Sie enthält Spoiler für Band 2 von »Master Class«.

TRIGGERWARNUNG

(Achtung: Spoiler für die gesamte Reihe!)

Diese Reihe enthält Themen, die triggern können.
Diese sind:

Häusliche Gewalt
Anxiety
Stalking
Toxische Beziehungen